麥　田　人　文

王德威／主編

麥田出版

Edited by David D. W. Wang,
Professor of Chinese Literature, Columbia University.
Published by Rye Field Publishing Company,
(A division of Cité Publishing Group)
11F, No. 213, Sec. 2, Hsin-Yi Rd., Taipei, Taiwan.

麥田人文6

對話的喧聲
——巴赫汀文化理論述評
Bakhtin's Dialogism and Cultural Theory

作　　者／劉　康(Kang Liu)
主　　編／王德威(David D. W. Wang)
責任編輯／鄭立俐
發 行 人／陳雨航
出　　版／麥田出版股份有限公司
發　　行／城邦文化事業股份有限公司
台北市信義路二段213號11樓
電話：(02)2396-5698　傳眞：(02)2357-0954
郵撥帳號：18966004　城邦文化事業股份有限公司
香港發行所／城邦(香港)出版集團
香港北角英皇道310號雲華大廈4／F，504室
電話：25086231　傳眞：25789337
印　　刷／凌晨企業有限公司
登 記 證／行政院新聞局局版臺業字第5369號
初版一刷／一九九五年五月二十日
初版二刷／一九九八年四月一日
售　　價／三三〇元

ISBN 957-708-270-X

對話的喧聲

——巴赫汀文化理論述評

劉康／著

目錄

引言　巴赫汀對話論——轉型期的文化理論 ○○九
一、眾聲喧嘩：轉型期的文化理論 ○一○
二、哲學建構論與對話美學 ○一八
三、馬克思主義語言哲學 ○二四
四、巴赫汀理論對當代文論的影響和意義 ○三一

第一章　巴赫汀傳略 ○四一
一、激流中的學術求索 ○四一
二、列寧格勒的成熟與豐收 ○四九
三、漫長的流放與沉思 ○六○
四、回到莫斯科 ○七○

第二章　哲學建構論與對話美學 〇七七
一、社會與思想背景 〇七七
二、主體的哲學建構論 〇八三
三、美學理論的建立——作者／主角的對話 〇九三
第三章　對話性——文化理論的基石 一一七
一、佛洛伊德主義批判 一一七
二、生活的話語和藝術的話語 一二七
三、形式主義文學理論批判 一四〇
四、《馬克思主義與語言哲學》 一五二
第四章　小說話語與眾聲喧嘩——一種文化轉型的理論 一八一
一、杜斯妥也夫斯基的「複調小說」 一八一
二、眾聲喧嘩：從小說到文化的理論思索 二〇六
三、「小說化」——戲擬、時空型、語言形象 二二九

第五章　大眾文化的狂歡節 二六一
一、狂歡節與狂歡化 二六一
二、狂歡節與文化轉型 二六六
三、狂歡節與大眾文化 二七七
四、狂歡節的語言革命 二九二
五、狂歡節與中國現代文化轉型 三〇五
結論　理論與批評的未完成的對話 三三七
後記 三四三

《引言》

巴赫汀對話論
——轉型期的文化理論

文化轉型時期的文藝理論，一般都呈現著特別關注文藝之外的歷史社會環境的傾向。不過，這種關注在二十世紀之前的文論中，大致上均以一種文藝內在規律與歷史社會語境二元對立的面貌出現。只是到了本世紀這個文化斷裂、動盪、與轉型空前激烈的時代，內在／外在二元對立才有了很大變化。到二十世紀後半葉，文化批評、文化理論日漸成爲文藝研究中的主潮。歷史、社會、心理與文藝各個不同領域在文化批評的大題目下，一面受到跨學科的綜合，一面又作爲「文本」，被不同學派作語言、形式和結構的分析、詮釋以至解構。對種種文化現象作「話語分析」和「文本分析」的不同理論應運而生，蔚爲大觀。米哈依爾•巴赫汀的名字，亦隨佛洛伊德、索緒爾、李維史陀等之後，逐漸在西方學術界家喻戶曉。他的對話主義(dialogism)理論，在當代文論中有著舉足輕重的影響。人們發現，早在本世紀二、三○年代，巴赫汀就提出了一套宏大複雜的文化理論，預見到了當代文論中所爭辯的各個焦點問題。

近年來，巴赫汀理論在他的故鄉俄國、在世界各國（主要是西方）受到空前重視。他的傳記作者霍奎斯特一九八四年宣稱：「巴赫汀正作爲二十世紀最重要思想家之一而脫穎而出。」❶的確，對話主義現在就像後現代主義、後結構主義、後殖民主義……一樣熱門和流行。巴赫汀雖在台灣及香港，已廣爲學者介紹、研讀，在中國他似乎一直被定位爲一個提出了某種有意思的「複調小說」理論的蘇聯批評家❷。中國大陸對巴赫汀的相對沉默，本身即是一個十分有意思的現象。本書對此難以作出什麼結論，而僅僅是對巴赫汀思想在當代文論中的地位和他的一些主要觀點作扼要的述評。西方學術界以及俄國（包括前蘇聯）理論界對巴赫汀思想作出了各種各樣的概括和解釋。本書亦提出了自己的看法，即把巴赫汀對話主義看成爲一種**轉型時期的文化理論**，並從此角度，思索這一理論在中國大陸及台灣、香港可能產生的反響。

一、眾聲喧嘩：轉型期的文化理論

當代西方文論對於巴赫汀思想的看法迥異，見仁見智。有強調其「對話性」的，有看重他的「複調小說」理論的，也有從語言學、符號學、哲學和美學的不同角度來解釋巴赫汀的。

這些解釋往往從西方社會和西方學術界的立場出發，各取所需，缺少歷史的整體的把握。從歷史觀點來看，巴赫汀思想的核心是如何透過語言和話語的變遷來審視文化轉型的問題。語言、文化、歷史三者不可分割，緊密相連。只有把握了這個理論核心，才能從整體上理解巴赫汀在不同時期對不同領域裡的問題所作的思索。巴赫汀將文化轉型時期概括爲眾聲喧嘩的時代。這個觀點提綱挈領，獨樹一幟，較全面地概括了巴赫汀的對話主義理論。所謂對話主義，指的是眾聲喧嘩的轉型時期文化的基本形式。非轉型時期的文化大致上由一元統一的「獨白話語」占支配地位，而轉型期的標誌爲「獨白話語」中心地位的解體和眾聲喧嘩局面的鼎盛，對話成爲各語言之間交流的生存方式。

理解、釐清巴赫汀龐雜的理論並非易事。在他的思想中，有一種強烈的反系統、崇尚個別和特殊的傾向。儘管他的理論探索最終總是歸結於系統和非系統、個別與一般的動態平衡，但是他總是以個別和特殊現象作爲思考的出發點。他的語言學理論就是從言談這個個別語言現象出發的。在闡述眾聲喧嘩的文化理論時，巴赫汀的切入點是小說敍述。他認爲小說的語言特徵即爲眾聲喧嘩，小說是對眾聲喧嘩的融匯與再現。他的這種由微觀到宏觀、以小見大的思路，使其理論既具有宏觀的視野，又保持了具體的歷史感。不過，這種理論思維的弊端也不小。爲了強調小說話語的重要性，巴赫汀往往過分渲染、誇大了小說敍述在文化中的位置，貶低了其他文學體裁如詩歌、戲劇的作用，並且忽略了其他文化符號系統，如音樂、美術等的功能。他對某一作家，如杜斯妥也夫斯基的刻意誇張，也往往掩蓋了他對文化轉型問題的眞知灼見，造成了許多誤解。

從整體上看，巴赫汀論杜斯妥也夫斯基的複調小說，是其文化理論的一個重要部分，順序上是文化理論的序曲。小說話語和眾聲喧嘩理論是核心，關於狂歡節、狂歡化和拉伯雷的怪誕現實主義論是第三章。晚年巴赫汀對其理論又作了不少新的補充，思考日常生活中各種文化話語的類型問題。以下就複調、眾聲喧嘩、狂歡節三部分內容分別簡述之：

㈠「複調小說」理論

這是巴赫汀學說最著名的部分，同時也是引起最多誤解和爭議的部分。西方文論界往往將之歸結爲一種關於敍事角度的敍事學理論，而中國學者迄今爲止對巴赫汀所作的研究，均集中於複調小說理論上面。大致上，中國學者傾向於認爲複調小說是巴赫汀描述杜斯妥也夫斯基創作的一種獨特的藝術論，但未能回答複調的藝術視野和創作主體的關係，以及作者的世界觀問題等❸。以上諸種解釋，均從藝術論或技巧、風格論角度出發，並未從**文化**的視野和巴赫汀**文化理論**的整體視野來理解複調問題。

從文化角度來理解複調小說理論，就會發現該理論的核心，是自我意識在自我與他者的對話中的形成過程，是文化斷裂和轉型時期主體性的確立過程。巴赫汀將其早年的哲學—美學思想中考慮的自我與他者的對話建構主體性的問題，放在剖析、闡釋杜斯妥也夫斯基小說這個獨特框架中來進一步探索。他認爲，杜斯妥也夫斯基的小說，創造了一種作者（自我）與其主角（他者）平等對話、交流，不同主體間構成了多聲部、雙聲部的複調形式。作者筆下的主角與作者一樣，是一個獨立的主體，具有自覺意識。作者創造了主角，是因爲作者在努力尋求和實現他的自覺意識，確立他的主體性。作者深刻地認識到，他的自覺意識永遠具有**未完成性**和**不確定性**；只有在與主角的自覺意識的不等對話中，作者才能實現其自己的自覺意識。**爲了完成自我，必須創造一個他者**。巴赫汀在闡述這一貫穿他一生的對話思想時，從杜斯妥也夫斯基的創作中發現了深刻的歷史內涵。

在複調小說中，巴赫汀發現杜斯妥也夫斯基創造出了主體之間的全新關係，即相互對話、相互補充、同時共存的關係。這種關係的歷史條件，是深刻的社會危機、文化斷裂和轉型，是歷史的轉折點與命運的門檻。巴赫汀指出，俄國資本主義發展的「災難性」過程，產生了複調小說的最佳土壤❹。在社會矛盾與衝突尖銳激化，文化發生劇烈動盪與變遷的轉型期，各種社會力量和文化體系互相衝撞、碰擊、滲透、爭奪大一統中心神話話語解體後的眞空中的話語權。文化上呈現出百家爭鳴、眾聲喧嘩的局面。在這樣的社會歷史氛圍中，主體最強烈地意識到他者的聲音的存在和確立起自我的主體性的必要性。巴赫汀分析了杜斯妥也夫斯基爲確立主體自我意識而創造的複調小說的各種話語形式，包括戲擬、反諷、雙聲語等等。

同時，他又從古希臘羅馬的「反獨白性話語」或「對話式話語」，即梅尼普諷刺和蘇格拉底對話，和文藝復興時代拉伯雷的「狂歡化」小說所再現的民間文化「狂歡節」風格中，追溯到杜斯妥也夫斯基複調小說的歷史和文化淵源❺。

(二)眾聲喧嘩理論

作爲一種文化理論，巴赫汀對話主義最有概括性的核心概念就是眾聲喧嘩(raznorechie, heteroglossia)。這是巴赫汀獨創的一個俄文詞，用來描述文化的基本特徵，即社會語言的多樣化、多元化現象。眾聲喧嘩存在於社會交流、價值交換和傳播的過程中，凝聚於個別言談的生動活潑、千姿百態的音調、語氣之內。眾聲喧嘩是文化的基本型態。對文化的研究，主要是把握其組織、結構、型態，而語言乃是錯綜複雜的文化現象中結構性、形式感最強的東西，也是最基本的東西。

眾聲喧嘩理論基本上有三個有機組成部分：一是小說話語理論，二是西方語言史、文化史，三是小說的文體與形式理論，包括戲擬、時空型等。小說理論是巴赫汀文化理論的一條主線，他由小說的歷史嬗變來審視、闡發文化史的規律。

二十世紀以來，敍述和小說敍述受到文論界和文化史家們越來越多的重視。如果說哲學以自我反思的形式昭示了人類文化的特徵，敍述則像遺傳密碼一樣，使人類的文化活動代代相傳。巴赫汀對文化史的思索，即以小說敘述爲起點，從小說話語的形式出發，以其蘊含的歷史內容爲目的。巴赫汀對於文化史所提出的問題，首先是「歷史是通過何種形式來自我敘述的？」他思考的對象不是西方史學典籍，而是希臘英雄史詩，因爲後者是西方文明敘述的濫觴。巴赫汀對史詩敘述向小說敘述這一西方文化史的脈絡所提出的看法，是針對盧卡奇的觀點的。盧卡奇認爲史詩再現的是一個完滿、和諧、自足自律、統一整體的英雄歲月，而小說則展現了一個主客體對立、分裂、異化、矛盾衝突的世界，是精神發展史上的「失樂園」。針對這一黑格爾主義的形而上學文化觀，巴赫汀考察、剖析了大量希臘、羅馬文化典籍，從敘述話語的角度入手，提出他獨到的解釋。巴赫汀指出，從史詩敘述到小說敘述，歐洲文明走過的是一條「從孤立的、文化上耳聾目塞的半父權制社會，邁入國際的、多語言的交流與接觸」❻。史詩創造的是一個語言單一的社會，神聖的傳統話語歷代傳誦，建立了一個中心論、大一統的語言神話，表現了文化的向心力和權威主義。從希臘文明解體，羅馬時代的拉丁文、希臘文多種語文混雜的時代的典籍中，巴赫汀發掘了鮮爲人知的各種「對話式文體」，包括希臘的蘇格拉底對話和羅馬的梅尼普諷刺。從這些文體蕪雜的典籍中，巴赫汀發現了小說話語形式的特徵，即小說話語的未完成性、非經典性、兼容並包性。小說話語再現的，乃是一個**眾聲喧嘩的現代社會**，而非神聖不可侵犯的過去的神話世界。

巴赫汀進而闡述了**眾聲喧嘩現象是文化轉型期根本特徵**的觀點。他概括了西方文明史上希臘羅馬文明轉型，文藝復興，十九、二十世紀這三個文化轉型的高峰時期的文化特徵，認爲這是幾個「小說化」，即眾聲喧嘩的時代：它的「前提是語言語義中意識型態中心的解體」，是「文化語言與情感意向從單一和統一語言的霸權中獲得了根本的解放，從而使語言的神話性趨於消失，語言不再是思想的絕對形式」❼。換言之，眾聲喧嘩是各種社會利益、價值體系的話語所形成的離心力量，向語言單一的中心神話、中心意識型態的向心力量提出強有力的挑戰。在這樣眾聲喧嘩、百家爭鳴的局面中，文化呈現著勃勃生機和創造性。這是因爲，只有在眾聲喧嘩的局面中，各種話語才最深刻地意識到了其自我的價值和他者的價值，把中心話語霸權所掩飾的**文化衝突與緊張的本質**予以還原。**在話語與話語的相互對話、交流中，化解矛盾與衝突**。與當前流行的解構主義、後結構主義所不同的是：巴赫汀理論強調的，是眾聲喧嘩的積極與建設性意義。文化多元化和眾聲喧嘩是過渡和轉型時期中必然的、健康的現象，對話是文化生長與繁榮的最佳方式。

㈢狂歡節和「狂歡化」

如同語錄的政治學是言談理論的實際例證那樣，民間文化中的狂歡節(carnival)是文化轉型期眾聲喧嘩的具體實踐。巴赫汀由十九世紀末的杜斯妥也夫斯基小說創作追溯到文藝復興時代的拉伯雷，發掘了狂歡節的歷史意義以及作爲語言離心、多元、對話的戲劇性實踐的文化「狂歡化」現象。他從文體與形式、歷史與社會、文化與審美等多側面、多層次，闡述了狂歡化的內涵。

狂歡化的文體與形式在拉伯雷小說中得到最充分的體現。巴赫汀將拉伯雷小說創作稱之爲「怪誕現實主義」，其基本特徵是各種話語和價値體系的自由混雜，宗教僧侶和中世紀王權的權威話語與市井江湖的淫詞俗語混合一體，形成後者對前者言談的戲擬、嘲諷。怪誕現實主義形式充滿著詛咒與讚美的雙聲語，以描述節日歡宴與肉體感官慾望的誇張、變形爲特徵。這種狂歡化的形式產生於民間的狂歡節。歷史上的狂歡節，乃是民間自發的節日歡宴。它歌頌再生與死亡，展示了創造性的曖昧和對生命力的讚美。狂歡節是一個沒有觀眾、沒有導演的自由平等的烏托邦，它嘲笑一切等級差異，頌揚平等、反常規、逆俗的婚姻和神靈的褻瀆。很顯然，在社會危機和文化斷裂的轉型期，狂歡節作爲一種文化現象，以歡樂和創造性的盛大節慶的形式，來實現不同話語在權威話語遁隱的時刻的平等對話與交流[8]。狂歡節和狂歡化在文化和審美意義上的重要性是遠遠大於其社會政治意義的。巴赫汀在描述狂歡節和狂歡化的時候，固然包含了他對蘇聯三〇年代肅反擴大化後的文化專制主義的批判，但他的主要著眼點是**文化和審美的意義**，並不是在構想一個反史達林主義的政治烏托邦，更不是無政府主義的鼓吹者。巴赫汀主要想描述一個文化和審美的公共空間，在這個空間中，大眾的文化需求，即日常生活的美滿幸福、感性慾望的充分滿足等，可以得到實現。所以，他著重強調了狂歡節的「公眾廣場」形象，認爲文藝復興時代公眾廣場上的狂歡節語言，是文化的主導和先鋒。巴赫汀對**大眾文化的積極意義**作了很高的評價。他的觀點，對研究當代大眾文化的趨向是很有啓發的。轉型時期大眾文化盛行，以感官愉悅爲主要訴求。對此，一般是批評多於肯定，而巴赫汀的觀點則打開了一條新的思路。

總之，巴赫汀文化理論的核心是文化和審美的對話主義，它基本上是針對著文化轉型時期的眾聲喧嘩現象提出的。對話主義是一種建設性、創造性的美學觀和文化觀，其基本前提是承認差異性和他性的歷史事實，以自我與他者的積極對話、交流，來實現主體的建構。巴赫汀的語言觀、價值觀和美學觀相一致，均強調差異的同時共存性、亦此亦彼性，反對文化上的一元權威論和「獨白主義」。巴赫汀的文化理論包含了豐富的歷史唯物主義蘊含，他總是從語言和文化現象與歷史社會現實的密切關係出發，體現了「美學和歷史的觀點」的結合❾。他的理論涉及了多種學科，針對轉型期的文化現象，提出了一種總體性的理論視界。

二、哲學建構論與對話美學

眾聲喧嘩的文化理論形成於二〇年代末和三〇年代，是巴赫汀思想成熟階段的結晶。這一思想的許多萌芽卻是產生於巴赫汀的早期哲學與美學的思考之中。不過，像有些西方學者所認爲的，早期巴赫汀的帶有新康德主義色彩的哲學—美學觀主導了他一生的思索，這顯然是偏頗的❿。一些傾向於馬克思主義的批評家則主張巴赫汀理論以**文化**爲重心，這一主張較爲合乎實際⓫。結構主義者們（以法國學者托多羅夫爲代表）認爲，巴赫汀理論是一種符號學或無語言學理論，旨在創立與自然科學方法所不同的人文科學認識論和解釋學⓬。這種從語言學角度來概括巴赫汀理論的看法，也不夠全面。本書認爲，應當以發展的觀點來理解巴赫汀。他的思想經歷了幾個階段。第一階段就是本節要討論的早期哲學—美學階段（一九一九—一九二四）。第二階段是馬克思主義語言學階段（一九二四—一九二九）。第三階段即二〇年代末始，到巴赫汀晚年止的思想成熟階段。這一階段內，巴赫汀選擇小說話語爲切入點，較全面地闡述了眾聲喧嘩的文化理論。我們就這點已作了評價。作爲巴赫汀理論的核心，我們首先討論了巴赫汀思想成熟階段的觀點。下面要對他的思想作歷史的回顧，探討其發展的脈絡。

巴赫汀的哲學—美學思想肇始於新康德主義。新康德主義以柯亨爲首的馬堡學派爲代表，他們均有不同程度的科學主義傾向，往往從自然科學的角度將康德哲學邏輯化、數學化。但另一方面，他們對康德認識論和主體論有很多爭論，這種爭論導向了人文主義的高揚。如卡西爾聲稱：「我們必須把康德**理性的批判**變成**文化的批判**！」⓭因此，新康德主義成爲現代科學理性和人文理性兩股思潮匯聚的交叉點。康德美學作爲溝通思辨理性（認識）與實踐理性（倫理）的橋樑，把審美判斷提高到實現人的「最終目的」的前所未有的高度，也是啓蒙主義理性精神向現代主義美學精神過渡的一個交叉點。這兩個交叉點，形成了巴赫汀思想的開端。

新康德主義者們往往從數理邏輯的立場出發，對康德重新作一元唯心論的解釋。巴赫汀對新康德主義綜合自然科學新發現與古典哲學的努力很有興趣，特別重視康德哲學與新康德主義關於物質世界與人的關係問題的爭論。巴赫汀還受到新康德主義強調事物和經驗的**生成性**與**過程性**的觀點的影響。愛因斯坦的相對論使巴赫汀深爲著迷，這其中亦有新康德主義重視事物**相關性**和**相對性**的影子。當然，對巴赫汀啓發最大的，是康德和新康德主義關於認識論和人的主體性的思想。

康德關於主體性的觀點主要是從認識論的角度出發的。巴赫汀亦如此，首先關心的是人如何在認識自我的過程建構起自己的主體的這個問題。巴赫汀把主體的建構看成一種**自我與他者的關係**——人的主體是在自我與他者的交流、對話過程中，通過對他者的認識和與他者的價值交換而建立起來的。主體的建構靠對話與交流實現，對話與交流的出發點是具體個人的活生生的**個體感性存在**。人的主體在巴赫汀看來首先是一個生命存在的**事件**或**進程**：「存在是特殊的和統一的存在事件或進程（edinctvennoe i edinoe sobytie bytija）。」⓮存在永遠是特殊的、個體的、不可替代的，但同時又是不完整和片面的。只有在各個體感性的自我存在與他者存在的相互交流、對話、依存中，主體的存在才能充分全面地體現。俄文單詞「存在」(bytija)與「事件（或進程）」(sobytie)同根，「事件」一詞的前綴「so-」，具有「集合」、「共有」、「交流」、「對話」的意思。巴赫汀在這裡強調的，乃是存在的**共有性**、**交流性**、**同時性**。

從總體上把握人類主體的建構過程，這是早期巴赫汀哲學—美學觀的出發點。「人類文化的三大範疇——科學、藝術和生活——只有在具體個人那裡才能得到統一。具體個人在他自己的統一中把這三大範疇綜合爲一體。」[15]不過，巴赫汀並不是主張主觀主義和極端個人主義。他認爲文化範疇在「具體個人」那兒的統一有一個根本的保障或前提，即是「責任感／回應性的統一」[16]。「責任感／回應性」(otvetstvennost)是理解早期巴赫汀思想的關鍵詞。俄文原詞在巴赫汀那裡既有強烈的倫理學色彩（責任感），又有認識論的獨特意義（回應性）。這兩重意義的綜合，又蘊含了審美判斷中的全面、完整性。文化的全面統一，必須靠主體之間的互相呼喚、回應、交流、溝通和互相承諾責任來實現。藝術與主體的關係正是這樣：「藝術與生活並不是一回事。但二者必須在我自己身上統一起來，在我的責任感／回應性中統一起來。」[17]

總之，巴赫汀認爲主體的存在首先是個體的，但因個體存在的不完整性，眞正的主體性必須是**共同的**，是靠自我與他者的責任感／回應性，靠對話、交流而實現的。早期巴赫汀的主體論中，歷史依然是朦朧難辨的，人的社會實踐也並未突出，雖然「責任感／回應性」的觀點已意識到主體的社會性。不過，巴赫汀的主體建構論有兩點值得注意：第一，巴赫汀思考主體性問題時，不斷地努力探索一種不同於傳統二元對立的思維模式。他力圖從一個新的視界來把握個別與普遍、特殊與一般的關係，即感性個體與社會總體的關係。他主張一種**亦此亦彼**、**你中有我**、**我中有你**、**同時共存**的關係，而非**非此即彼**、**你死我活**的關係。這的確是反思人類主體性的新思路——我們對主體性一切爭論，都是對自我的反思。對反思的反思，或對思維模式的反思，乃是根本性反思。巴赫汀的主體建構論即有這種「無批評」的特點。第二，主體的建構又是與美學問題分不開的，美學和主體論在早期巴赫汀思想中是統一的。主體論與美學的確在西方思想史中有不解的淵源。巴赫汀的美學與主體論互相依存，以美學的眼光看主體的全面和完整，提出了不少獨到的見解。

作者與主角、自我與他者的對話，是巴赫汀關於主體性建構的美學命題。巴赫汀認爲，審美活動或事件中主體之間的關係（作者與主角、自我與他者的關係）乃是一種整體的關係。作者把主角看成爲一個完整的、有血有肉的、個性鮮明突出的感性個體存在：「作者對主角的整體看法，是建立在一個建設性和創造性的原則之上的。」[18]現實生活中的個人看自己總是一個未知數，不確定和發展的、開放和片面的，看別人則是完成了的和完整的。審美和藝術創造則要克服這種片面性，還自我與他者互相觀察和呼應、對話的平等與公正。審美的主體是可以實現整體性和全面性的。

審美活動中的主體間關係有三個要素。第一是「**視域剩餘**」，這是指每個個體存在，每個自我，看自己之時總有盲區，但自我的盲區（如臉孔和背面）都可以被他者所看見。這種個體視域的獨特、不可替代和互相依存、互相補充，即爲每個人擁有的「視域剩餘」。第二個要素是「**外在性**」。由於每個個人對他者的視域剩餘，使自我相對他者而言，具有時間和空間上的外在性。作者靠這種外在而創造出他的主角，從而也實現了他自我的完整的主體性。「對於他（作者）的**自我**，他必須成爲一個**他者**，必須通過他者的眼睛來觀察自己。」⑲第三個要素是「**超在性**」，這是指美學上的最高理想,即主體的兩個方面或兩個主體之間（自我與他者，作者與主角，這兩者在巴赫汀看來有相同的含義）互相對話、溝通，從而全面、整體地把握自己，超越自己。

審美活動的三要素構成了美的本質：不同的個體感性存在之間的互相對話、交流、回應以達到互相補充和交融的完整、超在的理想境界⑳。早年巴赫汀的美學觀，還有很強烈的唯心主義現象論色彩，其片面性也是很顯然的。不過，他的片面性有很深刻的道理。其中最有價值的，也許就是巴赫汀強調的**美的主體間性**。美產生於自我與他者的積極對話、交流，主體之間的互動、衝突、互補，構成了生命存在的生動活潑的過程，形成了全面和整體。從這裡出發，巴赫汀合乎邏輯地進入了歷史和社會意識型態的眞正的存在進程，走向了馬克思主義對文化的全面理解和把握。大陸學術界，特別是文藝理論界，前些年對主體性的問題進行過熱烈的爭論㉑。不過爭論中各方的理論話語都較偏向二元對立的「主客體」、「個人與社會」等命題，相對忽略了主體間性。同時，理論話語自身的反思也是不夠的。從某種意義上來說，巴赫汀的主體論和美學觀對我們是會有啓示的。目前西方文化界還沉浸在「主體性死亡」、「非主體性」的喧囂中，因此對巴赫汀的主體論尚未有足夠的重視。而大陸學術界是有可能把這個問題深入探討下去的。這種對主體性的討論，有必要把巴赫汀的主體論和當代西方思想中的種種反主體論都考慮進去。

三、馬克思主義語言哲學

語言問題是巴赫汀理論的核心。但早期巴赫汀的出發點並非語言，而是抽象思辨色彩濃厚的德國古典哲學和美學以及新康德主義。在二〇年代中期，巴赫汀與同在列寧格勒居住的一批學者建立了緊密的學術友誼，形成了「巴赫汀小組」。在這段時間內，巴赫汀經過了一個「語言學轉向」。這個轉向，與二十世紀西方思想史上著名的「語言學轉向」有深刻的內在聯繫。二十世紀西方兩大哲學潮流，即以羅素等爲代表的分析派哲學和邏輯實證主義爲一派，和以卡西爾與後期維特根斯坦等爲主的人文哲學爲另一派，均把語言看成哲學的中心問題，對二十世紀的美學和文藝理論有深遠的影響。巴赫汀的語言學轉向，同時標誌著他的思想的馬克思主義階段的開始。這是理解巴赫汀對話主義的一個關鍵。巴赫汀的「超語言學」與二十世紀形形色色的語言學理論的根本區別，在於它突出了語言在社會交往過程中的歷史與意識型態性。而西方現代語言學理論，無論是強調純形式和邏輯的分析學派、語義學派，還是強調語言的系統性、共時性的結構主義，或是注重語言非結構性、歧義性的解構主義或後結構主義，都困擾於理論的現象學抽象性與研究對象的社會歷史內涵的對立矛盾之中。巴赫汀的語言學轉向與馬克思主義階段同步，他的對話主義成爲迄今爲止馬克思主義與現代語言學對話與綜合最成功的理論。巴赫汀及其友人所推動、創建的馬克思主義語言哲學，構成了巴赫汀文化理論的基石。

巴赫汀的馬克思主義語言哲學論著，主要有三部：一是署名伏羅希洛夫的《佛洛伊德主義述評》（一九二七年），二是署名梅德維捷夫的《文藝學中的形式主義方法》（一九二八年），三是署名伏羅希洛夫的《馬克思主義與語言哲學》（一九二九年）。這三部著作，加上署名伏羅希洛夫的長篇論文〈生活的話語和藝術的話語〉（一九二六年），構成了巴赫汀語言學理論的主要部分[22]。研究者們認爲巴赫汀提出的，乃是一種「超語言學」(translinguistics)，或「意識型態的符號學」。換言之，巴赫汀的研究對象不僅僅是語言的歷時性繁衍或共時性結構，而是人類社會交流和價值交換過程中活生生的**話語**(slovo, discourse)。通過心理學和精神分析、文藝學、語言哲學等不同側面的辯析、批判，巴赫汀確立了以**言談**(vyskazyvanie, utterance)爲核心的語言學理論。巴赫汀批判了佛洛伊德主義、索緒爾結構主義、俄國形式主義以及蘇聯的庸俗社會學理論，其批判武器來自馬克思的社會存在決定意識的歷史唯物主義。馬克思對商品這個資本主義社會價值交換的基本元素所作的分析，無疑對巴赫汀分析、解剖言談這個文化的基本元素有重要的啓迪。巴赫汀的言談理論，豐富發展了馬克思主義的語言學和文化理論。

語言與意識的關係是巴赫汀超語言學的關鍵問題之一，他對於這個問題的闡述由批判佛洛伊德精神分析學開始。巴赫汀非常重視佛洛伊德關於自然性與人性或文化內部的衝突和矛盾的觀點，認爲這是「最激進的觀點」。他從馬克思主義立場出發，批判了精神分析學突出個體心理的主觀心理主義。巴赫汀的這種批判具有獨創性，因爲他是從語言的角度來批判佛洛伊德主義的反社會性的。巴赫汀指出：「佛洛伊德的全部心理結構是建立在人類的語言表達基礎之上的，是對言談的一種特殊的解釋。」㉓這在二〇年代即提出的看法，預見了七〇年代的後結構主義者拉崗和解釋學家保羅•里柯等的重要觀點。巴赫汀認爲，佛洛伊德的致命錯誤，即對語言這個充滿了意識型態衝突的媒體的錯誤認識。他指出，所謂「意識」和「潛意識」之間的永恆的衝突和矛盾，只能產生於兩個對立的意識型態和個人之間，而非自然力量的衝突。巴赫汀進一步提出，佛洛伊德的意識和潛意識的衝突，實際上可看成爲官方與非官方意識的衝突。非官方意識或潛意識呈現的，乃是一種「行爲意識型態」。這種民間的、日常生活的意識型態與官方意識型態相互對立又相互滲透、制衡、補充。相對於官方意識型態保守、穩定和僵化的趨向，行爲意識型態具有離心與分化的趨向。兩種趨向均體現在同一語言體系內部。在此，巴赫汀不僅將佛洛伊德意識／潛意識的衝突和對立社會化了，而且提出了他對文化內部衝突的新見解。他尋求一種健全的理性社會和公眾空間，其中官方意識和非官方意識產生相互交流與溝通。當然在巴赫汀對佛洛伊德主義批判中最值得重視的，是他自己關於言談的理論萌芽。

巴赫汀以言談作爲他的語言學核心，是因爲言談是人類語言、文化行爲的基本單元，是人類交流、溝通、社會交往和價值交換的基本元素。巴赫汀的言談理論，主要有以下四部分內容：

(1)**作爲人類交流的具體語言實踐，言談是一種邊際現象**。針對索緒爾結構主義強調穩定恆常的語言系統，巴赫汀逆轉了語言／言語的順序，從具體、個別、特殊的言談出發，來把握語言的社會性。索緒爾把個別言語與語言系統對立起來，巴赫汀認爲這是一種割裂人與社會，割裂語言與價值交換，從而割裂了語言的歷史性與社會性的謬誤。巴赫汀從個別的言談出發，以言談的獨特性、不可取代性爲起點，論證人與人之間、言談與言談之間互相對話、互相交流、互相補充的必要性。他剖析了言談的五個組成部分，即言談的主題、意義、講者、聽者和音調。這五者之間的關係是互動、互補、相互依存、不可或缺的關係。主題是每一個別言談在具體語境中的獨特意義，意義則是指字面上可重複的含義。語言固有的字面意義，只有通過講者與聽者的對話與交流而創造出的主題才能實現。因此，主題是第一位的，意義是輔助性的[24]。這裡，巴赫汀再次逆轉了索緒爾語言／言語的順序，強調個別、特殊的言談現象在社會交流中的決定性。總之，任何一個個別、特殊的言談，都是一種講者與聽者的對話，其意義不爲單一主體擁有，而必須屬於兩個主體之間，是主體間交流、溝通的邊際產物。巴赫汀獨具一格，將音調視爲言談的千姿百態、生動活潑的戲劇化手段。

(2)**言談是意識型態符號學的基本對象**。巴赫汀所致力創立的意識型態的符號學，有著豐富的內容。其中主要的命題如下：第一，「一切意識型態都具有**意義**……意識型態過程是一個**符號。沒有符號，就沒有意識型態。**」[25]馬克思通過商品的**物的價值交換**來解剖資本主義社會人與人的關係；巴赫汀通過語言的**意義的價值交換**來考察意識型態和文化的構成。第二，語言作爲意識型態符號，具有不可忽略的物質現實性，而不僅僅是現實的反映和影子而已。語言的物質現實性指的是它的根本社會屬性，是指人類生存的世界充滿著符號這個客觀現實。第三，一切思想意識活動，首先必須是「符號對符號的回應」[26]，具有客觀實在性與普遍社會性。這一命題從精神活動的符號實在性意義上駁斥了主觀唯心論和私人性心理主義。第四，使用共同的語言符號的不同社會利益集團和階級在交流與溝通中，不可避免地要產生衝突和對立，「符號就變成了階級鬥爭的戰場。」[27]符號層面的階級鬥爭由音調的交叉與衝突所呈現，是與經濟與政治領域的階級鬥爭不同的，有其內在的規律。很顯然，巴赫汀反覆強調的語言符號內凝聚的意識型態內涵、價值交換過程和階級衝突現象，均是指具體、生動的語言交流實踐，即對話、回應中的言談，而不是普通語言學意義上的語言體系。

(3)**言談是社會學詩學的基本對象**。巴赫汀提出創立的社會學詩學，是針對形式主義文學批評和庸俗社會文藝理論的。形式主義批評割裂了詩歌語言與日常語言的關係，而庸俗社會學文論所主張的，乃是根本忽略文藝內在規律的政治經濟決定論。有鑑於此，巴赫汀提出了一系列社會學詩學的命題：第一，他吸收了形式主義批評的合理成分，結合歷史唯物論與形式主義批評，提出了文藝對社會的「雙重反映」論。文藝不僅僅反映社會現實的「經濟基礎」、「上層建築」這兩部分，同時也反映對現實的反映的「意識型態」。文藝因此具有反映的反映或自我反思的特徵。形式主義者強調了這種自我反思特徵，將之描述爲文藝的「陌生化」、「非自動化」過程，但他們卻忽略了這種反思與社會現實不可分割的聯繫[28]。第二，巴赫汀提出了「社會評價」作爲語言的社會性中介的命題，修正、發展了形式主義批評關於詩歌語言的內部因素（包括節奏、韻律、音調等）的衝突而造成的反思式陌生化效果的理論。巴赫汀把形式主義批評所看到的詩歌語言內部衝突推廣到整個社會語言的大範圍去，認爲語言乃是一個社會評價的大系統，在這個大系統中，個別的言談之間碰撞、交流、對話，進行意義的價值交換，迸發出意義的火花：「社會評價（或價值交換）使語法、語音、字詞素材提供的語言潛能變成活生生的語言現實。」㉙第三，音調成爲意識型態符號學和社會學詩學話語分析的關鍵。詩歌語言和日常語言同屬一個語言的社會評價大系統，同樣體現了價值交換、社會交流的特質。兩者的區別，主要在於對音調、語氣的處理方面。藝術語言著重渲染、誇張、放大和戲劇性再現日常語言中言談碰撞、對話間音調的千變萬化。在這裡，所謂音調，已經是對文藝的類型、風格、技巧等的泛指。特別應該注意的是音調所揭示的言談的雙向性：一面指向主題，一面指向講者和聽者。巴赫汀從音調的千變萬化中，聽出了主體間價值交換的碰撞、回應，聽到了不同社會利益集團的衝突、矛盾，分辨出藝術話語與生活話語微妙的差異和千絲萬縷的聯繫㉚。

(4)**語錄的政治學是言談理論的例證**。在《馬克思主義與語言哲學》一書中，巴赫汀／伏洛希羅夫用了很大篇幅，來剖析言談的一個例證，即引語或語錄現象。巴赫汀指出了一個重要命題：人們的語言交流中，引語無處不在。我們每句話，都是對其他人的話語的回應、重複、引用。這個引用他者話語的過程，充滿著複雜的政治和意識型態的內涵。巴赫汀分析了歐洲語言文化史的語錄或引語形式的嬗變，從中發掘了深刻的意識型態底蘊。他認爲，語錄形式在歐洲語言史上，大致有兩種形式的演變。一種是「線性引語」，是中世紀神學、理性主義與機械論占統治地位的漫長時代。線性的直接引語學引用的語錄具有不可置疑的神聖地位和權威。啓蒙運動、浪漫主義運動後，線性引語逐漸被「圖性引語」所取代。「圖性引語」是非直接和間接引語形式，引用者的話語與被引用的語錄之間的涇渭分明的界線消失，兩者距離拉近，相互駁詰，相互回應，相互滲透。要言之，線性語錄形式代表著大一統、封閉、神權和王權的舊時代，而圖性語錄則具有鮮明的現代性，趨於對話、開放、多元[31]。巴赫汀由語錄的政治學變遷窺測人類文化的發展趨向，後來又進一步提出了「獨白式」和「對話式」話語對立，導向文化大斷裂、大轉型時期的眾聲喧嘩的論點。

四、巴赫汀理論對當代文論的影響和意義

巴赫汀在二、三〇年代的學術思想，到了七、八〇年代才被「重新發現」，這是有重要原因的。歷史的原因主要是巴赫汀生活的那個時代，以及他的個性和個人經歷。米哈依爾•米哈依洛維奇•巴赫汀（一八九五—一九七五）生活在俄國革命的時代，那是一個風雲激盪的歲月。巴赫汀在思想上是緊緊地把握著時代的脈搏的，他對影響了西方與俄國近現代社會的重要思想和文化潮流都有深刻的了解。但是，巴赫汀的許多見解卻很難見容於蘇聯那個社會。

巴赫汀在蘇聯湮沒了幾十年，這跟他的個性和個人經歷有很大關係。巴赫汀一生著述極豐。不過，用他的眞名在著作寫出後不久即發表的，則寥寥可數。他的《杜斯妥也夫斯基詩

學問題》一書初版於一九二九年，本來有可能在學術界產生影響。但該書出版後不久，巴赫汀就因參加宗教團體的活動而被捕和遭流放。這樣，他不得不在遠離文化中心的邊遠流放地長期生活，遠遠游離於蘇聯文化學術界之外。他雖然終生傾心於人與人之間的對話和交流，但卻天性寡言少語，最不善於交際。加上長期病痛和殘疾，多年來一直爲維持最起碼的生存而掙扎。所以在學術界，巴赫汀長期沒沒無聞。直到六〇年代中期，他早年的著述才得以出版。他數十年來撰寫的大量文稿、筆記，在長期流放和戰爭的輾轉中都流失了。到七〇年代末，他的大部分文稿才逐步整理出版㉜。

作者問題是巴赫汀理論中的一個關鍵，同時也是圍繞著巴赫汀著作的一個爭議的焦點。二〇年代出版的幾部重要的馬克思主義語言學、心理學和文學批評著作，當時均不是以巴赫汀的名字出版，而是以他的密友和學術伙伴梅德維捷夫、伏洛希羅夫等的名義發表的。西方及前蘇聯學術界對這幾部著作的作者問題有兩大分歧意見，而這種爭論，又涉及一個根本性的問題，即巴赫汀究竟是不是一個馬克思主義者的問題。爭論雙方到目前爲止，尚未拿出足夠的證據駁倒對方㉝。不過，雙方均忽視了這個事實：巴赫汀從二〇年代初期起，就與梅德維捷夫、伏洛希羅夫等形成了一個非常緊密的學術小組。許多觀點和理論，都產生於這個小組成員之間的對話與討論，是集體思索的結晶。巴赫汀是這個小組的精神領袖。幾部有爭議的著作，雖未署上巴赫汀的名字，但卻深深打著巴赫汀思想的烙印，具有不可爭辯的巴赫汀辯析的風格。巴赫汀作爲這幾部著作的主要作者的地位，是可以確定的。西方一些學者否定巴赫汀的作者地位，主要是想否認巴赫汀是一個馬克思主義理論家。

六〇年代末，巴赫汀開始受到蘇聯學術界的重新重視。這與當時在蘇聯方興未艾的符號學理論有密切關係。二〇年代巴赫汀與之論戰的形式主義批評家們如什克洛夫斯基、雅各布森等，對於六〇年代巴赫汀的重新發現，起了推波助瀾的作用。雅各布森作爲早期俄國形式主義和捷克、法國結構主義語言學派承前啓後的重要人物，努力把巴赫汀理論介紹到西方。七〇年代，同樣是來自保加利亞，後流亡到法國的結構主義符號學理論家茨維坦·托多羅夫和朱麗婭·克莉絲特娃，將巴赫汀的話語理論、小說理論作爲與傳統結構主義抗衡的一種新理論推向西方學術界，引起了廣泛的興趣[34]。八〇年代，巴赫汀的主要著作被譯成英、法、德等主要西方語言，在英語世界，尤其是在美國，產生了很大反響。巴赫汀被西方「重新發現」，「巴赫汀熱」逐漸形成。

七、八〇年代西方文論界的「巴赫汀熱」，主要原因是巴赫汀對話主義與結構主義、後結構主義論的共鳴及啓示。語言問題是巴赫汀理論的核心，亦是當代文論所爭論的焦點。巴赫汀理論的另一特點是對歷史和意識型態問題的關注。這一點，在八〇年代後結構主義文論中日漸成爲一個中心話題。因此，形形色色的形式主義批評流派（後結構主義、解構主義、敘事學、符號學、讀者反應……）以及各種社會—歷史批評（新馬克思主義、新歷史主義、後殖民主義、女權主義……）均對巴赫汀各取所需，在他的對話理論中找到了自己的同盟軍。實際上，當代文論中無論是解構主義還是新歷史主義，都具有既強調語言、話語的文本分析和形式分析，又重視文學文本的社會和意識型態語境的共同點，力圖打破傳統批評中內在／外在和文藝／社會的二元對立。我們把當代文論分成形式主義與社會歷史兩大陣營，主要是指兩種不同的傾向，分析起來，較爲方便。這兩派之間的互相滲透和影響，其實往往大於互相之間的對立。同大於異，巴赫汀理論恰好是各派相同的切合點。

但就巴赫汀理論內涵而言，「差異」(difference)、「他性」(alterity)，而不是同一性和相似性，才是根本的。這正是他的理論對後結構主義文論的魅力所在。後結構主義、解構主義批評以打破西方形而上學傳統中的「義理中心主義」(Logocentrism) 和非此即彼的二元對立思維模式爲己任。巴赫汀的理論，強調的是文化中向心力量和離心力量的交替運動，中心化傾向與非中心傾向的相互抗衡，形成了文化發展的緊張和動力。這些緊張、制衡、互動的關係，按巴赫汀的理解是在**話語的層面**，也即語言實際的社會交流和運作的過程中，得以充分展現的。這種觀點因此與西方文化中的反本質論、非中心論和多中心論不謀而合。現代文論喋喋不休地爭論語言與本體、實在和本質的關係問題，認爲藝術與美學所孜孜以求的東西，與語言關係重大。種種派別，由精神分析派、存在主義解釋學到解構主義，大都持一種語言的**反本質觀**：他們都看到了語言與傳統形而上學所確信不疑的本體實在或本質之間的巨大**鴻**

溝，認識到二者之間的**互動**或**互構關係**才更爲眞實。從現象學意義上來講，巴赫汀主張的話語和言談所具有的永恆的互動性、變易性和他性，也是一種語言的反本質觀。

對語言的歷史和意識型態底蘊的關注是巴赫汀理論的另一大特徵，這使他對於八〇年代後期日益興盛的社會—歷史批評流派具有很強的吸引力。早在七〇年代中期，英國的「文化馬克思主義」批評的主要代表雷蒙•威廉斯(Raymond Williams)就大力推崇巴赫汀／伏洛希羅夫的話語理論[35]。八〇年代末，新歷史主義、女權主義、後殖民主義批評以及新近出現的「文化批評」(cultural criticism)，均以巴赫汀爲自己的同盟者，宣稱巴赫汀理論對各自學派的啓示和對應。在某種意義上，對話主義使批評從後結構主義、解構主義的抽象、晦澀的現象學理論迷魂陣中走出來，重新回到歷史、社會和意識型態論爭的現實中。我們可以看到，巴赫汀理論本來的出發點即爲歷史和社會現實。當前西方文論對巴赫汀理論的歷史和意義型態特徵的重新解讀，是合乎邏輯的，亦是當代所謂的「後冷戰」、「後現代」、「後工業化」的**轉型時期**的歷史必然。轉型時期，更凸現出對其自身反思的理論需求，對話主義即是這樣一種理論[36]。

總之，巴赫汀理論由六〇年代在蘇聯被重新介紹，逐漸影響到西方，到了八〇年代末，已成爲當代西方文論中的一種主要理論之一。對話主義對於西方傳統文化中的各種「中心論」有深刻的批判，對困擾著二十世紀的不同價值觀和意識型態體系的衝突與對立有獨到的見解。巴赫汀以語言爲切入點對文化自身進行反思，總是從歷史和社會的角度對抽象的理論和具體的現象作宏觀的把握和縝密的文本分析。在當代以對西方文化以及批評理論自身作批判、反思爲標誌的所謂後現代主義文化辯論中，對話主義的另一魅力在於它的建設性。對話主義在一片解構聲中唱的是一首樂觀積極的建構之曲：主體的建構、文化的建構，總是在大斷裂、大變化的轉型期由自我與他者的積極對話來實現的。

註　釋

❶ M. Clark and M. Holquist, *Mikhail Bakhtin,* Harvard University Press, 1984, p.1.

❷參見錢鐘文，《現實主義和現代主義》，人民文學出版社，一九八七年。

❸參見註㊳。

❹《杜斯妥也夫斯基詩學問題》，白春仁、顧亞鈴譯，三聯書店，一九八八年，頁四七。

❺同前揭書，頁一五九—二〇七。

❻ M. Bakhtin, "Epic and Novel," in *The Dialogic Imagination,* M. Holquist Trans., University of Texas Press, 1981, p.11.

❼Bakhtin, "Discourse in the Novel," in *The Dialogic Imagination*, p.367.

❽Bakhtin, *Rabelais and His World*, H. Iswolsky Trans., Indiana University Press, 1984.

❾《馬克思恩格斯論文學與藝術》(一)，頁一八二。

❿Clark and Holquist, *Mikhail Bakhtin*; Holquist, *Dialogism: Bakhtin and His World*, Routledge, New Yorrk, 1990.

⓫參見 Tony Bennett, *Formalism and Marxism*, New York, 1979 和註❻。

⓬Tzvetan Todorov, *Mikhail Bakhtine: le principe dialogique*, Paris, 1981.

⓭Ernst Cassirer, *Philosophy of Symbolic Forms*, Yale University Press, 1953, p.80.

⓮M. M. Bakhtin, "K filosofii postupka," in *Filosofia i sotsiologia nauki i tekhniki*, 1984／1985, Moscow, 1986.

⓯M. M. Bakhtin, "Iskusstvo i otvestvennost," in *Den' iskusstva* (1919), pp.3-4.

⓰⓱同前揭書。

⓲M. M. Bakhtin, "Avtor i geroj v esteticheskoj dejatel'nosti," in *Estetika slovesnogo tvorchestva*, Moscow, 1979, p.19.

⓳同前揭書，p.19.

⓴同前揭書，pp.7-180.

㉑參見《文學主體性論爭集》，紅旗出版社，一九八六年。又見董學文，《兩種文學主體觀》，春風文藝出版

社，一九九二年。

㉒ Bakhtin/Voloshinov, *Frejdizm*, Moscow, 1927; Bakhtin/Voloshinov, *Medvedev, Fromal'nyj metod v literaturovedenii,* Leningrad, 1928; Bakhtin/Voloshinov, *Marksizm i filosofia jazyka,* Leningrad, 1929.

㉓ *Freudianism: A Marxist Critique,* Trans. I. R. Titunik, New York, 1976, p.76.

㉔ Bakhtin/Voloshinov, *Marxism and the Philosophy of Language,* Trans. L. Matejka and I. Titunik, Harvard University Press, 1986.

㉕同前揭書，p.9.

㉖同前揭書，p,11.

㉗同前揭書，p.23.

㉘ M. Bakhtin/Medvedev, *Fromal'nyj metod v literaturovedenii*, 1982‧李輝凡、張捷譯，《文藝學中的形式主義方法》，漓江出版社，一九八九年，頁二〇-三九。

㉙ Bakhtin, The Formal Method in Literary Scholarship, p.123.

㉚關於音調的論述，主要見於〈生活的話語和藝術的話語〉一文。見 Bakhtin/Voloshinov, "Slovo v zhizni i slovo v poezii," in *Zvezda* 6(1926).

㉛同㉔、㉕。

㉜參見 Clark and Holquist, *Mikhail Bakhtin*，中文譯本見語冰譯，《米哈伊爾‧巴赫汀》，中國人民大學

出版社，一九九二年。又見 C. Morson and C. Emerson, *Mikhail Bakhtin: Creation of a Prosaics,* Stanford University Press,1992.

㉝同前揭書。

㉞參見 Tzvetan Todorov, *Mikhail Bakhtine: le principe dialogique,* Paris, 1981; Julia Kristeva, "Word, Dialogue, and Novel," in *Desire in Language,* New York, 1980.

㉟參見 Raymond Williams, *Marxism and Literature,* Oxford University Press, 1977.

㊱從文化理論的角度來理解巴赫汀的，主要是英國馬克思主義「文化唯物主義」派。參見 Ken Hirschkop and David Shepherd Ed., *Bakhtin and Cultural Theory,* Manchester University Press, 1989.

第一章 巴赫汀傳略

一、激流中的學術求索

米哈依爾・米哈依洛維奇・巴赫汀(Mikhail Mikhailovich Bakhtin)一八九五年十一月十六日誕生於俄國奧里爾的一個沒落貴族家庭。他的祖父是個曾擁有三千農奴的貴族，後來在奧里爾創辦了一所士官學校，同時經營了一家商行。巴赫汀的父親就在他祖父創辦的商行裡做經理。奧里爾是俄國南部的一個普通城市。它的形象如同任何一個常常出現在俄國作家筆下不起眼的省城A、B、C之類。

二十世紀聲名顯赫的理論家就誕生在這樣一個平凡的小城裡。巴赫汀的家庭教育也如同當時一般的俄國舊式貴族家庭那樣，保持著注重教養、溫文爾雅的傳統，崇尚德國式的教育。

這卻在無意中孕育了巴赫汀對抽象的哲學思辨的愛好。無獨有偶，他的兄長尼古拉，對語言與思維、哲學與心理之間的關係問題極感興趣。尼古拉先後在巴黎和英國劍橋大學學習西方古典文學，後在英國大學任教，在伯明罕大學創立語言學系，是語言哲學大師維特根斯坦的摯友。尼古拉一九五〇年逝世。

巴赫汀的青少年時代似乎平淡無奇。九歲那年，他隨家人遷到立陶宛首都維爾紐斯。十五歲時，又舉家南遷，來到奧德薩。一九一三年，巴赫汀進入奧德薩大學，一年後又轉入彼得堡大學的古典語文系。從一九一四年到一九一八年，巴赫汀在彼得堡大學學習了四年。這段時間正好是第一次世界大戰時期。一九一七年，十月革命的炮聲在彼得格勒響起。在世界大戰和革命的激流中，巴赫汀開始了他不同凡響的學術求索。

那一時代的俄國文化思想界，思潮蜂起，百家爭鳴。俄國知識分子自十九世紀以來，一直處於社會劇烈動盪、變化和衝突的前沿。民粹主義、無政府主義、馬克思主義、布爾什維克主義……種種思想流派爭霸稱雄，相互消長，集中反映了俄國的社會現實：俄國封建專制政體與西歐資產階級議會民主，落後的農奴制經濟與西歐現代的工業化文明，俄國軍事帝國主義與西歐、日本的帝國主義野心的尖銳對立，以及東正教宗教勢力與科學理性主義之間的矛盾衝突，終於導致了龐大俄羅斯帝國的崩潰。而世紀末的整個歐洲，以及整個世界，又何嘗不處在政治、經濟、社會的深刻動盪和危機之中，才終於點燃了蔓延全球的世界大戰之火？

距今已有一個世紀的歐洲文化界，是現代主義思潮崛起的時代。集時代的危機和矛盾衝突之大成的俄國文化界，現代主義思潮流派異軍突起。象徵主義、未來主義、構成主義、超現實主義……五花八門，形形色色，形成了俄國文學藝術領域裡的「先鋒派主流」。在思想領域裡，俄國也是長期佔主導地位的德國古典哲學與西歐近現代分析哲學、實證主義哲學的戰場。愛因斯坦的相對論和現代物理學的革命，與新康德主義、新黑格爾主義、柏格森主義、佛洛伊德主義，以及尼采、胡塞爾、卡西爾哲學……林林總總，在俄國思想界裡唇槍舌戰，眾聲喧嘩。

俄國知識分子的社會民族熱情和道德責任感與中國知識分子頗為相似，他們對社會、政治現實問題的強烈關懷使他們在學術上往往急功近利。因此，位於新世紀文化、思想的峰口浪尖之巓和颶風中心的俄國，並沒有造就一兩位領一代風騷的思想大師。然而，俄國的文學藝術領域卻一直輝煌燦爛，挾現代主義文藝大潮的形式主義文藝批評應運而生。形式主義批評與現代主義文藝相互呼應，形成了二十世紀西方文藝的兩大革命性力量。

年輕的大學生巴赫汀進入彼得堡大學不久，就捲入了風雲激盪的革命潮流中。當然，革命的急流不僅是刀光劍影，街頭巷尾、工廠礦井中的戰爭、示威、罷工。實際上，巴赫汀從來就不是一個政治活動家，而是一位埋頭讀書、自甘寂寞、勤奮思考與寫作的學者。但他不願作象牙塔內、故紙堆中冥思靜坐的學究。自大學時代起，就站在思想與文化領域的時代的前沿，廣泛接觸了各種思想流派。他積極參加了關心猶太人和非正統教會的彼得堡宗教哲學學會的活動。

一九一七年，十月革命爆發。俄國的命運，以致整個人類的命運，都由此改觀。俄國知識界與十月革命的關係十分複雜。革命初期，除了少數人，包括先鋒派藝術家和持現代派觀點的作家在內的知識分子大都站在革命和布爾什維克一邊，熱情地擁抱革命。在新生的蘇維埃政權受到西方及白軍侵擾和嚴寒、飢餓重重包圍的時候，青年知識分子們與工人、士兵、農民們一道忍受飢寒。同時，他們熱情百倍地對人性、宗教、文化、哲學和文藝問題進行無休止的辯論。

一九一八年，巴赫汀從彼得堡大學畢業。他隨即離開了彼得格勒，來到了人口僅有一萬餘人的小城內維爾，找了一個中學教員的職位謀生。這個面色蒼白、瘦弱文靜、性情孤傲、沉默寡言的年輕人，不善交際，既不是政治積極分子，也不屑與先鋒派文藝人士爲伍。然而，在內維爾這個遠離文化中心的小城裡，巴赫汀卻開始找到了一群知音。

內維爾有不少青年知識分子像巴赫汀一樣，離開了莫斯科、彼得格勒這樣的大城市，來到遠離塵囂的小城，潛心思索抽象的哲學與理念問題。他們逐漸聚集在一起，整日整夜地辯論著古希臘哲學、康德和黑格爾。在一群志同道合者中，伏羅希洛夫和卡岡很快就與巴赫汀成爲情同手足的摯友。卡岡當時剛從德國留學歸國，取得了哲學博士學位。在內維爾的哲學小組裡，他一下就成了中心人物。卡岡曾在萊比錫、柏林等地的最高學府遊學，並受教於新康德主義馬堡學派的著名代表人物柯亨和卡西爾門下。內維爾哲學小組因此受到新康德主義的很大影響。巴赫汀的思想歷程，亦從新康德主義開始。

面對革命後的嚴峻而複雜的現實，內維爾哲學小組的青年人從德國古典哲學，特別是康德哲學中尋找眞理，尤其受到其中啓蒙精神的鼓舞。儘管他們啃著黑麵包，抽著劣質的煙捲，卻似乎無視飢寒，完全沉浸在啓蒙思想的光輝之中，感到莫大的精神的歡樂。他們一邊在小組內部討論，一邊組織著各種公共辯論會，把他們爭論的問題引向大眾。公共辯論會是那個時代十分流行的民間集會形式，人們盡興發表自己的各種觀點，辯論任何使他們感興趣的問題。公共辯論會又是俄國知識分子啓蒙大眾的一個重要形式。內維爾小組組織的各種公共辯論會以哲學、宗教、文學藝術爲主題，往往吸引了很多對文化藝術和精神生活一向有著濃厚興趣和良好素養的普通俄國聽眾。

革命後，俄國知識分子啓蒙大眾的精神高揚。這在某種程度上，繼承了十九世紀民粹主義者和革命民主義者「走向民間」的傳統。不過與民粹派不同的是革命後的知識分子，更爲關心文化啓蒙的問題。他們往往從德國古典哲學的理性和啓蒙精神出發，關心俄羅斯的民族精神和文化傳統的現代化轉型問題以及二十世紀人類社會價値觀劇烈轉變的問題。這與當時流行的激進的布爾什維克主義和社會民主主義思潮的意識型態是有一定距離的。內維爾小組的成員們對馬克思主義、社會主義的種種流行口號和時髦觀點並不亦步亦趨，常常還發表各種批評、懷疑的論點。在新生的蘇維埃政權相對寬容、開放的文化政策之下，內維爾小組的觀點並未被當做異端來對付。

巴赫汀積極參加了內維爾小組的公共辯論會。平時寡言少語的巴赫汀，在辯論會上談起他心愛的論題，卻滔滔雄辯，熱情奔放。據當地報載，在一次「上帝與社會主義」的公共辯論會上，巴赫汀抨擊社會主義思想「從不關心來世的問題」。他的講演被報導者評論爲「不著邊際的空談」，但並沒有就此給他扣上一頂「反社會主義」的大帽子（當然，十年後史達林大清洗的魔障降臨時，這些都成了他的罪名）。在早期蘇聯寬鬆的文化氣氛下，巴赫汀與他的朋友們大量閱讀各種學術著作（巴赫汀對希臘文、拉丁文和德文、法文等歐洲語言有極精湛的修養），並自由地發表自己的言論，自由地思考。這種自由的空氣和疾風暴雨、雲譎波詭的革命時代的切身體驗，對巴赫汀的思想成熟有十分積極的影響。

一九二〇年，內維爾哲學小組的成員們紛紛遷居到比內維爾稍大的城市維特布斯克，巴赫汀也遷了過去。維特布斯克是舊俄時代的度假城市，情調悠靜典雅，是文人騷客出沒之處。二〇年代初，以先鋒派畫家夏卡爾爲首的一批「左翼藝術家社」同人們在那兒聚居。夏卡爾們在維特布斯克開辦了一家藝術博物館，並經常舉辦各種展覽、畫廊、文藝沙龍和公共辯論會，儼然成爲該城市的文化中心。不過，巴赫汀和他的內維爾小組的朋友們一向不趕時髦，仍然繼續著哲學和文化問題的自由辯論，很少參加夏卡爾們的沙龍社交活動。

這時巴赫汀又一位親密的友人梅德維捷夫也來到了維特布斯克。梅德維捷夫是一位很有活動能量的人，他當時擔任了維市的無產階級大學的教務長，並擔任著市政府文化人民委員會戲劇和教育科科長。由於梅德維捷夫的活動，巴赫汀小組的許多學術活動得到了政府的認可和協助，巴赫汀也開始在教育學院任教，同時他還參加了各種公益活動，在各種文化團體舉辦的活動、講座中露面。

一九二一年，巴赫汀與愛琳娜・亞歷山大洛娃・奧克洛芙娜（後巴赫汀娜）結婚。這時巴赫汀本來就很虛弱的身體進一步變壞，患了嚴重的骨髓炎，到了一九二八年，終於失去了他的右腿。由於長期病痛和顛沛，巴赫汀夫婦從未有過子女。一對愛侶相依爲命，共同生活了五十年，到一九七一年愛琳娜先巴赫汀去世。

在維特布斯克，巴赫汀撰寫了關於道德、倫理、哲學和美學的一系列文章。這一時期的著作以康德哲學爲出發點，主要探討道德哲學與美學的關係問題。這批手稿在當時沒有機會發表，很多稿子並未完成。直到七〇年代，才由人整理成集，以《美學、語言學的創造》爲題出版❶。這段時間的著作提出了哲學的主體建構論和對話美學的基本問題。巴赫汀圍繞著康德三大批判所闡述的認識論、倫理學和美學的重要命題，探討人的主體性建構，把「回應性」(otvetstvennost)，即人的主體通過與他者的對話、回應而建構的過程，作爲哲學和美學研究的核心問題。

早期巴赫汀最感興趣的是人的主體性問題，尤其是從美學和價值論的角度來探索人的主體的建構(architectonics)❷。他的手稿和筆論中主要是與康德及新康德主義哲學代表柯亨、納托爾普和卡西爾等的哲學對話，其中顯示了巴赫汀思想的獨到之處，即對「對話」、自我與他者的互相交流、溝通、回應的特殊興趣。這種興趣使他很早就對人類價值交換和對話交流的基本媒介和文化的根本載體——語言非常重視。在進行哲學、美學研究的同時，巴赫汀大約在一九二二年完成了關於杜斯妥也夫斯基美學的論著的初稿。這部著作到了一九二九年才發表。

儘管巴赫汀在維特布斯克緊張寫作，撰寫了大量手稿，但卻沒有發表的機會，因而也無法在學術界謀得職位，在生活上亦日益窘迫。由於他的思考和寫作內容的抽象思辨色彩，與流行的話題與政治意識型態相去甚遠，也因爲他一向不善交際活動，他的學術成就得不到承認。在他的思想日益豐富、成熟，醞釀著革命性變化的時刻，現實中的巴赫汀卻漸漸潦倒到了幾乎衣食無著的地步。

一九二四年一月列寧逝世。就在這一年的春天，巴赫汀離開了維特布斯克，回到了他當年求學的俄國舊都彼得堡——列寧逝世後改名爲列寧格勒市。

二、列寧格勒的成熟與豐收

直到一九二九年被捕後遭流放，巴赫汀在列寧格勒共生活了五年。在這五年內，他與內維爾和維特布斯克哲學小組的朋友們繼續哲學、文化和語言學的討論，形成了以巴赫汀爲核心的列寧格勒小組。巴赫汀與他的朋友們密切合作，完成了好幾部重要的學術著作。這些著作討論了馬克思主義和哲學、語言學、美學、心理學和文藝學的許多問題，與形式主義批評和佛洛伊德主義進行了論戰。在這段時間內，巴赫汀還修改、出版了論杜斯妥也夫斯基詩學的專著，提出了小說複調的理論。在思想和學術方面，這五年是巴赫汀一生中最豐富多產的時期。

然而，列寧格勒時期的著作的作者問題，卻是巴赫汀研究中一項爭議最大的問題。好幾部重要著作，如《馬克思主義與語言哲學》、《文學研究的形式方法》、《佛洛伊德主義述評》等，發表時的署名都不是巴赫汀，而是伏羅希洛夫或梅德維捷夫。這兩位都是巴赫汀的密友，在學術上各有建樹。但有爭議的這幾部著作，究竟出自於巴赫汀之手，還是由這兩位朋友分別所撰，一直是眾說紛紜，莫衷一是。在思想觀點上，這幾部著作無疑代表了巴赫汀的成熟思想，尤其是巴赫汀對馬克思主義文化理論的思考和發展。但這幾部書在出版時卻沒有署上巴赫汀的名字。是因為當時的條件不允許用巴赫汀的名字發表(他既無正當職業,又因與某些宗教組織的瓜葛,在政治上不那麼「清白」)?還是因為巴赫汀出於他那獨特的關於「作者」的理論立場,有意要用他人的名字,來代替眞實的作者的自我?伏羅希洛夫和梅德維捷夫二人與千千萬萬蘇聯知識分子一樣,死在三〇年代大淸洗的恐怖歲月。而六〇年代和七〇年代晚年的巴赫汀,被問及這幾部著作的作者問題時,又總是三緘其口,更使得作者問題成為神祕的難解之謎。從六〇年代末巴赫汀在蘇聯被「重新發現」起,直到現在,從蘇聯到歐美,對這個作者問題的爭論曠日持久。這場爭論的實質是確定巴赫汀是否是一位馬克思主義的思想家和文化理論家。雖然有些肯定巴赫汀為眞實作者的西方學者認為馬克思主義只是巴赫汀理論的表皮和裝飾,有些否定他為作者的人並不完全否認馬克思主義對巴赫汀的影響,但問題的關鍵是巴赫汀與馬克思主義的關係:在多大程度上馬克思主義影響了巴赫汀的理論?巴赫汀對於馬克思主義的文化理論作出了哪些貢獻❸?

在難以找到作者問題的確定證據的情況之下,本書傾向於巴赫汀是這些有爭議著作的**主要作者**,其他作者積極參與撰寫過程的看法。最根本的一點是:我們反覆、仔細地閱讀這幾部著作,並將其中的基本觀點與巴赫汀一生的大量論著作縱向與橫向的對比、分析,可以看到無論在理論原則上還是在論證方法、語言風格上,這幾部著作都帶有巴赫汀獨特的個性和思想特徵。另一方面,從伏羅希洛夫和梅德維捷夫撰寫的其他論著來看,均不具備或很少具備這幾部著作中的理論的深度、邏輯的嚴密、論爭的犀利。其次，我們有理由相信，巴赫汀對於作者與主角、自我與他者的互相對話的開放性立場，影響了他對署名問題的態度。他最喜歡的角色，即是杜斯妥也夫斯基的「重疊」，以及中世紀流浪漢小說中充滿睿智、慣於裝扮成白癡、傻瓜來嘲弄人世陳規陋習的「小痞子」。他未嘗沒有將自己的理論傾向與內心中深深的「惡作劇」的習性付諸於行的願望。當然，我們完全不必把巴赫汀的署名問題浪漫化、理想化。一個十分實際的考慮是：巴赫汀一直是一個毫無社會地位和學術職務的「遊民」，而伏羅希洛夫和梅德維捷夫兩位，卻都是在蘇聯文化界學術界「有頭有臉」的人物。顯然，以他們的名字出版著作，比起用巴赫汀的名字來要容易得多（這點可以從巴赫汀後來所遇到的一系列出版著作的困難上得以印證）。

對有考據癖的讀者來說，以上的論證顯然缺少嚴謹的推理和證據。不過，本書意旨不在對作者問題進行詳盡的考證，而是就有爭議的幾部著作和作者的內容和風格而論，提出巴赫汀是主要作者的看法。以下提到作者時，僅提到巴赫汀的名字，主要是為了方便，並不是視巴赫汀確切無疑地是這些著作的唯一作者。

列寧格勒小組基本上跟內維爾和維特布斯克的哲學小組一樣，是個非正式的文藝沙龍圈。巴赫汀以他的睿智和學識成爲小組的精神領袖。他的關於對話、自我與他者的交流的熠熠閃光的思想，都是通過與小組的其他成員們的對話與辯論而逐漸成熟的。即便到了後來漫長而孤獨的流放歲月，小組的幾位密友死的死，散的散，巴赫汀仍然通過他的寫作，以及閱讀由古到今、從哲學到小說大量的書籍，保持著貫穿了他的一生的人生對話。

在列寧格勒的五年裡，巴赫汀的思想跨越了一個分水嶺：由抽象思辨色彩濃厚、受德國古典哲學影響很深的美學、倫理學的主題，逐漸轉向社會性、歷史性和實踐性更強的語言學主題。這個轉變與二十世紀西方的分析哲學、現象學、解釋學等各哲學流派經歷過的所謂「語言學轉向」有某種內在的聯繫❹。

但是，巴赫汀的「語言學轉向」有其獨到的特點。首先，巴赫汀是通過馬克思的歷史唯物主義觀點，與主要思想流派，即佛洛伊德主義、俄國形式主義與結構主義理論的對話、論戰，找到語言這個理論基石的。列寧格勒的「馬克思主義階段」對巴赫汀思想向語言的根本轉變有著決定性的意義。

巴赫汀「語言學轉向」的第二個特點是建設性的批判，或批判性的建設。他這個階段的著作，都是針對當時思想、理論界廣泛流行的學派和思潮，進行尖銳透徹的批判與剖析。但他的這種批判都是建設性的，主旨是通過對流行的思想體系的分析批判，來建立他自己的學說。巴赫汀早年就極關心哲學中的主體「建構」問題，他鍾情於美學的「回應性」和對話，將人的主體、審美的主體看成為永遠變動不居、生生不息的「存在的事件」和不斷更新、建構、形成的過程。在與列寧格勒小組的朋友緊密合作的馬克思主義階段，巴赫汀更以百倍的熱情，建設馬克思主義的語言哲學、「社會學詩學」、意識型態理論，創建以語言爲基石，以「話語」、「言談」爲基本要素的文化理論。他的理論被稱之爲「超語言學」、「後設語言學」、「文化人類學」、「哲學人類學」。貫穿始終的，是人類主體自身的建構，是經由人與人的交流、價值的交換與實現，簡言之，經由「對話」而展開的歷史的生機勃勃的進程。透過巴赫汀的犀利、尖銳、深沉的批判的語言，我們感受到的是一顆洋溢著樂觀情緒，充滿著建設人類文明大廈的渴望的心靈。應該說，巴赫汀理論的建設性特點，在當代西方思想界一片「解構」、否定、摧毀、顛覆的喧囂中，有著獨特的魅力。

列寧逝世到三〇年代初史達林開始搞大清洗的這四、五年時間，蘇聯的文化思想界仍然較爲開放。西方各種思潮在蘇聯學術界展開廣泛自由的爭論，佛洛伊德主義、結構主義等流派十分流行。在文藝理論界，形式主義批評實力雄厚。什克洛夫斯基、愛亨鮑姆、提尼亞諾夫、雅柯布森等主要形式主義批評家集中於列寧格勒，在國立藝術史研究院任職。巴赫汀這五年卻一直沒有工作，也極少有機會發表文章和參加學術會議。所以，他與形式主義批評的論爭和對話，在社會地位上是不平等的。

但這並不妨礙巴赫汀在思想上與包括形式主義批評在內的各種流派對話。他的主要對話形式，是列寧格勒小組內部的討論、大量的閱讀和寫作。同時，巴赫汀一直與貧困和疾病作頑強的抗爭。他的腿病加重了。在列寧格勒這樣的大城市裡，他又沒有過硬的人事關係，加上性情執拗，一直找不到適當的工作。愛琳娜靠作玩具動物等來補貼他那不斷減少的殘疾人撫恤金，他自己則靠辦些私人講習班等來增加收入。不過來聽他講美學、哲學和語言學的聽眾們，又有幾個能付給他多一些束脩的？

然而巴赫汀在精神上卻十分充實。這和列寧格勒小組的經常聚會是分不開的。當年哲學小組的老朋友們陸續都搬到了列寧格勒。點上煙捲，一杯粗糙清苦的咖啡，娓娓談來，智慧的火花在寒冷黯淡的空氣中撞擊、閃爍，溫暖著這群意氣相投的朋友們的心扉。小組漸漸擴大，又有幾位新朋友加入。這裡面，有研究中國、日本和朝鮮的東方學家康拉德，還有一位著名的生物學家卡納耶夫。和卡納耶夫的友誼給巴赫汀的思想帶來生物學和自然科學的影響。他後來對認識的「時空型」問題、自然科學與人文科學異同問題的思考，都帶有生物學觀點的痕跡。巴赫汀對生命科學興趣很濃，有一篇討論「活力論」的生物學論文，雖署名卡納耶夫，但巴赫汀很可能是眞正的作者。

除了自然科學、東方哲學和心理學方面的朋友，列寧格勒小組還有一位女鋼琴家瑪麗婭·尤蒂娜。她一九二二年從彼得格勒音樂學院畢業後留校，兩年就提升爲教授，是蘇聯著名的鋼琴家之一。尤蒂娜有著獨立不羈的個性，愛跟有獨立思想見解的知識分子交朋友。她很快就成了巴赫汀夫婦的密友，常常以她出色的鋼琴演奏給孤寂又病魔纏身的巴赫汀以慰藉。

與巴赫汀的名字聯繫得最緊密的當然是伏羅希洛夫和梅德維捷夫。瓦倫丁·尼古拉耶維奇・伏羅希洛夫（一八九五—一九三六）最初研究音樂理論。二〇年代在列寧格勒大學的研究所研究文學理論。伏羅希洛夫在列寧格勒大學東西方比較文學和語言史研究所寫的學位論文，研究的是「引語」的問題。他曾經發表過很多論音樂、現代主義詩歌、美學、心理學和語言學的論文。巴赫汀小組馬克思主義階段的兩部重要著作《佛洛伊德主義述評》、《馬克思主義與語言哲學》均以伏羅希洛夫的名義出版。伏羅希洛夫是一位傑出的馬克思主義語言學家，他對巴赫汀對話理論的主要貢獻是語言學，特別是話語和言談的理論。

伏羅希洛夫三〇年代初在列寧格勒赫爾岑教育學院任教，還在國立口語文化研究所任研究員。他一九三六年被肺結核奪去生命，留下未完成的博士論文和卡西爾《象徵形式哲學》的譯稿。

另一部重要著作《文學研究的形式方法》以梅德維捷夫的名義出版。這是一部以馬克思主義觀點批判形式主義批評，勾畫「社會學詩學」的馬克思主義文藝理論的經典，與論佛洛伊德、馬克思主義語言哲學的另兩部論著有同樣重要的意義。巴赫汀小組對形式主義批評的分析批判與教條主義的官方馬克思主義理論對形式主義的抨擊形成鮮明的對照。然而，日丹諾夫炮製、史達林欽定的「社會主義現實主義」理論，不僅把形式主義批評的合理性徹底否定，也將巴赫汀的馬克思主義分析打入冷宮。文學的語言和形式的重要性被一律抹煞，取而代之的是機械的社會反映論。三十多年之後，巴赫汀的理論突破才被重新發現。

梅德維捷夫文思敏捷，精力過人。除了《形式方法》一書，他還撰寫、發表了大量論文和論著。帕維爾・尼古拉耶維奇・梅德維捷夫（一八九一—一九四一？）在二〇年代和三〇年代正躊躇滿志，事業上一帆風順。他在幾所大學和研究機構同時兼職，很早就提升爲列寧格勒語言史研究所、赫爾岑教育學院和托爾瑪舍夫軍事學院的正教授。梅德維捷夫的性格與沉靜的巴赫汀截然相反，事業和生活也大相徑庭，不過這不妨礙他們成爲親密的朋友。列寧格勒小組的成員每個人都個性鮮明，經歷不同，正好構成了巴赫汀津津樂道的「複調」和「眾聲喧嘩」。他們走著不同的人生道路，卻共享著精神的自由和探索的艱辛與樂趣。

列寧格勒的五年裡，巴赫汀、伏羅希洛夫、梅德維捷夫等在相對自由的學術探索中，大大豐富了、發展了馬克思主義的文化理論。這與當時蘇聯文化界的寬鬆氣氛有很大關係。不過到了後來，文化思想界的「百家爭鳴」逐漸由史達林文化專制主義的「一枝獨秀」所取代，巴赫汀和他的朋友們的求索便越來越舉步維艱了。

一九二九年，巴赫汀以他的眞名出版了《杜斯妥也夫斯基創作的問題》，這是他的第一部以眞名發表的著作。這部書發表不久，巴赫汀就被捕了。從此，巴赫汀再度在蘇聯學術界銷聲匿跡，直到一九六三年《杜》書再版。

杜斯妥也夫斯基是巴赫汀最心愛的作家。杜斯妥也夫斯基的小說是一種獨特的「思想小說」。他的筆捕捉了世界上千姿百態、變化多端的思想，情感和慾念的衝突、糾纏，栩栩如生地再造了心靈隱密深藏之處與意識深層的聲音，並且像一個極高超的樂隊指揮，用他那雙魔幻的手掌，演奏了心靈之聲的驚心動魄的交響樂章。但杜斯妥也耶夫斯基既不是一位具有超驗靈性和靈魂感應的巫師，能看穿人的靈魂，也不是一個冷眼旁觀、不動聲色的精神病醫生。他是一位把自己的全部感情、智慧和良知都投入、傾訴給他筆下主角的作家。他的作家的「自我」與筆下主角的「他者」，在靈魂與靈魂之間的「大弦嘈嘈如急雨，小弦切切如私語，嘈嘈切切錯雜彈，大珠小珠落玉盤」的交響對話中，相互交流、滲透、融匯、交替形成了你中有我、我中有你的「重疊」。

「重疊」是杜斯妥也夫斯基筆下最常出現的孿生兄弟似的主角，最喜歡靜坐一隅，自我反思、自我解剖，在自言自語的對白（即與「自我」的另一部分的對話）中找到了「他者」，找到了自己的孿生的「重疊」，從而找到了「自我」。杜斯妥也夫斯基筆下的作者與主角的角色互相交換。在陰暗幽深的地下室裡，在烏雲翻滾、陰霾密佈、鉛一樣沉重的俄羅斯天空下，那些戰慄著、掙扎著、渴望著的平凡而偉大、貧瘠而富饒的靈魂們，得以自由地交談、自由地翱翔。巴赫汀爲杜斯妥也夫斯基筆下那個靈魂煎熬、精神自由、充滿著極端的痛苦和極度的愉悅的神奇瑰麗的世界激動不已。他與杜斯妥也夫斯基構成了一對最佳的「重疊」。在運用馬克思歷史唯物論的宏觀武器，縱橫捭闔，大筆揮寫「超語言學」、「哲學人類學」篇章的同時，巴赫汀又以他一隻敏感、獨特的耳朵，聆聽著杜斯妥也夫斯基用小說語言譜寫的「複調」

式的、「多聲部」的交響樂。

《杜斯妥也夫斯基創作的問題》(一九六三年作了重要修改,再版後改名爲《杜斯妥也夫斯基詩學問題》)是巴赫汀的著作中最出名的一部,以至於許多人把巴赫汀看成爲一個有某種的特別見解的杜斯妥也夫斯基小說研究者。而他所提出的「複調」小說理論,也被作爲一種新鮮的批評概念而引用。當然,縱觀巴赫汀一生的著述,《杜》書的確是他學術思想的一座里程碑。但其在巴赫汀宏大、龐雜、廣闊的思想體系中的意義,遠遠超過了狹隘的小說敍事學的概念,而必須放在巴赫汀貫穿始終的、以「對話」、交流和溝通爲核心的美學、法律和文化的求索中來把握。

《杜》的出版同時爲巴赫汀小組在列寧格勒的美好時光畫了一個句號。這些年來,巴赫汀雖然一直病魔纏身,在貧困中掙扎,但在學術和思想上卻最有建樹,精神生活十分充實。他除與巴赫汀小組的朋友們聚會之外,還常常與俄國東正教會組織有來往。巴赫汀對宗教問題一向有著濃厚的興趣。這在論杜斯妥也夫斯基一書之中有詳盡的發揮。雖然宗教思想究竟對巴赫汀的思想有多少影響一直是個難以確定的問題,但他與教會,特別是與一些受官方注意的宗教團體的關係,卻給他帶來了嚴重的麻煩[5]。一九二九年一月,巴赫汀突然被捕,主要罪名是參與了反政府的地下宗教團體活動。他的刑期開始爲十年苦役,在俄國東北部的苦役監獄中執行。這對於一身病痛、截去了一條腿的巴赫汀,無疑意謂著死亡。他反覆上訴,朋友們亦為他多方周旋。女鋼琴家尤蒂娜找到了高爾基，高爾基為巴赫汀向有關機構拍發了兩份辯護電報。小說家阿歷克謝・托爾斯泰亦為他出面求情。當時任蘇維埃教育文化人民委員的盧那察爾斯基為一九二九年五月（巴赫汀被捕五個月後）《杜斯妥也夫斯基創作的問題》的首次出版寫了一篇書評，對作者的觀點十分贊賞。這無意之間也幫了巴赫汀的忙。

案子拖了差不多快一年，終於減刑為流放至南部的哈薩克斯坦，刑期六年。一九三○年春，巴赫汀夫婦離開了列寧格勒，開始了漫長的流放歲月。如同他心愛的杜斯妥也夫斯基，如同俄羅斯千百個優秀的靈魂，包括赫爾岑、東爾尼雪夫斯基、高爾基……，為了精神的自由，思想的求索，踏上了苦役、流放之途。巴赫汀後來再也沒有回到列寧格勒，他的朋友們也從此失去了與他們的精神領袖相聚一堂的機會。

三○年代的蘇聯歷史，是一章堪與中國大陸的文革十年「媲美」的歲月。巴赫汀在這一血腥的年代的前夕就成了罪人，發配到落後邊遠地區，也算是因禍得福。在史達林大清洗高潮到來的時候，他反而避開了風暴的中心。而列寧格勒的許多朋友們，卻沒有逃得開那場駭人聽聞的大悲劇。梅德維捷夫在三○年代初還正春風得意，在托爾瑪舍夫軍事學院做到將軍軍銜的文學系主任職位。但一九三八年就突然被祕密警察逮捕，據說一九四一年在集中營裡被處決。伏羅希洛夫一九三六年死於肺結核；巴赫汀在荒涼貧窮的哈薩克斯坦流放地默默地服刑，靜靜地思考。他比起梅德維捷夫和其他好幾位死於大清洗的朋友們，更幸運得多了。

三、漫長的流放與沉思

庫斯塔納依是哈薩克斯坦共和國西北部的一個小城市。這兒比起列寧格勒來，相差實在太遠。在這個邊疆市鎭裡，根本沒有什麼文化生活可言。流放到此的巴赫汀夫婦必須自食其力。一開始，愛琳娜在不同地方做些臨時的出納、售貨員工作，巴赫汀尚未從病痛、監禁和流放的顚簸中恢復元氣。一九三一年四月起，他也開始在地區消費合作社裡找到了一份統計員的職務。他在那兒的工作十分出色，與當地的布爾什維克相處融洽。這時蘇聯正經歷著農業集體化的過程，與中國的「大躍進」時期頗爲相似。巴赫汀做爲一個流放犯和地方機構的小統計員，在蘇聯農村直接目睹、參加了農業集體化的全過程。

一九三六年夏天，流放刑滿的巴赫汀夫婦有兩個月的假期，回到列寧格勒與尙倖存的朋友短期相聚，經梅德維捷夫的幫助和推薦，巴赫汀得到了薩蘭斯克的摩爾達維亞教育學院的聘書。一九三六年九月，他們遷往薩蘭斯克。

薩蘭斯克是摩爾達維亞自治共和國的首府。巴赫汀到了教育學院後，講授世界文學，終於又回到了寫作與教書的學者生活。但好運不長，命乖運蹇的巴赫汀在教育學院只幹了一年。因爲就在一九三六年夏天，以「季諾維也夫—托洛茨基反黨集團」審判的序曲，正式揭開了

「大清洗」血腥的幕帘。像巴赫汀這樣的「刑滿釋放分子」，自然劫數難逃，如何能繼續在校園書齋裡清閒過關？他被教育學院解聘了，不過這次他總算逃脫了二度入獄的惡運，於一九三七年秋搬到伏爾加河畔的小村鎮薩伏洛夫。他的病日益嚴重，只有住進了條件極爲簡陋，但尚可減弱痛苦、苟延殘喘的鄉鎮醫院。

躺在病房裡的巴赫汀，以一雙飽經憂患的耳朵，聆聽著伏爾加河嗚咽的傾訴。而整個蘇聯大地，正是濁浪濤天。成千上萬的知識分子、老布爾什維克戰士以莫須有的罪名被送進集中營、被處決，以「布哈林反黨集團案」爲高峰。

一九三八年底，貝利亞代替了大清洗的劊子手、祕密警察頭子葉佐夫出掌國家安全部，大清洗也接近了尾聲。這以後到二次世界大戰爆發的短暫年月，蘇聯知識界尚無暇從血腥和恐怖中恢復喘息的能力。文化界經過了一個全盤史達林化的過程。文化沙皇日丹諾夫施展鐵腕，建立了中央集權、個人崇拜、「社會主義現實主義」的教條在文藝界一花獨放的文化專制。

三〇年代的蘇聯文化界是一個極黑暗的歲月，巴赫汀這十年與文化界幾乎完全隔離，在貧困、邊遠而落後的流放地與鄉村小鎮裡，與疾病和貧窮掙扎。這一段極端艱難困苦的歲月，卻構成了巴赫汀思想又一個豐富繁茂的發展高潮。雖然沒有任何發表的希望和機會，巴赫汀卻寫出了一部又一部著作。這些凝聚著巴赫汀沉思的精粹的論述，氣勢恢宏，在世界的文化、歷史、語言的瀚海中自由地翱翔。他以高度抽象的哲理的論言，縱橫古今上下幾千年，浩浩蕩蕩，大氣磅礡，寄託著他的自由的理想，抒發著對專制主義的憤懣。巴赫汀的思想日臻成熟，進入了一個新的階段。

三〇年代，巴赫汀思考的重點是小說。他以小說的話語爲軸心，對人類的歷史、意識、存在與文化作全景式的宏觀考察和剖析，撰寫了一系列理論性極強的著作。這批著作以小說敍事爲主題，實際上講的是文化史，是語言的對話、撞擊、滲透、融匯、變形的人類文明的發展史。卷佚浩繁的歷史長河中，傳播、記載著文明的興衰、世情的變遷，與人類社會存在須臾不可相離的文化的最基本形式，便是敍事。西方的敍事以行吟詩人口頭傳播的史詩爲源頭，華夏的敍事以遠古的卜辭、頌歌，以致空前豐富的史書傳記爲濫觴。在近現代文化轉型時期又以小說爲犖犖大觀，發展到了極致。(二十一世紀的敍事形式，似有被視覺文化的寵兒——電視電影所取代的趨勢。）巴赫汀寫的文化史，是一部以敍事爲基點，通過近現代文化轉型期獨佔鰲頭的敍事形式——小說——所凝聚、折射、再現的人類的對話、理解、交流、溝通的「眾聲喧嘩」(raznorechie)現象，來把握文化發展的歷史。巴赫汀的這種寫法，堪稱爲史無前例的史筆。

巴赫汀的思想到了三、四〇年代，大致走過了三個輪廓分明、界線清楚的三個階段：

一、早年內維爾——維特布斯克時期，是哲學——美學階段。這段時期以康德哲學爲起點，以哲學的主體建構論和美學的對話論爲核心。這個階段的對話，主要指的是交流、溝通中的價值交換，以及主體自身建構過程中的道德責任感和回應性。

二、二〇年代中期的列寧格勒小組階段，是巴赫汀的「語言學轉向」和馬克思主義階段。巴赫汀運用馬克思歷史唯物主義的觀點，從語言的實踐的、社會的、歷史的深刻內涵，把握人的心理、意識、藝術創作及其他文化現象，並通過對杜斯妥也夫斯基「複調」小說的分析，窺視主體的自我意識在「多聲部」對話中形成的過程。

三、三〇年代至四〇年代的漫長流放歲月，是以小說敍事爲核心、「眾聲喧嘩」爲主旋律的轉型時期的文化理論建設的階段。巴赫汀熔哲學、語言學、歷史學和社會批判方法爲一爐，提出了他成熟的文化理論。這個階段的特點，即是理論和方法上高度的成熟和凝練。這一階段巴赫汀撰寫的著作，理論性最強，視野最爲宏闊，有深厚的哲學反思的特徵，同時又是最爲具體、最富有經驗論證、微觀解剖的文化分析特點。

三〇年代巴赫汀的代表作是一九三四—三五年寫的《小說的話語》和一九三七—三八年完成的《小說的時間形式和時空型》。《小說的話語》通過對由希臘史詩、蘇格拉底對話到羅馬小說、文藝復興時代的各種敍事文體與形式，到十九、二十世紀的歐洲小說文體的類型的分析，提出了「眾聲喧嘩」的文化史觀。巴赫汀以他獨特的角度，描述了文化轉型時期的語言與意識型態的向心力與離心力的衝突、撞擊，語言霸權的解體、中心論神話的崩潰。巴赫汀對語言、文化的多元一向是一往情深，在文化專制主義的黑暗年代，他不無一廂情願地把小說的話語描寫成一往無前、所向披靡、衝垮一切語言的霸權、語言的暴力和路障的勇士。

在《小說的時間形式和時空型》一書中，巴赫汀從康德認識論中時間與空間這對基本範疇出發，探索小說語言所建構的相互交叉、滲透的「時空型」，即不同歷史時期的文化空間。「時空型」(chronotope)是喜歡創造新詞的巴赫汀的又一獨創，用來描繪、把握人類文化的一種基本結構。

一九四〇—四一年，巴赫汀又連續撰寫了〈從小說話語之前的歷史談起〉、〈史詩與小說〉等長篇論文，通過對小說敘事的形式、文體和類型在歐洲的演變的追溯以及史詩和小說這兩大西方敘事形式的比較，繼續闡發他的文化理論，並對小說話語的顛覆性、反經典性和戲謔模擬的文體風格做縝密的分析。

由哲學、倫理學、美學入手，經過語言、小說敘事的深入研究探索，跨入文化、歷史和社會廣闊而博大的思想領域，這是巴赫汀思想發展的基本脈絡，也是二十世紀另一位傑出的思想家和文化理論家盧卡奇的思想脈絡。巴赫汀實際上是相當熟悉盧卡奇早期黑格爾主義以及黑格爾主義的馬克思主義時期的思想的，還動手譯過盧卡奇的經典之作《小說的理論》。巴赫汀寫的〈史詩與小說〉長文，即是批判盧卡奇理論的黑格爾主義觀點的。

盧卡奇早年從黑格爾哲學出發，對意識與物質、主體與社會的關係興趣極濃。他發現小說這種敍事形式是一種最能體現他所理解的心與物、個體與社會的辯證關係的美學形式。《小說的理論》有濃厚的黑格爾思辨哲學的色彩。隨著盧卡奇的興趣逐漸向社會批判與革命實踐方向的轉移，馬克思主義成爲他思想的主導。盧卡奇結合馬克思對商品的分析和異化的理論，沿黑格爾辯證法的軌跡，在《歷史與階級意識》一書中推出了他的文化理論。盧卡奇認爲，資本主義社會的物化、商品化已進入了意識與文化的深層，無產階級必須克服意識上的物化，建立本階級的階級意識，進行思想和意識型態層面的革命，才能完成無產階級革命的歷史任務。盧卡奇晚年又回到了文藝理論，特別是小說理論這個心愛的話題，因爲他覺得只有通過小說敍事才能把握歷史與文化的整體性，無產階級的自我意識，也須通過現實主義的小說敍述來實現，爲最終實現革命的烏托邦理想鋪平道路。

在看重小說敍事這一點上，巴赫汀與盧卡奇不約而同。不過，巴赫汀不是盧卡奇那樣一位充滿了馬克思主義革命精神的鬥士；他的烏托邦理想，也不像盧卡奇那樣具有強烈的黑格爾式終極目的論色彩。兩者從未相遇，盧卡奇也許根本就沒有聽說過巴赫汀的名字。但這並不妨礙兩者間非常有趣的對照和對話（這一對話實際上是由一生性喜對話，卻沒沒無聞的巴赫汀開始的）。

黑格爾從來就不是巴赫汀心目中的英雄，他一直厭惡黑格爾辯證法中大一統、君臨一切的目的論，而喜歡多元、反叛和自由精神。杜斯妥也夫斯基筆下那些流浪漢、罪犯和社會叛逆的主角，常常起了顛覆、破壞官方的專制主義價値觀和意識型態的作用，是巴赫汀十分喜愛的反叛的英雄。在史達林專制主義文化氣氛下，巴赫汀心中的自由、開放、多元和叛逆的精靈，在民間文化的「狂歡節」中得到了釋放。

杜斯妥也夫斯基的「複調」小說裡，洋溢著語言的酣暢淋漓、歡樂奔瀉、激情蕩漾的「狂歡節」氣氛，常常從民間與世俗文化的素材中汲取反叛正統道德和教會清規的養分。這是杜斯妥也夫斯基創作中的一個現代主義的特色。巴赫汀對此十分心儀。由對杜斯妥也夫斯基複調小說狂歡節風格的闡釋始，巴赫汀進而追溯到「狂歡節」風格的中世紀和文藝復興時代的源頭。一九四一年，他完成了《拉伯雷和他的世界》一書，透過對文藝復興時代法國小說家拉伯雷的長篇小說《巨人傳》的剖析，闡發了民間文化的狂歡節風格和自由反叛的精神，以及拉伯雷開創的怪誕現實主義文體。

《拉伯雷和他的世界》一書與巴赫汀其他學術著作風格迥異。巴赫汀一反嚴肅凝重的思辨分析、拖泥帶水的反覆論證的文風，採用了拉伯雷式的狂放、誇張的文體，嘻笑怒罵，恣肆放縱，盡情謳歌了民間文化中的反叛和反傳統的「狂歡節」。拉伯雷小說中的「狂歡節」，是民間自發自願、人人參與、全民皆樂的節日。它以民間笑話和戲謔爲主導，詛咒和讚美混雜，謳歌死亡與流血、再生與創造，充滿著對生命力的讚美和創造的曖昧。它以追求平等、反叛常規、逆俗的姻緣婚配、神靈的褻瀆爲主要特徵，嘲弄、消解、顚覆、懸置一切妨礙生命力、創造力的等級差異。它是一個與正統、官方或精英文化對立的反文化或民俗文化。它是社會生活中眾聲喧嘩現象的一個特例，同時也是文藝創作的「多聲部」對話式文體的典範。「狂歡節」代表了巴赫汀的烏托邦理想主義，構成了他的轉型時期的文化理論的重要一翼。

不過，巴赫汀的狂歡節是一個反烏托邦的烏托邦。在狂歡節裡，一切都變動流衍，在感性自由和審美歡悅之中開放、變遷和轉換，生生死死、死死生生，表現出強大的生命力量和感性世界的衝擊能。在這個世界裡，一切終極和諧、盡善盡美、功德圓滿、關門大吉的目的論和烏托邦都一掃而光。

「狂歡節」與「狂歡節」風格的理論引起了極多的爭議和誤解。蘇聯和歐美的學者對此提出了許多對立、相反的解釋，強調這一理論在巴赫汀思想體系中的「異端性」。其實，只要理解巴赫汀在三、四〇年代那個特定的歷史環境下的親身體驗，抓住他的思想的深刻批判性及其在文化層面的革命和創造精神，就不難理解巴赫汀爲何一反常規，以大氣磅礴的手筆來撰寫這麼一部將民間反文化的「狂歡節」極爲理想化的著作。

在蘇聯衛國戰爭前夜完成的《拉伯雷》一書，是巴赫汀提交給高爾基世界文學研究院的博士論文。由於戰爭爆發，他失去了論文審核答辯的機會。這部書一九四一年完成，直到二十五年之後，才得以出版。另一部論成長教育小說(Bildungsroman)和現實主義的專著也在戰前完稿，交給出版社。可是，戰爭一開始，一切正常出版活動都停止了。這部幾十萬字的書稿隨著出版社的建築一道毀於炮火之中。

戰爭爆發後，巴赫汀一直在薩伏洛夫鎮居住，靠在中學教德文和俄文謀生，戰爭歲月中的生活更爲嚴峻艱苦。巴赫汀一生有兩大嗜好：抽煙和喝茶。當時紙張極困難，巴赫汀一發煙癮，就隨手撕手稿紙捲煙。他寫下的多少論著就這樣燒掉了。加上頻繁的搬遷，他寫的大量文稿都散失了。他多年來一直被排斥在學術界大門之外，未有過與他的學識相配的職位。他把功名看得很淡。在列寧格勒時期出版的多部著作，均未署上他的名字。巴赫汀對於發表、出版自己的著作，是很不經意的。

巴赫汀寫作的一大特點，是從不刻意經營，任筆端追隨著思想之潮，自由地流動，筆走龍蛇，興之所至，許多文章常常寫了一半或多半，不能再續和完成。這與他的「未完成性」的信念有關，但像巴赫汀這樣對於出版自己的著作如此漫不經心的人，也實在是絕無僅有。加上時代、社會和個人境遇，種種原因，使他多少熠熠閃光的思想在沒沒無聞中埋藏了幾十年，散佚於兵荒馬亂之中，或消失在他自己捲的劣質煙捲的煙霧中。這眞是莫大的歷史諷刺：巴赫汀這位終生追求對話式人生、對話式藝術的人，卻不得不在沉默的孤獨中生活了幾十年！

戰後，巴赫汀回到薩蘭斯克。百廢待興，摩爾達維亞教育學院又想起了這位優秀的文學教師。一九四五年他被學院任命爲文學系主任。在繁忙的教學和行政事務中，他抽空修改了

《拉伯雷》一書，於一九四六年再度呈交給高爾基研究院。論文答辯訂在一九四六年十一月十五日舉行。不巧的是蘇共中央在這年十月底頒發了一系列文件，加緊了對文化界的控制。日丹諾夫發表連篇累牘的講話、指令，對文化界的「反社會主義」自由化傾向提出嚴重警告。他還猛烈抨擊民間文化，認爲民間文化過於原始、粗糙、簡單，強調「時代要求我們提高文藝創作的水準」。另一方面，戰後這幾年，蘇美兩大陣營的「冷戰」氣氛逐步升級，蘇聯文化界展開了批判西歐思想與文化的運動。在這種情況下，巴赫汀關於西歐文化傳統和民間文學的言論，就顯得十分不合時宜了。

巴赫汀的論文答辯引發了一場很大的爭議。雖然論文委員會一致認爲，這是一部高水平、有創見的學術論著，並且推薦授與巴赫汀國家博士的最高學位，但卻遇到官方主管部門的強烈反對。社會主義現實主義理論的衛道士們認爲巴赫汀嚴重歪曲了現實主義的美學原則，有突出的反社會主義傾向。因爲反對者手中掌有大權，論文沒有通過，而呈交給國家學位委員會重新審查。這樣，論文答辯又一次拖了下來。到了一九四七年底，蘇聯文化界反西方反自由化的調子升得更高了。高爾基研究院首當其衝，受到猛烈攻擊。擔任巴赫汀論文委員會成員的研究員們都被撤了職。國家學位委員會決定繼續拖延巴赫汀的論文答辯。直到一九五二年六月才通知巴赫汀，不授予國家博士學位，只給他以副博士學位。聽到這個消息，他只聳了聳肩膀，但這樣一來，《拉伯雷》一書從完成到出版，整整等了二十五年。

在摩爾達維亞教育學院，巴赫汀以他的淵博學識和富有魅力的教學，博得了師生們一致的贊賞與敬慕。一九五三年史達林逝世。不久赫魯雪夫上台，在蘇聯推行了非史達林化運動，文化界亦相對「解凍」。但這一切對巴赫汀都影響甚微。這些年來，他遠離蘇聯文化學術中心，一直在教育學院教書。一九五八年，學校升級，成爲摩爾達維亞奧伽列夫大學。一年後，巴赫汀被提升爲俄文與外國文學系的系主任。他的生活與工作條件有了很大改善，健康也有所好轉。不過在蘇聯學術界，他仍沒沒無聞。

四、回到莫斯科

並非所有的人都把巴赫汀忘記了。當年同巴赫汀小組論戰的理論家什克洛夫斯基和雅柯布森，在五〇年代中期多次提到巴赫汀在二〇年代對文藝理論所作的貢獻。五〇年代末，在高爾基研究院的一批年輕研究生偶然從塵埃瀰漫的書架上發現了二〇年代出版的《杜斯妥也夫斯基創作問題》，讀後拍案叫絕，驚訝不已，沒想到幾十年前就有過如此精湛獨到的理論著述。爲首的研究生名叫庫齊諾夫，他發現巴赫汀的學位原來就是由高爾基學院授予的，算來還是一位前輩學長。他和波卡洛夫等同學進一步得到學院檔案館的許可，拿到了《拉伯雷》論文。一九六〇年春，他們向院出版社推薦出版該書。他們三番五次地推薦，卻一次又一次遭到否決。

庫齊諾夫得知巴赫汀還活在人間，立即與他取得聯繫。一九六一年，三位研究生乘火車來到薩蘭斯克，與巴赫汀面晤。隨後，青年學者們開始一批批地由莫斯科和列寧格勒等地前往邊遠的摩爾達維亞拜訪傳奇式的巴赫汀，向他求教。這時蘇聯學術界開始注意到巴赫汀的存在。

一九六三年，經過庫齊諾夫等不懈的努力，修改、擴展後的《杜斯妥也夫斯基詩學問題》再版。一九六五年，《拉伯雷和他的世界》首次出版。巴赫汀被重新發現，在蘇聯學術界產生了轟動。這時，年邁的巴赫汀已從任教幾十年的大學退休，而他的身體也每況愈下。一九六九年，巴赫汀在他的學生和仰慕者的幫助下，回到首都莫斯科，在醫院住下治療。一九七一年，巴赫汀的終生伴侶愛琳娜·巴赫汀娜去世。

一九七二年，巴赫汀七十七歲，正式獲得莫斯科戶口。這時，他在蘇聯學術界和思想界的泰斗地位得到確認。六〇年代在蘇聯理論界影響很大的塔圖符號學派，從巴赫汀的思想裡發掘了極爲豐富的符號學思想材料。結構主義學派也十分盛行，把巴赫汀視爲自己的同盟。巴赫汀多年來撰寫的論著陸續發表，在他生前和死後的年月裡，由波卡洛夫等編成文集出版。

六〇年代末、七〇年代初，由保加利亞移民到法國的理論家朱麗婭·克莉絲特娃與茨維坦·托多羅夫在法國結構主義、符號學和敍事學風靡學術界的時候，先後將巴赫汀的觀點介紹給西方，他的著作也漸漸譯成英、法、德等西方文字。一九八一年，托多羅夫研究巴赫汀的專著《巴赫汀——對話原則》在法國出版；一九八四年，由卡特琳娜・克拉克和邁可・霍奎斯特合著的英文傳記《米哈依爾・巴赫汀》在美國出版。八〇年代，巴赫汀的名字在歐美學術界家喻戶曉，研究、引用巴赫汀學說的論著汗牛充棟。在當代西方學術界和思想界，巴赫汀被公認爲二十世紀的一位舉足輕重的思想家、理論家。

晚年的巴赫汀也許未曾想到過他身後的影響和名聲。遷居莫斯科後，他過著恬淡平靜的生活，一邊在庫齊諾夫等幫助下整理多年的凌亂蕪雜的手稿，一邊回到了早年的哲學和美學問題的思索。在他生命的最後這些年代裡，巴赫汀並沒有完成什麼大部頭的論著。最主要的論文有〈談話的類型學問題〉(五〇年代完成)，由小說和文學語言的探討擴大到日常談話的類型分析。巴赫汀晚年寫了許多筆記、提綱，這批筆記很多是他隨意寫下的隻言片語，大部分都沒形成完整的論文或著作。但其中包括了巴赫汀總結其一生豐富的經歷和思想發展的智慧的精華。

巴赫汀到了晚年，視野更爲開闊宏大，注重開拓「人類科學」的大問題。他的思想涵蓋了二十世紀思想界關心的主要問題，特別是人類的認識和創造的問題。他一生孜孜以求的是了解人類認識自我、認識世界、互相了解、互相交流和溝通的眞諦。到了晚年，他把早期三個階段發展形成的各種觀點和思想歸結到理解、認識和創造的歷史解釋學問題。現代解釋學要解決的是理解歷史的問題。解釋學大師伽達默把理解歷史的過程，看成爲兩個不同時代的主體——自我與他者——的對話和交流的關係。這點和巴赫汀的對話論不謀而合。

在寫於一九七〇—七一年的筆記裡，巴赫汀這樣描寫他這個階段的思想：

「呈現（發展中）的思想的統一。因此我的許多思想內在的某種開放性。不過，我並不想把弱點說成是長處：在這些文章中，有太多的外在的開放性，也即是說不是思想自身的開放性，而是其表達和陳述的開放性。有時眞難將兩者分開。無法將其界定爲某一傾向（結構主義）。我對變化的熱愛，對使用不同的詞彙描述同一現象的熱愛。焦點的多元。把相距遙遠的事情拉近，而毋須指出其中介。」❻

在同一時期的另一份筆記裡，巴赫汀又說：

「卡爾．馬克思說過，只有語言表達出來的思想對於另一個人來說才是眞實的思想，對於我自己來說，也同樣如此。不過這個他者並不僅僅是一位直接的他者（第二個受話者）；語言一直向前，尋找對應和理解。」❼

巴赫汀既是在總結他的人生體驗，又是在講述普遍意義上的語言的歷史和人類理解自己、理解世界的歷史。這是一個開放式的、向前的、未完成的、對話的歷史。

然而，站在他獨特的角度抓住這個歷史的人，卻不得不在他的有限生命裡，中止了這個永遠不會完結的對話。一九七五年三月七日，米哈依爾・米哈依洛維奇・巴赫汀在他莫斯科的公寓裡逝世，享年八十歲。臨終前，他留下的最後一句話是：「我走到你那兒去了。」

如果我們把「你」不是理解成某一具體的人或物，而是一種精神追求的「彼岸」，一個對話中的「他者」，那麼，這的確是巴赫汀一生「路漫漫其修遠兮，吾將上下而求索」的心靈歷程的寫照。正是由於他一生卓有成效的上下求索，才最終使他的對話的聲音跨越了國境、文化、歷史和語言的界線，走遍了歐美，走向了世界。

註釋

❶《美學、語言學的創造》，波卡洛夫、阿維林切夫編，莫斯科，一九七九年版(*Estetika slovesnogo tvorchestva*, Moscow, 1979)。

❷「建構」(architectonics)是巴赫汀的英文傳記作者克拉克和霍奎斯特爲他早年的著作所起的一個總題

目。詳見本書第二章。

❸認爲巴赫汀是以伏羅希洛夫、梅德維捷夫等署名的眞實作者的，主要以克拉克和霍奎斯特與庫齊諾夫等爲代表。首先提出反對意見的是伏羅希洛夫著作的英譯者提圖尼克(I. R. Titunik)。托多羅夫等也表示反對。美國的巴赫汀學者莫爾遜(Gary Morson)與愛默生(Caryl Emerson)認爲，巴赫汀本質上是個非馬克思主義的思想家，因此以伏羅希洛夫等名義發表的著作不可能是巴赫汀撰寫的。參見莫爾遜和愛默生的論著《米哈依爾・巴赫汀——散文學的創造》，史丹佛大學，一九九〇年版(*Mikhail Bakhtin: Creation of A Prosaics*, Stanford University Press, 1990)，頁一〇一—一二一。

❹所謂西方現代哲學的「語言學轉向」，主要是指現代西方兩大不同的哲學潮流，即以羅素等爲代表的分析派哲學和邏輯實證主義爲一派，和以卡西爾和後期維特根斯坦等爲主的人文哲學爲另一派，對語言問題的激烈爭論。現代解釋學的代表伽達默以及結構主義、後結構主義思想家羅蘭・巴特、雅克・德希達、米歇・傅柯等，基本上與人文哲學相通，強調語言的歧義性和多元語境。所以巴赫汀的思想更爲接近西方人文哲學。

❺克拉克和霍奎斯特的英文傳記強調東正教和基督的觀念對巴赫汀的重要影響。不過他們並沒有從巴赫汀的著作中舉出充分的例證來闡明他們這一說法。參見卡特琳娜・克拉克和邁可・霍奎斯特，《米哈依爾・巴赫汀》，哈佛大學出版社，一九八四年版(*Mikhail Bakhtin*, Harvard University Press, 1984)，頁一二〇—四六。

❻巴赫汀，〈一九七〇年—七一年的筆記〉，《談話類型學和其他晚期論文集》(英譯本)(*Speech Genres and*

Other Late Essays, University of Texas Press, 1986)，頁一一五。俄文見《美學、語言學的創造》，頁三四二。

❼同前揭書，英譯本頁一二七。俄文版頁三〇三。

第二章

哲學建構論與對話美學

一、社會與思想背景

十九世紀末葉和二十世紀初，俄國社會的動盪與劇變及其對思想文化界的影響，對中國讀者並不生疏。尤其是十九世紀六〇年代的俄國革命民主主義思潮與現實主義美學，在中國更是影響深遠。別林斯基、車爾尼雪夫斯基、杜勃羅留勃夫以及普列漢諾夫的著作，長期以來在中國被奉爲文學批評、文學理論的經典。他們把政治鬥爭與文學和美學創作緊密結合，強調藝術的本質是形象思維，美即是現實，美即是生活。另外，他們都注重藝術創作的典型化問題。多年來，中國的文學批評與理論界一直圍繞著形象思維、現實主義、典型化等幾個問題轉圈子，以此作爲衡量、批評文學作品的圭臬。

別車杜等在哲學上受德國古典哲學影響極深，特別是黑格爾哲學和美學，以及費爾巴哈的唯物論。普列漢諾夫的馬克思主義文藝理論和列寧關於文學藝術的論述，與別車杜的美學觀有著一脈相承的聯繫。這種黑格爾主義美學觀對中國的理論界也有很深的影響。中國大陸美學界在五〇年代至六〇年代進行的一場美學大辯論，主要是圍繞著具有濃厚黑格爾主義色彩的主觀與客觀的二元對立問題展開，以至於以現代美學見長，對克羅齊、佛洛伊德等現代審美心理學和哲學有深刻研究，並對中國傳統討論有獨到見解的美學大師朱光潛，亦不得不削足適履，在一遍又一遍的政治檢查和自我譴責後，不斷地將自己的觀點往黑格爾主義的二元對立模式裡硬套❶。

中國大陸的這種學術研究和思想爭論政治功利主義的偏見，使得文學理論界對俄國的另一股強有力的思潮視而不見。這就是新康德主義思潮。對俄國文藝界與思想界產生過很大影響的新康德主義，以德國哲學家柯亨爲首的馬堡學派爲代表。雖然新康德主義哲學家們均有不同程度的科學主義傾向，喜歡從自然科學的角度把康德哲學邏輯化、數學化，但他們對康德的主體性和認識論哲學的爭論，亦導向了人文主義思想的高揚（如卡西爾聲稱：「我們必須把康德的**理性的批判**變成**文化的批判**！」）❷。巴赫汀的早期思想的主要來源即爲新康德主義哲學與科學哲學。他站在科學理性和人文理性兩股思潮匯聚、交鋒的交叉點，逐漸形成了他自己的哲學與美學觀。康德美學作爲溝通思辨理性（認識）與實踐理性（倫理）的橋樑，把「人的最終目的」在審美判斷中的全面展呈提到一個前所未有的高度。他所提出的審美主體及其對象的自主、自律、自在性，以及「形式上的合乎目的性」、「無目的的目的性」等重要命題，又是將啓蒙主義理性精神向現代主義的過渡鋪架了一座橋樑。巴赫汀正是跨越著康德哲學所建樹的這兩座橋樑，找到他自己的思想的立足點的。

康德哲學中的主體論和人文主義思潮，以及康德思想中深刻的**現代意識**及其對現代文藝和美學的深遠影響，多年來不爲中國讀者所了解和認識。這種局面到了李澤厚一九七九年初版、一九八四年再版他的《批判哲學的批判——康德述評》之時，才有了根本的轉變[3]。李澤厚的著作，是在中國文革之後，人道主義思潮重新抬頭，文化界呼喚著文化的再啓蒙、思想的再解放和現代的人類主體性建設的環境下出現的。而二十世紀初的俄國的青年知識分子巴赫汀，也是在一個由傳統走向現代、召喚著啓蒙、召喚著主體的時代，在歷史的交叉點上，認識康德、理解康德，並創造了主體的建構論和對話美學。

康德哲學的核心是認識論上的「哥白尼式革命」，其要點是調和經驗主義和理性主義的感性經驗與理性原則。列寧說：「康德哲學的基本特徵是調和唯物主義與唯心主義，使二者妥協，使各種互相對立的哲學派別結合在一個體系中。」[4]康德哲學體系雖然充滿了內在矛盾，但他對心物的對立、主體性、認識論、倫理學和美學諸重大問題提出的犀利透徹的看法和劃時代的觀點，尤其是康德認識論中對自然科學的重視，對西方現代思想的影響力和吸引力，遠遠超過了黑格爾的大一統權威主義和唯心主義辯證法。

撇開歐洲許多知識分子對黑格爾哲學所蘊含的普魯士專制主義絕對意志的厭煩和懷疑不論，新康德主義的廣泛流傳與二十世紀自然科學的重要發展，特別是現代物理學的重要突破，有著不可分割的聯繫。在理論物理學方面，愛因斯坦相對論、普朗克量子力學以及海森堡的測不準理論，對傳統的牛頓經典力學造成了「典範性」的突破❺。在哲學意義上，相對論嚴重動搖了牛頓力學的神學和形而上學基礎。形而上學的一元論岌岌可危，形形色色的「經驗批判主義者」（如馬赫、波格丹諾夫）和新康德主義者（如柯亨、阿芬那留斯等）紛紛出來重新爲人類的知識、理性和倫理確定界線。列寧則站在辯證唯物論的立場，寫了《唯物主義與經驗批判主義》反駁新康德主義。

新康德主義所關心的核心是一元論的問題。柯亨和馬堡學派主要是從唯心主義的立場來維護心物對立的一元和統一性。柯亨放棄了康德的「物自體」不可知論和調和理性主義與經驗主義的折衷主義，而抓住了康德「先驗綜合」的理念、邏輯和系統性，提出了他的「純粹認知的邏輯」。柯亨眼中的世界是一個純粹邏輯的、有嚴密系統的理念世界。心與物在這個嚴謹的邏輯理念中的關係，是一元統一的關係。另一位自然科學家、新康德主義哲學家赫姆霍爾茲企圖用數理邏輯來對康德重作一元論的解釋。而物理學家馬赫，則把物理實驗中得到的關於物質與能量的關係的知識運用到對形而上學的問題的思考上。巴赫汀對新康德主義結合哲學與自然科學新發現的努力很感興趣。不過，他對於馬堡學派徹頭徹尾的一元唯心論很不以爲然，而是對康德哲學的自然科學傾向的另一面，即關於物質世界與人的關係的一面，更爲熱心。馬堡學派對巴赫汀的吸引力還在於強調事物和經驗的**生成性**及**過程性**，以及各事物之間的**相關性**、**相對性**。愛因斯坦的相對論使年輕的巴赫汀深爲著迷。

青年巴赫汀通過新康德主義馬堡學派認識了康德哲學，他的思想發展留下了很深的康德哲學的烙印。康德哲學要解決的一個核心問題是人類主體性問題，而這個問題也貫穿了巴赫汀的對話美學。康德的「哥白尼革命」是人類認識論上的重要突破。巴赫汀的哲學思考也是緊緊圍繞著認識論的問題展開的。他的對話論的核心是自我如何認識他者、認識世界和認識自己的過程。巴赫汀又汲取了相對論的精華，把自我／他者的關係放到存在的高度來考察。康德的認識論和倫理學密切相連，最後康德把人類主體的自我完善、價值的最終實現歸結爲判斷力即美學的問題。巴赫汀的對話論的一大特徵即是價值論色彩。對話不僅僅是認識世界、互相溝通的基本方式，而且也是人類存在的基本方式。這種方式說到底是一種價值的交換關係和方式：沒有交換則無所謂價值，而一切交換又無不是通過某種**對話**的形式（包括語言的、非語言的一切符號的形式）。巴赫汀贊成康德的觀點，認爲價值交換和價值判斷的最高的形式是審美的判斷，必須從審美的角度來思考人類的主體、存在、認識和經驗的問題。他的文化理論亦起源於此。因此可以認爲巴赫汀的思想歸根結蒂是一種美學思想。

作爲俄國二十世紀社會大動盪時代的思想家，巴赫汀對康德哲學的理解又是完全不同於康德本人及新康德主義者的。這主要體現在巴赫汀對存在的問題和對人類理解溝通問題的特別關注，這兩個問題均是二十世紀人類所面臨的重大問題。在哲學與文化思想方面，巴赫汀最關心的是價值危機和轉型的現代性問題，因而他的立足點與啓蒙運動時代的康德迥異，也完全不同於堅持古典人道主義與民粹主義理想的俄國革命民主主義思想家車爾尼雪夫斯基等。就文藝思想而言，巴赫汀不同於別林斯基、車爾尼雪夫斯基、普列漢諾夫，以及與他同時代的托洛茨基、盧那察爾斯基，接受唯物主義與黑格爾體系，走向以社會政治鬥爭爲主體的現實主義美學。但巴赫汀的思想有強烈的反黑格爾主義傾向。這種傾向貫穿始終。

巴赫汀由康德和新康德主義哲學出發，到了二〇年代與他的朋友們轉向了馬克思主義的文化觀和語言觀，並且發展了有創見的馬克思主義的文化理論。

巴赫汀的馬克思主義文化理論的獨特貢獻主要體現在對語言和藝術形式的社會意識型態的研究方面。而他的語言哲學，則是建立在他早年即孜孜不倦對諸多美學問題的堅實探求的基礎上的。巴赫汀的美學和文化理論針對二十世紀不少有代表性的文化與藝術思潮。他的研究對象雖然以西方古典文藝以及十九世紀的作品爲主，但他要回答、解決的問題卻都是二十世紀文化面臨的重要問題。在這方面，巴赫汀與俄國十九世紀現實主義美學家們以及普列漢諾夫等是不可同日而語的。這裡值得一提的是，巴赫汀的主要思想來源是康德哲學，而不是對蘇聯正統思想意識型態體系起了決定作用的黑格爾主義。康德這位西方啓蒙與資產階級革命時代的理論家，對巴赫汀這位一生與大一統權威作對，不遺餘力地鼓吹對話、開放與多元的現代思想家的影響，是很令人深省的。

二、主體的哲學建構論

巴赫汀早期的哲學和美學著作包括一九一九至一九二四年這段時間完成的文稿，是在他的好幾項寫作計畫同時進行中完成的。這裡包括了後來完成的論杜斯妥也夫斯基的著作。可惜的是有好幾部重要的文稿都遺失了。當時發表出來的，只有一篇很短的論文〈藝術與責任／回應性〉。另有一篇較長的論文〈語言藝術的內容、素材和形式問題〉原訂於一九二四年發表，後來卻直到巴赫汀去世的一九七五年才見天日❻。一九八六年在蘇聯出版了巴赫汀這段時間寫的另一重要著作的片段，由編輯取名爲〈建立一個行動的哲學〉❼。他的長篇美學論文〈美學活動中的作者與主角〉是在一九七九年才分兩部分首次發表的❽。

巴赫汀早年撰寫的大量手稿當時幾乎都沒有發表。隨著時間的推移，他長期的顛沛輾轉，很多寶貴的手稿都散失了。這給研究巴赫汀早年思想增加了許多困難。但有一點學術界似有共識：這段時間的論著包含了巴赫汀思想的萌芽，奠定了堅實深厚的哲學基礎。有些西方記者甚而認爲，巴赫汀的基本觀點均是在這段時間內形成的。如克拉克和霍奎斯特就認爲，巴赫汀一生各個階段的著述，不過是對這些早年形成的基本哲學觀點的擴展和反覆論證，他一直圍繞著主體的建構和主體之間的對話來思考問題。

「建構論」(architectonics)是克拉克與霍奎斯特爲巴赫汀早期著述起的一個總題目[9]。這顯然與「建築學」(architecture)有關，是講建築與構造的結構、設計和布局。不過，「建構論」與房屋的建築和工程並無關係，它指的是人的主體性的建構，是哲學和人類學的問題。

主體不是一個上帝賦予的、先驗的、形而上的存在或實體，而是一個不斷建構自身的**過程**。這個能動的、發展的、建構的過程，主要是在相互運動、交流、溝通中的**關係**上呈現出來，所以巴赫汀把**關係**的問題看成爲主體建構的核心問題：人類是如何在千變萬化、錯綜複雜的相互交往、相互溝通中，首先確立起「自我」和「他者」這一對基本範疇的？人與人之間又是如何建構起社會的整體關係的？人的感性個體的存在從來不可能是孤立的和脫離與他者與社會群體存在的關係的。從這個意義來說，巴赫汀的確是窮其畢生的精力，來探索人與人之間的相互對話和相互理解，從而形成、建構了主體和自我，完成了社會整體的全部過程。

主體性：特殊與普遍的關係

確定人類的主體性，是從個體感性存在出發還是從種族、社會群體出發？巴赫汀選擇的是前者。美學因此在巴赫汀的主體論中佔有一個重要的位置，因爲美學要解決的，正是個別、特殊的個體感性的存在如何自我完美，如何成爲整體的問題。

對話理論首先是一種「主體論」。巴赫汀探討了主體性在不同的理性和認知範疇內的意義，著重點則在美學。人類主體的根本特性是每一個具體個人的活生生的個體感性存在，這是巴赫汀主體論的出發點。他一直企圖對個體存在的個別和特殊作普遍、一般性的把握。這種把握蘊含著邏輯和認識論上的悖論，巴赫汀一生都想解決這個悖論或兩難。問題的關鍵在於：如何找到一個基點，來從一般、普遍的角度把握個別與特殊，而不製造對個別的壓抑和暴力，也不導致個別的主觀性無限的自我擴張？

巴赫汀不滿意康德唯心主義的「先驗綜合」，他認爲最重要的不是什麼「先天綜合判斷如何可能」和時空直觀、知性範疇等抽象的形式問題，而首先必須面對實在、直接的現實世界，面對人類的感性個體的**具體存在**[10]。人類的每個個體都在現實世界中有其不可替代的、獨特的感性體驗，這種體驗被巴赫汀稱爲「視域剩餘」。每一個感性個體的特殊的「視域剩餘」，保證了主體的「外在性」，也使價值的交換、視域的互補成爲可能和必要，因而保障了主體的建構。換言之，人類主體的建構本質上是價值交換和互相對話、交流的關係。主體的「外在性」的高度集中、凝聚，形成了「超在性」。在「超在性」的認識視野和觀照中，人類主體才能希冀達到完美的境界。而認識這個人類主體不斷向盡善盡美追求的變動不居的過程，即是美學所要解決的任務，當然也是生命存在的根本任務。

生命的存在事件和回應性

巴赫汀的主體論直接受到康德哲學的啓發，尤其是康德的美學和價值論。他的「視覺剩餘」、「外在性」、「超在性」等概念，基本上是美學範疇的觀念，本書在下節討論巴赫汀美學理論時再作仔細介紹。這裡應該指出的是巴赫汀的主體論更具有康德哲學所無法展現的、具有二十世紀特徵的存在主義的色彩。

人的主體在巴赫汀看來首先是一個生命存在的事件或進程。存在是什麼？存在是「特殊的和統一的存在事件或進程」(edinctvennoe i edinoe sobytie bytija)[11]。存在是特殊的、不可替代的。死亡只有特殊的感性個體才能體驗到。但人人皆死，因此死亡的體驗又是群體的。因爲特殊個體對存在和死亡的體驗永遠是不完整的、片面的，所以整體上的存在和死亡只有在感性個體的自我與他者的關係中，與他者的對話、交流、溝通之中，才能充分體現。只有在這個自我與他者的對話、交流與溝通的意義上，存在才是統一的、完整的、全面的。值得一提的是，俄文詞 sobytie（事件、進程、事變）與 bytija（存在）同根，前綴 so-具有「集合」、「共有」、「交流」或「對話」的意思，如俄文單詞 sobesednik（交談者、對話者）、sobesedovanie（座談會）等等。在以上這句爲存在下定義的話裡，巴赫汀有意識地把 sobytie

和bytija這兩個詞連放在一起，以此強調存在(bytija)的共有性、同時性、交流性，即存在的流程、變化和事件——sobytie。

巴赫汀認爲，必須以總體上來把握人類主體的建構過程，或者說人類存在的「事件」。西方傳統的學術分支，即認識論、倫理學和美學的三大範疇，必須綜合起來。在〈藝術與責任感／回應性〉一文中，巴赫汀指出：「人類文化的三大範疇——科學、藝術和生活——只有在具體個人那裡才能得到統一。具體個人把這三大範疇在他自己的統一中綜合爲一體。」⓬這句話體現了青年巴赫汀的理想。他又說：「那麼，什麼是個人的各組成部分內在聯繫的保障呢？只有責任感／回應性的統一。」⓭

「責任感／回應性」(otvetstvennost)是一個關鍵詞。俄文原詞包涵了「責任感」和「回應性」或「回答性」雙重意義。在巴赫汀那裡，它既有強烈的倫理學色彩（責任感），又有認識論的獨特意義（回應性），同時這兩種意義的綜合又具有審美判斷的全面和完整性——人類的認識的本質乃是一種主體之間的對話、交流、溝通和互相回應、互相呼喚。這種呼喚、回應的關係產生了主體在倫理學、認識論和美學意義上的統一，而這正是巴赫汀所一再強調的。他說：「藝術和生活並不是一回事。但它們必須在我自己身上統一起來，在我的責任感／回應性之中統一起來。」⓮這裡巴赫汀摒棄了把藝術等同於生活、視藝術低於生活或高於生活的偏見，從人類主體的互相回應、對話、價值交換的角度，來審視藝術和生活的關係，這是他比車爾尼雪夫斯基、普列漢諾夫等高明之處。

在〈建立一個行動的哲學〉一文中，巴赫汀爲他的主體建構論作了如下的定義：「具體、特殊的部分和範圍構成了某種完整的總體，這個總體的構成靠各部分與範圍的有重點、不可缺少而又非專斷任意的分配和聯繫而實現。只有圍繞著某一特定的、作爲主角的個人，才有可能實現這樣的總體。」⑮所謂「完整的總體」，是指普遍、一般的現象或規律，而這種一般和普遍，又首先要通過個別、特殊的個體感性存在，即「作爲主角的個人」來達到。個別與一般，特殊與普遍的關係，不是一方犧牲、取代和吃掉另一方的關係，不是**非此即彼**、**你死我活**的關係，而是**亦此亦彼**、**你中有我**、**我中有你**、**同時共存**的對話、互動的關係。巴赫汀一生堅持存在的**同時共存**信念：這體現在他爲存在所下的「特殊和統一的存在事件或進程」的定義上面。事件、進程、事變本身必須具有共時性、共有性，存在必須是同時期有的事件（「存在」——bytija：「事件」——sobytie：「共有」——so-）。

對於在西方哲學中源遠流長、由黑格爾發展到了登峰造極的辯證法，巴赫汀是有相當程度的懷疑和保留的。他尤其不能容忍黑格爾辯證法的「對立統一」、定萬物爲一尊的權威主義傾向，而主張互相交流、溝通，同時共存而構成生命與存在的事件或進程的對話論。巴赫汀認爲，杜斯妥也夫斯基的作品完美地體現了對話論和辯證法的區別：「（杜斯妥也夫斯基）能夠窺視到任何一個現象的深刻的含糊不定性，但這些矛盾和兩分性絕不是辯證式的。它們從不在一個時間的軌道上循序漸近；正相反，它們在一個相同的層面，相互共存或相互對峙著。」⑯**亦此亦彼，同時共存**，而非**對立統一**，**螺旋上升**；是對話論，而非辯證法；這是理解巴赫汀思想的一個關鍵。（值得注意的是，辯證法在這兒指的是西方傳統的以語言和邏輯的爭論，以詭辯爲發端的辯證法，與古代中國哲學的源於軍事謀略和戰略實踐的辯證法是有區別的。巴赫汀當然並不甚了解中國傳統的辯證法。）

巴赫汀一生都在尋找解答普遍與個別關係的鑰匙。這種求索將他引到語言的領域，特別是語言中最活躍生動的日常話語言談。「言談」(vyskazyvanie)永遠是特殊的、個別的現象，由具體的個人在每一瞬間不同的場合說出，即使是重複千百遍的最簡單的字詞，在每次說出的時候對每個特殊的對話對象和語境都有不同的含義。（設想電話局接線員的一句「你好」，在千萬個受話者耳中產生的不同效果。）「言談」又永遠只能存在於對話之中。面對空壁的獨白與默默無言的內心自語，也非得有一個與「我」對話的「他」不可，哪怕這個「他者」不過是「自我」的「重疊」。「言談」爲人類交流、溝通的基本方式，必須具有普遍和一般的社會意義，才能夠使對話得到回應，產生有問有答、問中有答、答中有問的溝通。

早期巴赫汀在他的「語言學的轉向」之前，主要是從思辨哲學和美學的角度思考對話和主體的責任感及回應性問題。他後來運用馬克思主義的歷史唯物論，剖析語言、社會與意識型態的關係，逐漸形成了成熟的對話美學體系和文化理論。但他的對話理論中，仍然有著早期思辨哲學的抽象色彩，與歷史主義的語言學描述並存，這是巴赫汀理論的內在矛盾的一個主要方面。

簡而言之，巴赫汀的主體的哲學建構論有如下幾個特點：

第一，巴赫汀的主體建構論是從綜合、整體和全面的思維角度出發的。他在康德主體論的基礎上，汲取了康德和新康德主義哲學綜合哲學與自然科學、強調主體的過程和關係性的思想精華，提出了熔倫理學、認識論和美學為一爐的建構論。他的建構論特別重視價值論的問題，把主體的建構看成為人類的價值交換、交流的過程。而人類價值的完美實現的理想，貫穿了巴赫汀的思想，使他的思想具有強烈的美學傾向。巴赫汀美學的倫理學和價值論特點，又使其有別於較片面的、功利主義的俄國民粹主義美學家們。

第二，主體建構論是反形而上學和反黑格爾主義的。這主要體現在兩個方面：一是巴赫汀堅持的主體的開放性、互動性和對話性，二是巴赫汀以亦此亦彼、同時共存的對話論來糾正黑格爾二元對立、線性發展的辯證法。他把人的主體和人類的存在看成為一個開放、對話、交流、溝通的事件或進程，破除了形而上學的靜止、封閉、自足的主體論神話。此外，巴赫汀強調關係、強調多元發展、強調整體生成，是與黑格爾哲學涵蓋一切、君臨一切的大一統權威主義和辯證的目的論格格不入的。

第三，從一開始，巴赫汀就注意克服西方傳統思維中的非此即彼的二元對立。他的理論是關於差異和他者的理論，是關於歷史和文化的多元開放、對話交流的理論。這即是在二十世紀末期，人們越來越認識到世界上的文化與歷史現象的多元和差異性，以及對話、交流、溝通的重要意義的今天，巴赫汀受到越來越多的重視的原因之一。巴赫汀強調差異、他者、個別、特殊的一面，同時也強調事物的同一、自我、普遍和一般的另一面。事物的兩面性既不是一分爲二，也不是合二爲一，而是同時共存，互爲補充，亦此亦彼。他的這種觀點，近乎於中國古典哲學和美學思想中的個體與群體、自然與人性的融合交織的思想，如《易經》、《易傳》裡的陰陽互動，你中有我，我中有你，生生不息，變動不已，「日新之謂盛德，生生之謂易」的觀念。（當然，巴赫汀並沒有中國傳統思想中關於天道和宇宙萬物的普遍秩序、等級圖式的觀念。）

第四，作爲二十世紀的思想家，巴赫汀的主體論是針對著人類的存在和價值的重大問題而提出的。他與同時代的思想家海德格、沙特相似，把個體的特殊生命和感性存在放到突出位置。像海德格強調生命個體的「此在」(Dasein) 那樣，巴赫汀特別重視感性個體存在的特殊性。海德格也一再認爲「此在」必須是自我與他者的共在或「亦此在」(Auch-da-sein)，正如巴赫汀把存在看成是一個共存的事件和進程。不過，海德格認爲主體此在或親在的在世狀態是非本眞的 (uneigentlich)，而一旦達到了自由而澄明的存在的本眞 (eigentlich) 狀態，主體又茫然若失，無家可歸 (Nicht-zuhause-sein)。海德格後來在語言、美學的境界裡尋求撥開迷霧，進入永恆的大澈大悟，這與巴赫汀所走的正是相反的道路⓱。巴赫汀不像海德格那樣反反覆覆強調「畏懼」(Angst)，強調死亡，而是讚美生命的共存和變易、建構，這影響到他後來的語言觀、文化觀，在混沌繁蕪的「語言雜多」的世界上，在民間文化對肉體生命的自由解放、縱情宣洩的「狂歡節」中，尋找存在的眞諦。

另一位存在主義的大師沙特在其名著《存在與虛無》中，也一再強調個體生命的存在及其現世、此岸性，肉體在存在與生命中的作用，爲自我而在的「自在」和爲他者而在的「自爲」狀態等⓲。這些觀點，均一一可在巴赫汀的主體論中找到相同點或印證。巴赫汀與沙特的區別在於，後者的主體存在抹煞不了黑格爾大一統（自在與自爲的統一）的慾望的影子，也抹煞不了存在無法達到完善和統一的根深蒂固的憂慮；而巴赫汀的主體存在似乎與恐懼、憂慮無緣，更凸顯出一種建設性的樂觀。

雖然沙特、海德格和巴赫汀是同一時代的人，但巴赫汀並沒有接觸過存在主義哲學家們的作品。當然，他對於二十世紀初的哲學思想，如柏格森、基爾凱戈爾、胡塞爾等的思想是十分熟悉的。實際上，愛因斯坦的相對論對巴赫汀影響很大。愛因斯坦突出物質運動過程中觀察視點的關鍵作用，特別是物質在高速運動時觀察點的相對性，這對巴赫汀啓發很大。

三、美學理論的建立
——作者／主角的對話

主體建構論和美學是不可分割的，巴赫汀可以說是用他的美學理論闡發他的哲學主體論。早期巴赫汀的最重要美學論文是〈審美活動中的作者與主角〉。在這篇長達兩百五十多頁的論文中，對話美學的基本觀點可見端倪。在這一著作中，作者和主角的關係是主體存在的基本對話形式之一。作者和主角亦即自我與他者，主體的建構是在這兩者的對話和互動過程中形成的。

美學在主體建構論中起了什麼作用？巴赫汀主要是從個體意識之間的關係角度來考慮的。他把這種關係分爲四類：⑴倫理的事件，⑵認知的事件，⑶宗教的事件，⑷審美的事件。在倫理事件中，兩個意識是同一的，作者就是主角，或者說我即是我，我的行爲即我自身。在認知事件中，作者要獲得的是抽象眞理，而不是另一個意識，因此主角的意識是無足輕重的。在宗教事件中，兩個意識同時存在，但他們的關係是不平等的，一個君臨一切，一個俯首聽命。只有在審美事件中，作者和主角的兩個意識才能在平等的價值交換位置上同時存在。

審美事件中的兩個意識是怎樣同時共存、對話溝通的？巴赫汀認爲，審美事件中兩個意識的關係是一種整體的關係。作者把主角看成爲一個完整的人，一個完整的主體，一個活生生的、有血有肉、個性鮮明獨特的感性個體存在。巴赫汀說：「作者的這種對主角的整體的看法是建立在一個建設性和創造性的原則基礎之上的。」⓳審美的事件或過程(sobytie)是作者——創造的主體——使主角——創造的對象——完整成形，獲得生命的過程。審美是創造性的，美的創造是存在的需要，是生命的需要。

作者和主角

作者和主角作爲審美主體，是巴赫汀對話美學的核心。這兩者是主體不可缺少的基本組成部分和不可分割的兩個側面。兩者的關係即是體現在主體身上的自我與他者的關係。在倫理與認識的存在事件或過程中，主體在開放的、活動的世界中生活與行動。這時，自我是一個開放的、未完成的建構：「爲了生活與行動，我必須是未完成的，我必須敞開我自己，起碼在構成我的生命的關鍵時刻，我必須將自己開放。爲了我自身的生命存在，我必須是一個價值論上的未知數，一個與我現有面目不相同的人。」⓴

而在美的歷程中，作者與主角、自我與他者的關係則要複雜得多。首先，作爲生活在現實世界的開放性的自我，處於主角的位置，他的生活導向是倫理的、認知的，他爲自己的行爲負責，並向生活開放自己。「在另一方面，作者的生活導向卻是主角及其自身的倫理和認知的導向；作者的這種導向是在一個原則上完成了的世界中實現的。」換句話說，在美的世界裡，在美的歷程中，「價值的中心是主角及其生活體驗的**總體**，而其他的倫理和認識的價值都必須服從這個總體。」[21]簡言之，現實生活中的每個人（主角）看自己總是未完成的、開放的、片面的。看別人（他者）則不一樣，別人在我的眼中總是一個完整的存在。我們對別人的主觀印象中常常會把別人看成是一成不變的、完成了的對象。雖然我們心裡明白，別人其實與我們自己一樣，看起自己來總是以一種發展的、不確定的、未完成的眼光，或者說一種不抱有成見的眼光，但實際上我們看自己和看別人總是不一樣的。

而審美活動中的主體（作者）卻力圖克服這種生活中的主體在倫理和認識意義上觀察別人、觀察自我的片面性。審美主體（作者）力求全面、整體地把握主體的各個方面，在不同的層次和側面把握生活主體（主角）的全部，從而把握了自己，在與主角的價值交換——對話——中創造、建構出完美的主體。作爲審美主體的作者怎樣才能全面地把握主角呢？這要通過主體的「視域剩餘」、「外在性」和「超在性」三個條件來實現。

視域剩餘、外在性和超在性

這三個概念，談的都是差異與同一、自我與他者的關係。

我看我自己總是不完整的、片面的。但是，自我這種個別、特殊的視角卻是一種最基本的、不可替代的視角。我總是看不到我的身體的某些部分，如我的臉孔和我的背脊；但我卻可以看到你所看不到的身體部分，看見你的臉孔和你的背面。反之亦然，你可以看得見我的臉孔和背面。我的獨特視角不能被你的視角替代，但我和你的視角可以互相補充。我們都可以看得到對方看不到的地方，這便是我們每個人所擁有的視域剩餘。

視域剩餘構成了主體觀察世界時的外在性（vnenakhodimost, outsideness）。外在性是指主體的自我對於他者在時間和空間兩個層面上的外在。巴赫汀說：「文化中的外在性是人類理解的最重要因素。」㉒外在性是審美過程之中作者創造主角的根本條件。在審美過程中，「作者刻意保持一種外在於主角的位置，外在於主角的所有部分——在時間、空間、價值和意義上均處在主角之外。」㉓唯有如此，作者才能創造一個整體的、涵蓋了各個不同側面的主角。主體的建構就是通過這種作者對主角的外在、整體認識，或者自我與他者相互外在而又相互對話的過程來實現的。

「橫看成嶺側成峰，遠近高低各不同，不識廬山眞面目，只緣身在此山中。」這首詩印證了視角的差異和全面性，也指出了外在性的必要。若要獲得對廬山的整體印象和全面把握，我們必須置身於廬山之外。巴赫汀說：「作者必須把自己置身於自我之外。作者必須從與我們在現實中體驗自己的生活的角度不同的層面來體驗自我。只有滿足了這個條件，他才能完成自己，才能構成一個整體，提供**超在**於自我的內在生活的價值，從而使生活完美。對於他的**自我**，他必須成爲一個**他者**，必須通過他者的眼睛來觀察他自己。」（重點爲筆者所加）㉔這個讓自己置身於自我之外的過程並非易事。「作者在主角之外的位置是通過鬥爭而獲得的。這種鬥爭常常是一場生活的搏鬥，特別是在主角是自傳體的主人公的時候」（或者說「主角」即是「作者」自己）㉕。

「作者」和「主角」，實際上指的是主體的兩個基本構成部分。作者爲什麼要通過生活的搏鬥，來取得外在於他的自我之外的他者的立場？因爲只有這樣，他才能全面、整體地把握自己、完成自己、超越自己，從而達到一種「超在」（transgradientsvo, transgredience）的境界。然而，這種超在的境界只是一種最高的美學理想。在現實生活中，在倫理和認知的世界上，「自我」永遠不能完全徹底地超越或超在於他的另一半——「他者」，而「他者」也不可能完全徹底地超在於「自我」。

陳子昂的四句詩十分感性地把握了「超在」的體驗：「前不見古人，後不見來者。念天地之悠悠，獨愴然而涕下。」這首詩，傳遞著一種豪壯的、積極進取、投入人生的開拓精神和高蹈胸懷，可以爲巴赫汀的思想作一印照。巴赫汀反反覆覆地強調：「我相對於其他人類個體的無所不在的視域剩餘、認識剩餘和佔有剩餘，是建立在我在世上獨一無二、不可替代的位置之上的。只有我——唯一的我——在特定環境下佔有這個特殊的時間和空間；一切其他人都在我之外。」㉖感性個體的存在正是一種「前不見古人，後不見來者」的境界。但詩人之所以「獨愴然而涕下」，不正是深刻意識到每一個感性個體和每一個自我的獨特性，同時又體驗到獨特人生在五彩繽紛的大千世界中，承前啓後，繼往開來，生生不息，從而引發了內心深處的感歎麼？

審美的進程或美的歷程必須是自我和他者，作者與主角共同參與的歷程。「假若只有唯一的單獨參與者，美的歷程是不可能實現的。單獨的、無法超越自我的意識不能超然於自身之外審度自我，因此不可能被『美化』。人或能栖居於此，但卻無法對其從整體上把握，從而達到盡善盡美。美的歷程必須有兩個以上的參與者，它以兩個不相同的意識交流爲前提。」㉗在美的世界裡，讓我們走到一起來觀照；在美的世界裡，讓我們共享每一個感性個體的剩餘視域，而獲得外在的視野和距離，向著超在的開闊胸襟與高蹈情懷邁進。

巴赫汀關於視域剩餘、外在性和超在性的理論引出他的獨特的美的本質的定義。在他看來，美的本質乃是不同的生命體驗和不同的價值體系的對話、交流、溝通和同時共存，審美的觀照是他者與自我的視域剩餘和外在性的相互補充和相互交融。「我必須把我自己投射於他者身上，以他者的價值系統和他者的眼光來看世界。我必須把自己置身於別人的位置，然後再回到我自己的位置，透過我在別人之外的獨特角度，透過我的視域的剩餘，來『補充』他的視野。」㉘審美活動乃是自我向他者的投射，站在他者的角度來領會他者的內心體驗。然而，自我與他者的互相觀照、互相投射和角度的互補互換，卻不是自我與他者的完全同一。巴赫汀批判了二十世紀初流行的移情說的謬誤，指出自我與他者的人生體驗的互相投射，只能是觀察視角的互相交換和感情上的互相呼應，而不可能是渾然忘我，你我不分，以我代你的感情置換和同化。移情說把主體個人和客觀物體看成爲情感置換或同化的場所，是一種心理直覺主義的觀點，往往混淆了自我與他者的差異和相對關係。巴赫汀對於這種肇始於浪漫主義思潮的心理直覺主義美學從一開始就抱有戒心。

對話美學是一種強調社會性、反對個體心理直覺主義的美學理論。因此「外在性」對巴赫汀尤其重要，因爲它體現了存在的事件和美的歷程的社會意義。他說：「他者與世界緊密相連，而自我卻與我的內在的、世界外的自我活動緊密相連。」因此，「從自我體驗的角度看來，唯心主義是令人信服的。但從我所體驗到的他者的角度看來，唯物主義則是令人信服的。」[29]巴赫汀強調美學的唯物主義和社會性，首先把「外在性」看成是生活實踐和鬥爭的結果，看成是「生活的搏鬥中獲得的立場」。作者和主角的關係，是能動的、充滿活動力和張力、充滿矛盾和衝突的美學，互相補充，同時共存。在審美過程中，外在的距離是整體把握主體，把握世界，從而向超在的理想趨進的必要條件。中國美學家宗白華指出，「空靈和充實是藝術精神的兩元」；「藝術心靈的誕生，在人生忘我的一剎那，即美學上所謂『靜照』。」在另一方面，在空靈和「幽淡的境界背後仍潛隱著一種宇宙豪情」[30]。宗白華認爲藝術最高的境界是空靈和充實的結合，「由能空、能捨，而後能深、能實，然後宇宙生命中一切理一切事無不把它的最深意義燦然呈露於前。『眞力瀰滿』，則『萬象在旁』，『群籟雖參差，適我無非新』。」❸❶宗白華從藝術論的角度闡述的「空靈」和「充實」的美學，可與巴赫汀的「外在」和「超在」相爲參照。朱光潛早年亦提倡對生活的審美距離和人生的藝術化，強調「無所爲而爲的玩索」❸❷。朱光潛主張「藝術與實際人生的距離」，脫胎於康德美學的「無目的的目的性」這一著名論點。但朱光潛並不是在鼓吹「爲藝術而藝術」，而是主張通過「人心淨化」和「人生美化」來達到文化啓蒙的目的。後來朱光潛接受了馬克思主義歷史唯物論，修正了早年的心物關係論，進一步提出了以實踐爲基礎的主客觀統一的美學理論。朱光潛並突出強調美的意識型態特徵，強調美的文化和社會品格。五、六○年代中國大陸美學大辯論中，朱光潛、李澤厚、高爾太等提出了一系列與文化批判、文化啓蒙有關的理論命題，在撲朔迷離的政治運動和術語口號、學術理論與意識型態觀點的複雜關係中深藏著，很多閃光的思想未能發揮、顯現和釐淸。對照巴赫汀的對話美學，有助於認眞發掘、整理和重新認識中國馬克思主義文化理論史上這段豐富的美學的思想材料。

總之，巴赫汀的視域剩餘、外在和超在的美學觀是一種強調自我與他者、個性與群體的積極互動和參與、全面、整體的關係的理論。與他的主體建構論哲學相呼應，巴赫汀的美學理論表現了積極進取的理想主義。歌德的作品完美地體現了這種理想主義，所以歌德是巴赫汀心目中與杜斯妥也夫斯基一樣偉大的偶象。歌德的《浮士德》結尾部分，可以作爲對巴赫汀的「外在」與「超在」理想的解說：

我完全獻身於這種意趣，
這無疑是智慧的最後的斷案；
「要每天每日去開拓生活與自由，
然後才能作生活與自由的享受。」
所以在這兒要有環繞著的危險，
以便幼者壯者——都過活著有爲之年，
我願意看見這熙熙攘攘的人群，
在自由的土地上居住著自由的國民。
我要呼喚對於這樣的刹那，……
「你眞美呀，請停留一下！」㉝

浮士德夢想之中的「這樣的刹那」引向最終的「超在」的境界，而這一刻又意味著浮士德與魔鬼所訂契約的實現，即浮士德生命的終結。這裡面蘊含著一個存在與生命的深刻的悖論。在啓蒙運動和浪漫主義時代提出了這個存在的悖論的歌德，尚未爲之深深困擾。而須等到二十世紀的海德格和沙特，方才把這個問題當作宇宙人生間的頭等大事來參悟。巴赫汀則從自我與他者、作者與主角的對話的獨特角度，來把握這個存在的根本問題。

肉體、典型、審美判斷等問題

美學在其創始者鮑姆嘉通看來即是一門關於感性體驗的學問。感性體驗首先是人的肉體感官的體驗，即人的七情六慾，是理性思維所不能涵蓋的情感世界。相對於一般、普遍的理念抽象和概念的世界，這是一個特殊、個別的感性天地。巴赫汀對這個世界情有獨鍾，特別對於肉體的情慾和感性體驗十分關注。他後來在論拉伯雷和杜斯妥也夫斯基時提出了「狂歡節」風格問題，講的是肉體情慾與感性體驗的解放與宣洩。這構成了巴赫汀文化理論的重要側面。

在早期美學著作中，巴赫汀對肉體感性體驗基本上是從新康德主義的關係論角度來把握的。他把人的肉體區分為自我的「內在肉體」和他者的「外在肉體」兩部分，著重研究這兩者之間的自我／他者的相互對話關係及其形成的價值關係。「內在肉體」、「外在肉體」的劃分明顯受到柏格森生命哲學中的「內生命」、「外生命」理論的影響。柏格森的《物質與記憶》一書主要闡述心物關係的生命哲學理論。柏格森認為，「外界的物質的大小、形狀以致色彩都受到我的肉體與之的接近和脫離的關係的影響；氣味的濃淡，聲音的強弱均隨距離變化而變化……。」[34]柏格森強調外物與內心的互動和相互影響，指出「外在形象影響了我稱之爲肉體的自我形象；而我的肉體又影響了外在形象。」[35]

巴赫汀抓住了柏格森哲學的關係、價值的互動和相互交流的關鍵。他不是繼續糾纏於心物對立的問題（這種糾纏使柏格森終於陷於心理主義的泥淖），而是創造性地將外物與內心的關係看成是自我與他者的兩個感性肉體的對話關係和價值交換關係。他說：「我們必須把肉體的問題看成是一個價值構成的問題。」[36]作爲價值構成的要素，肉體就不能僅僅從自然科學的生物生理學角度來把握，也不能僅從心理學和自然哲學的角度來把握。必須從倫理學、美學和宗教的角度，也就是說從文化的整體角度，來把握人的肉體的問題。巴赫汀把肉體的問題做爲一個美學的問題和倫理學的問題來考察，並且強調肉體的實現與完成的對話性：「肉體不是自給自足的物件，它必須要有一個**他者**，必須要有他者的認可和賦予形體的活動。」[37]柏格森的外物與內心的相互對立和轉換在巴赫汀這裡變成自我與他者的積極互動、相互交流和生命的創造。這種對於他者的能動作用的強調使巴赫汀理論具有鮮明的現象學色彩，與胡塞爾、梅洛—龐蒂和拉崗等主體的現象學理論甚爲相近。

在《審美活動中的作者與主角》中，巴赫汀詳細討論了西方文化中的人類的肉體問題。他批判了新柏拉圖主義對肉體價值的完全否定，也批判了表現主義美學的「外在表現」和「內在經驗」的割裂。關鍵在於價值的實現和「內在」與「外在」的統一必須在人類的肉體感性體驗中實現。沒有活生生的、有血有肉的感性生命體驗就沒有價值的交流和實現；而要完整、全面地把握價值的交換，則必須通過審美的體驗。經歷了兩次世界大戰和延綿不斷的戰爭暴力、流血、生命喪失，同時又經歷了物質文明的驚人增長、肉體與感性體驗全面物化、商品化的後現代西方社會，肉體的價值、感性個體和慾望的問題又成爲當代文化的重大課題。巴赫汀關於肉體感性體驗的美學理論是當代文化辯論中的前驅之一，受到了特別的重視。在早期美學論著中，關於肉體的美學意義和文化價值尚未全面展開，後期論拉伯雷的著作中才有詳盡的發揮。不過他早期對這個問題的重視可看成是他的唯物主義美學的一個起點。（當代中國大陸文化辯論中，李澤厚從宋明理學由朱熹的「理學」向王陽明的「心學」的歷史演變的複雜過程中抓住了肉體感性的這個關鍵問題，並從中發掘出了美學的現代性意義。他的學生趙士林的博士論文〈心學與美學〉，即對李澤厚所提出的問題作深入考察，提出了心學異端向美學流變的文化命題。這可看成中國知識界對於肉體感性體驗的美學和文化價值的有意義的探索。）㊳

除了對於肉體問題的重視使巴赫汀的美學具有強烈的現代特徵之外，他早期論著中對古典美學的典型問題亦有新穎獨到的見解，使之迥異於別車杜的美學。別車杜等受黑格爾形而上學的影響，特別強調美學的典型問題和文藝作品的典型化和性格化，以別林斯基爲最甚。別林斯基的典型說以黑格爾的美即爲「理念的感性顯現」論題爲依據，演繹出一整套以典型性格再現一般理念的理論。儘管有種種關於眞實再現現實的解說與申明，別林斯基的典型說帶有黑格爾主義形而上學的理論至上的強烈色彩。由別車杜理論脫胎而出的現實主義和社會主義現實主義美學和文藝理論，多年來亦主宰著中國文壇。大陸美學界的蔡儀更把美與典型畫上等號，認爲「美的規律就是典型的規律，美的法則就是典型的法則。」[39]而早在二〇年代的巴赫汀，就對典型理論作了頗有說服力的批判。

《審美活動中的作者與主角》有兩章專門討論典型性格的問題。巴赫汀認爲，典型和性格的問題完全是作者與主角的相互關係問題。這是一種獨特新穎的看法。把文學創作中的典型形象和性格問題看成爲作者與主角、自我與他者的兩個**主體之間**相互對話和價值交換的關係問題，就打破了傳統美學關於典型和性格的所謂「本質」的形而上學。所謂人物形象的塑造，乃是指「創造一個確定的個性，一個**完整**的主角」的任務。「這個任務也是一個根本的任務：主角一開始就以一個確定的整體出現，而作者的自我行爲一開始就圍繞著主角的根本特徵展開。」[40]

性格塑造基本上可劃爲兩類：「古典的性格塑造」和「浪漫的性格塑造」。古典的性格塑造是圍繞著「命運」的主題展開的。「命運是個人存在的全面的決定因素，它預先決定了個人生命的全部事件和經歷，因此生命只是個人存在的命定因素的實現和完成而已。」希臘神話、索福克勒斯的悲劇和荷馬史詩中的人物形象都是「命運」的典型。作者與主角的關係是教條的，因爲作者對於受命運支配的主角，具有不可置疑的倫理和認識上的權威。古典性格的價值環境是傳統的血緣宗親的社會。作者對主角猶如父親對兒子。主角面對世界，所問的問題不是「我是誰？」而是「我是誰的兒子？誰是我的列祖先宗？」伊底帕斯王與命運抗爭，冥冥之中的主宰通過作者的化身爲其存在的搏鬥賦予倫常血親的悲劇色彩。哈姆雷特與命運的搏擊有著更強烈的主體的自覺和騷動不安，而血緣宗親的大環境依然籠罩著莎士比亞的初具現代色彩和浪漫主義情愫的悲劇意識。在這種人文環境中，自我與他者的關係還不是創造性的主體意識的內在衝突和對立，而是父與子、君與臣的血緣文化繼承關係。巴赫汀所描述的古典性格的文化環境與幾千年的中國文明何其相似，其淵遠流長的文學傳統中，作者與主角之間的父子權威、秩序井然的關係更是香火不絕。自然，以血緣宗法紐帶爲特色、農業家庭小生產爲基礎的俄羅斯文明這個巴赫汀所反思的文化背景，與中國的傳統是十分相近的。

與古典性格相對，浪漫的性格是具有創造力的，他的價值不再是永恆不變的「命運」，而是「理念」。浪漫性格爲某種理念、某種人生的理想和目標、某種生活的原型而奮鬥，如歌德筆下的少年維特和浮士德就是這種浪漫的典型性格。作者對於這種滿懷激情和首創性的主角不再具有至高無上的權威。巴赫汀說：「浪漫主義乃是一種無限的主角的形式。作者對主角的反思產生於主角的內部，並且重構主角。主角從作者手中攫取了一切超在的決定性，而用之於自我的發展和自決。因此，主角的自決變爲無限無窮。」其最終結果，必然「導致了性格的解體。」41這個性格解體的過程始於浪漫主義的「感傷小說」，如理查森的《克拉麗莎》等。少年維特的形象亦有性格解體的傾向。雖然浪漫的性格不再受命運的支配，似乎可以天馬行空，率性獨往，但浪漫主義主角或英雄（如萊蒙托夫的《當代英雄》）的孤獨、寥寂的感傷情調其實只是反映了社會之中**他者**的力量對自我的重壓之下，自我的無可奈何或憤怒宣洩——我們到此已經看到了現代主義色彩的初萌。

值得注意的是，巴赫汀在論述了古典性格和浪漫性格後，對性格塑造幾乎成爲第一要義的**現實主義**，作了十分嚴厲的批判。他說：

> 「在現實主義之中，作者過分關注認識論問題，因此把性格約減成爲對作者的社會理論或其他人理論的簡單的表述。作者把主角及其生活鬥爭僅僅作爲例子（主角們自己是無暇顧及理論的），來解決作者自己面臨的認識上的問題（作者最多不過經由主角之口來傳述他的問題）。問題並沒有由主角的生活所蘊含，而僅僅構成了作者自身知識的氾濫。這種知識的氾濫超在於主角之外，而這一切都削弱了主角的獨立性。」42

巴赫汀在寫這段話的時候，所謂的日丹諾夫欽定的「社會主義現實主義」尚未產生。但他卻清醒地早就預見到「認識論的氾濫」，即「主體先行」、「概念先行」、「三突出」之類的教條在現實主義名義下的影響。當然，巴赫汀並不是全盤否定現實主義。正相反，他雖然生活在現代主義崛起和興盛的二十世紀，對喬哀斯等的作品不可能毫無了解，但他最爲推崇的文學創作形式，仍然是**現實主義**的形式，尤其是杜斯妥也夫斯基式的現實主義、歌德、托瑪斯・曼式的「成長教育小說」，以及文藝復興時代拉伯雷式的「怪誕現實主義」。(歐美評論界目前持有一種觀點，認爲巴赫汀所推崇的「怪誕現實主義」、「狂歡節風格」、杜斯妥也夫斯基的「更高意義的現實主義」，實際上更接近以喬哀斯爲代表的現代主義，以及七〇年代風靡歐美的南美「魔幻現實主義」。) 總之，巴赫汀對性格塑造的看法，主要是根據他對作者與主角關係的理解。在《杜斯妥也夫斯基詩學問題》一書中，他對性格問題作了更詳盡的探討，提出了杜斯妥也夫斯基小說中的作者與主角的「對話式」、「多聲部」關係和「複調小說」形式的命題。這時巴赫汀已進入了對話美學更廣袤深厚的原野。而這種「對話式想像力」的探索，在早期美學著作中已初露端倪了。

巴赫汀對性格問題的看法也表現在他對「典型」原則的懷疑和保留之上。他認爲典型的塑造必須要通過作者與主角的關係這一試金石來檢驗。他說：「典型預設了作者對主角的權威和作者全然的高高在上的位勢」；「預設了一個確定、冷靜、自負和權威的立場，超然主角之外」，對主角的生命體驗缺乏「內在的參與」㊸。巴赫汀舉出了一個負面的例子，即如何把自我的形象「典型化」的問題。他認爲，「把**自己**典型化是可能性最小的。從價值論觀點看，自我的典型化乃是一種侮辱。典型比命運更爲遙遠。我不但不能把自我的典型化看成價值，更無法容忍把我的言行舉止一一化解爲對某種典型或類型的實現，或由這種自我的典型化所預設和制約。」[44]換言之，自我的形象是一個開放的、未完成的主體建構，因此任何用典型來界定、封閉、完成自我主體的企圖都是荒謬的。巴赫汀對於典型化問題並未作深入的探討。不過，通過他的主體建構論和對話美學所提出的作者與主角關係的新視角，卻爲重新審視典型化和性格塑造的問題打開了一條十分清晰的思路。

從價值觀、自我與他者的關係的角度入手，巴赫汀又爲審美判斷這個美學的核心問題之一作出了獨到的解釋。他反覆強調：「一切審美形式的組織力量來自於**自我**與**他者**的價值範疇，以及與**他者**的相互關係。這種關係由於價值上的視域剩餘而大爲豐富，視域剩餘的目的則是爲了實現超在的完善和完美。」[45]審美判斷不是自我單一的主體所能夠完成的，而必須是兩個精神主體——自我與他者——共同的創造，是「存在事件獨特而統一、而且極富影響的瞬間，這也是活生生的藝術的事件」。巴赫汀把審美判斷看成人類生命的價值交換行爲，並特別重視個體的感性體驗在審美判斷中的作用。他對審美判斷的認識是客觀和整體的，認爲只有審美判斷才能完整、全面地把握生命的價值。這種**整體論**的觀念使得巴赫汀對**個體**感性體驗的重視與西方自由資本主義的個人中心論相區別。而他強調**個體**、強調**自我**與**他者**兩個精神主體獨立的互相交流、互相呼喚、互相對話關係，又與從黑格爾到別車杜、普列漢諾夫，以致盧卡奇的大一統權威的整體論有質的差異。在當代西方文化界理論界，傳統的主體論神話作爲自由資本主義的意識型態受到後結構主義和解構主義的全面抨擊和解構。而經典馬克思主義理論家以及盧卡奇等現代西方馬克思主義美學家的理論，也因其與自由資本主義意識型態的歷史同構性而受到強烈的質疑。在一片反整體論、反主體性的解構喧囂中，巴赫汀的積極進取和建設性的對話美學和主體建構論令人耳目一新。

一個並非偶然，但十分有趣的現象是：後結構主義和解構主義批評幾十年之後「重新發現」了巴赫汀，而最先「發現」的，是他成熟時期的「複調」、「狂歡節」、「對話性」等強調差異、他者、關係的觀點；早期的美學思想，則是在「重新發現」巴赫汀後又一次的「新發現」。這種逆向性的理論「重新發現」或「重寫」，不僅僅是歷史的玩笑而已。在本章接近尾聲的時候，我們可以回顧一下巴赫汀早期思想發展與西方批評史的軌跡。

「重新發現」巴赫汀的是後結構主義和符號學理論家如克莉絲特娃、托多羅夫等，他們主要感興趣的是他的話語和小說敍事理論。在談到他的思想與理論淵源時，多半強調他與俄國形式主義和結構主義語言學的關係。直到八〇年代後期，巴赫汀早期的哲學和美學著作整理出版並譯成西方各種文字，學術界才開始重視他的早期美學觀。在反整體論、反本質論的後結構主義批評風氣影響之下，傳統美學的地盤越來越小，除了像柏拉圖、黑格爾等不時地被「揪」出來抨擊批判一下，當代西方文論界總體上呈現著一種**反美學**的氣氛。因此，前些年「重新發現」巴赫汀的對話、差異、他者時那種轟動，在近年又一次的「重新發現」巴赫汀美學理論時，又從另一個側面引起波瀾，使得人們再次回首，細讀康德等經典美學著作。不過，在「反美學」的文化氛圍中，早期巴赫汀的美學思想在當代西方學術界受到的重視比他的對話理論要少多了。

其實，俄國形式主義文評以及二十世紀西方文論的發展是與康德美學分不開的。然而，大部分形式主義和結構主義理論家對康德體系都不甚了了。像巴赫汀這樣，由康德美學和新康德主義出發，在美學領域裡努力耕耘，推衍出自己一套全面的哲學—美學體系，是任何形式主義批評家所不可望其項背的。巴赫汀的對話美學強調關係的重要，強調審美活動的價值論意義，強調審美在人類主體建構、道德和倫理規範形成過程中的聯繫，都可看到康德美學思想的影響。他的審美「超在性」理想，即通過審美觀點達到自我與他者的相互視域剩餘和外在性的互補、交融、呼喚、對話，而達到盡善盡美而又不斷發展變化的整體境界，也源出於康德的審美目的論。但巴赫汀又超過了康德，這主要是對審美的社會歷史性的強調，用「意識型態」、「價值交換」等概念來解析康德的「目的性」命題。對審美活動的社會實踐和日常生活的重視，不僅使巴赫汀很快跨入馬克思主義的理論陣營，也賦予了他的以美學爲主體的理論深刻的社會歷史內容。

在另一方面，現代自然科學特別是相對論和物理學理論對巴赫汀的思想產生積極的影響，這種影響首先是通過新康德主義哲學產生的。巴赫汀汲取的不是自然科學理論中的實證主義和數理邏輯的理性主義模式。正相反，他一生致力於「人類科學」的創立，走的是德國「精神科學」以及近現代解釋學反實證主義的路子。不過巴赫汀在反對實證主義爲主導的「科學主義」在人文、社會學領域的新霸權時，認眞汲取現代物理學強調價值互動和相對的觀點，將之運用到文化的領域和意識的領域。（其實從另一方面來看，現代物理學相對論的「革命」，又何嘗不是近現代西方文化大環境的產物，是對實證主義和唯理性主義的反動。）

反權威是貫穿了巴赫汀一生思想發展的主線，因此反黑格爾主義、反中心論一直是他的理論的一個主題。反黑格爾的一元中心論和形而上學使得巴赫汀的思想境界和視野遠遠超過了十九世紀俄國民粹主義思想家以及普列漢諾夫等的思想局限，使他的思想成爲二十世紀末期的多中心、多元多極和多視角的「新思維」的先鋒之一。不過，巴赫汀並不像一些西方理論家理解的那樣是一個解構主義的前驅。他自始至終都堅持了一種整體論。巴赫汀一生都在努力解決個別與一般、個體與群體關係所產生的一系列悖論和二律背反，他提出的自我與他者的同時共存、互相對話，主體存在的創造性建構，事物的亦此亦彼、互爲補充的種種命題，均是爲了克服西方傳統中的二元對立和形而上學思維方式。但是，早期巴赫汀的思想還帶有濃厚的形而上學色彩。這表現在他對於美學的著意拔高和推崇，而且也由他早年哲學美學論著冗長抽象的哲學概念思辨的風格反映出來。這種冗贅的文風雖然很切合古典德國哲學的思辨論證，但對於巴赫汀關注的充滿活力、血肉鮮明的個體感性存在和社會現實，卻顯得蒼白無力。巴赫汀是一個把文字、語言的風格和形式看得最重的人，他不斷嘗試變換他自己的寫作風格，並總是不斷地創造新的分析和思辨的形式，有著高度的形式的自覺。因此，在論述形式和風格上的實踐，亦構成了巴赫汀反黑格爾主義的重要方面。

由康德哲學、新康德主義哲學出發，經由對相對論的吸收和對黑格爾形而上學的批判，巴赫汀早期哲學美學觀走過了一條從抽象到具體、具體到抽象、普遍到一般、一般到普遍的反覆循環的道路，終於將他引向語言這個社會交流和溝通、又抽象又具體、既有共性又有個性的文化最基本的領域。早期的哲學和美學反思是巴赫汀成熟的對話的文化理論和話語理論不可缺少的環節和起點。

註釋

❶關於中國大陸五、六〇年代的美學論戰，可參考《美學問題討論集》，作家出版社，一九五七—一九六四年版，以及趙士林，《當代中國美學研究概述》，天津教育出版社，一九八八年。

❷Ernst Cassirer, *Philosophy of Symbolic Forms*, Yale University Press, 1953, p.80.

❸李澤厚，《批判哲學的批判——康德述評》，人民出版社，一九七九年、一九八四年版。

❹列寧，〈唯物主義與經驗批判主義〉，《列寧選集》第二卷，一九七二年，頁二〇〇。

❺參閱庫恩，《科學革命的結構》。

❻"Problema soderzhanija, materiala i formy v slovesnom khodozhestvennom tvorchestve", 1975.

❼"K filosofii postupka," in *Filosofia i sotsiologiia nauki i tekhniki*, 1984／1985, Moscow, 1986.

❽"Avtor i geroj v esteticheskoj dejatel'nosti", in *Voprosy filosofii* 7(1979).

❾克拉克和霍奎斯特，《巴赫汀傳記》(*Mikhail Bakhtin*)，第三章。

❿〈時間的形式與小說的時空型〉("Forms of Time and the Chronotope in the Novel," in *The Dialogic Ima-gination*, p.85)。

⓫轉引自霍奎斯特，《對話論：巴赫汀和他的世界》(*Dialogism: Bakhtin and His World*, Routledge, 1990, p.24)。

⓬"Art and Auswerability," in *Art and Answerability: Early Philosophical Essays by M.M. Bakhtin*, University of Texas Press, 1990, p.2.

⓭⓮同前揭書，p.2.

⓯同註❼，p.139.

⓰*Problems of Dostoevsky's Poetics*, Minnesota University Press , 1984, p.30.

⓱*Martin Heidegger, Sein und Zeit*, Tubingen, 1979, p.186.

⓲ Jean-Paul Sartre, *Being and Nothingness*, New York, 1956, p.359.

⓳ "Author and Hero in Aesthetic Activity," in *Art and Answerability*, p.5.

⓴—㉙均見上文，俄文原文見註❽。

㉚宗白華，《美學散步》，上海人民出版社，一九八一年，頁二一。

㉛同前揭書，頁二五。

㉜朱光潛，〈談美書簡〉，《朱光潛美學文集》（第一卷），上海文藝出版社，一九八一年，頁五三七。

㉝歌德，《浮士德》，郭沫若譯，人民文學出版社，一九五九年版，頁二四一。

㉞ Henri Bergson, *Matter and Memory*, London, 1911, p.6.

㉟同前揭書，p.7.

㊱ "Author and Hero in Aesthetic Activity," p.47.

㊲同前揭書，p.51.

㊳趙士林，《心學與美學》，中國社會科學出版社，一九九二年。

㊴蔡儀，《美學論著初編》，上海文藝出版社，一九八二年，頁九七〇。

㊵ "Author und Hero," p,174.

㊶㊷㊸㊹㊺同前揭書，分別見頁一八〇、一八一、一八二、一八九。

第三章

對話性
——文化理論的基石

一、佛洛伊德主義批判

佛洛伊德精神分析理論作爲現代西方的主要思潮之一，對西方傳統的文化價值作了強烈的挑戰。在二〇年代俄國的思想界，佛洛伊德主義亦受到高度重視。當時蘇聯的文化界相對自由寬鬆，有助於對佛洛伊德主義的多層次和多元的探討。尤其是佛洛伊德主義和馬克思主義的關係、精神分析學和巴伐洛夫心理學的關係等，在蘇聯引起了廣泛的興趣和爭論。這時巴赫汀和他的朋友們來到列寧格勒，對文化界思想界的重大課題都十分關注，當然不會忽視佛洛伊德主義問題。巴赫汀列寧格勒小組的思想，這時逐漸傾向於馬克思主義。這固然是時代的潮流所趨，但列寧格勒小組的成員們並不隨波逐流，同時也沒有什麼黨和上級的命令，迫使他們接受馬克思主義。在革命的熱潮中，有著獨立思考和批判能力的知識分子紛紛轉向馬克思主義，乃是歷史的趨勢。一九二七年，署名爲伏羅希洛夫的《佛洛伊德主義述評》在莫斯科和列寧格勒同時出版。這部運用馬克思主義觀點分析批判佛洛伊德精神分析學的著作，標誌著巴赫汀小組馬克思主義階段的開始。

《佛洛伊德主義述評》（以下簡稱《述評》）的作者究竟是誰？眞是全部出自於伏羅希洛夫之手？亦或全部由巴赫汀所撰，只不過用了伏羅希洛夫的署名而已？這在巴赫汀研究中仍然是一個懸案。但根據著作的思想內容，基本上可以認爲巴赫汀是其主要作者，伏氏則是主要合作者。

佛洛伊德精神分析學的出發點是個人心理和精神意識，有很深的反歷史和反社會傾向，這自然是馬克思主義者們抨擊的主要對象。《述評》一書批判佛洛伊德的反社會性時旗幟鮮明。不過，巴赫汀並沒有停留在這種馬克思主義的基本觀點上。他抓住了佛洛伊德學說所依據的**語言**問題，對佛洛伊德潛意識學說忽略其基本依據及核心的語言的傾向，窮究不捨，並從馬克思主義的歷史唯物主義的角度，提出了語言、話語與意識、潛意識關係的新見解。語言問題在巴赫汀及列寧格勒小組的思考議題中的位置日見重要。巴赫汀從康德和新康德主義的哲學──美學思辨之中逐漸轉向社會、歷史等更爲具體和現實的領域，並一下子就抓住了語言這個文化的核心問題。這同時也是他的馬克思主義階段的開始，與他的「語言學轉向」幾乎同步。而一開始，巴赫汀就從剖析佛洛伊德精神分析入手，這使他在二〇年代就站到了一個本世紀思想史的前沿。佛洛伊德和馬克思的對話構成了法蘭克福批判理論以及西方馬克思主義思潮的焦點，而後結構主義理論如拉崗和女權主義批評等，又以佛洛伊德主義與結構主義語言學的交叉爲濫殤。法蘭克福學派和後結構主義理論，都是巴赫汀《述評》發表之後幾十年的事了。

《述評》共分三部分九個章節。第一部分討論佛洛伊德主義與現代哲學心理學思潮的歷史淵源；第二部分分析精神分析學的潛意識理論、方法和文化哲學；第三部分以語言和意識型態角度，對佛洛伊德主義作了全面的批判評價，並提出了官方意識／非官方意識的新命題。《述評》的核心是批判佛洛伊德反歷史、反社會的主觀心理主義和對語言的忽略，通過這種批判，闡述語言、心理、意識與社會的美學。

歷史、社會與佛洛伊德主義

《述評》開宗明義，運用歷史唯物主義的觀點，批判佛洛伊德主義的反歷史和反社會傾向。巴赫汀指出，佛洛伊德主義有其「根深蒂固的歷史恐懼感，及其超越社會和歷史，在有機體深層尋覓非社會、非歷史因素的意圖。這正是瀰漫著當代（西方）哲學的特徵，是資產階級社會日益崩潰的表徵」[1]。這裡巴赫汀不僅僅是重複馬克思主義的流行話語抨擊佛洛伊德主義而已。一方面，他的確是在批判佛洛伊德過分強調個體意識的「主觀心理主義」。另一方面，他從側面駁斥了當時已在蘇聯流行、爲官方所稱讚的巴伐洛夫的條件反射心理學。官方學者爲巴伐洛夫心理學塗上「唯物主義」的油彩，認爲它正確地解釋了辯證唯物主義「反映論」認識論的心理基礎。巴赫汀卻毫不客氣地指出了巴伐洛夫心理學與佛洛伊德精神分析學的相似之處，以及其根本的「客觀心理主義」的謬誤。主觀和客觀心理主義的要害是過分強調生理機制和個體的主觀慾望和感覺，而忽略了個人心理活動的社會性和歷史性。佛洛伊德和巴伐洛夫均有把本質上是社會和歷史的精神和意識問題簡約爲自然科學的生理學和生物學問題的錯誤。這是一種流行的「科學主義」的錯誤，將自然現象與社會問題混爲一談，用自然科學的實證主義和數理邏輯理性來套社會和歷史。巴赫汀一向認爲這是一個致命的錯誤。在這一點上，他和官方馬克思主義理論是有根本分歧的。馬克思主義體系產生於十九世紀自然科學發展迅猛的時代，許多論點都打上了時代的實證主義和「科學主義」的烙印。這種傾向，在馬克思主義由批判的學說在蘇聯逐漸演化成官方統治的意識型態時，就被刻意強調、誇張和發展。對巴伐洛夫心理學的推崇即出自於這種「科學主義」的傾向。

在指出佛洛伊德主義的反歷史反社會特徵的同時，巴赫汀又敏銳地認識到佛洛伊德理論的價值。《述評》認爲佛洛伊德精神分析學與舊心理的根本區別，即是精神分析學把人的心理活動看成是人類自身的自然力量（肉體的感性體驗、慾望、感覺等）與人類社會文化組織的鬥爭和衝突過程，而不是和諧自律的心靈世界或生理機制。巴赫汀認爲，佛洛伊德主義的自然與文化內部衝突的觀點是「最激進的觀點」。雖然在二〇年代中期的巴赫汀還不可能全面地考察還在發展之中的佛洛伊德的思想（如佛的闡述社會、歷史的內部衝突的重要著作《文明及其不滿》一九三〇年才發表），但他卻抓住了佛洛伊德學說的理論核心，並從語言、意識型態的角度切入，展開了一場巴赫汀／佛洛伊德／馬克思主義之間的有意義的對話。

二十世紀中佛洛伊德主義與馬克思主義之間最有影響、最深入的對話是由法蘭克福學派進行的，特別是弗洛姆和馬庫色。法蘭克福學派企圖嫁結馬克思主義和佛洛伊德主義，抓住的核心問題即是自然與社會的對立、社會對自然人性的壓抑及其誘發的反抗。馬克思主義和佛洛伊德主義都強調社會存在、人類意識之中客觀存在的對立、衝突和鬥爭，從不同的角度提出解決衝突的理性方案。法蘭克福學派的馬庫色、弗洛姆、賴許等均希望通過馬克思主義與佛洛伊德主義的對話達到雙方的互相補充，尤其是在建立一種馬克思主義的主體論和文化理論方面。法蘭克福學派的理論聚焦在於主體的異化，社會關係和文化關係的異化、扭曲和壓抑，精神和心理方面的痛苦、反叛等等，對於精神分析所依賴的語言（語言症象所表現的意識／潛意識對立以及語言的診斷、暗示、治療等），卻並沒有予以足夠的重視。後結構主義時期的阿圖塞、拉崗、傅柯等把語言的問題當成核心問題來重新解讀、闡釋馬克思主義和佛洛伊德主義，因此早在二〇年代就看到這種聯繫的巴赫汀的觀點更顯出其價值。

語言與意識／潛意識的關係

《述評》指出：「佛洛伊德的全部心理結構是建立在人類的語言表達基礎之上的，它僅僅是對言談的一種特殊的解釋。」❷在二〇年代提出這個觀點的巴赫汀是具有十分犀利的眼光的。西方思想分析到了六、七〇年代才逐漸重視佛洛伊德精神分析法與語言關係的重要性，拉崗看到了結構主義語言學把語言分成能指／所指和佛洛伊德的意識／潛意識二元對立的結構相似性，並按圖索驥，對人類主體意識的形成、語言的結構以及文化的機制等問題，推論出一整套複雜龐大的後結構主義理論。解釋學家保羅・里柯亦以佛洛伊德精神分析法的語言問題爲其主要研究對象。

《述評》當然沒有演繹出一套複雜的後結構主義或解釋學的理論，而是緊緊抓住佛洛伊德主義的一個根本問題——反歷史反社會性。巴赫汀指出，佛洛伊德的反歷史反社會的傾向的表現之一，即對語言這個充滿了意識型態衝突的媒體的錯誤認識：

> 「佛洛伊德的『意識』與『潛意識』處於永恆的衝突狀態；兩者之間充滿了互相仇視和猜忌，充滿了爾虞我詐。這樣的關係只可能是兩種思想的關係，是兩種對立的意識型態和兩個對立的人的關係，而非兩種自然和物質力量的關係！我們怎能設想兩種自然力

量互相欺騙，互不承認呢？」❸

巴赫汀認爲，佛洛伊德的謬誤在於把語言僅僅當作自然的客觀現象，就像他把意識／潛意識的衝突看成是自然力量的衝突一樣。因此，一方面佛洛伊德正確地認識到意識的語言和潛意識的語言之間的衝突，另一方面又將其歸結爲個人心靈內部的、非社會性的矛盾。這樣，就產生了個體心理主觀性和語言客觀性的悖論或二律背反。巴赫汀首先強調的是語言的社會性和群體性，指出意識和潛意識的兩種語言的表達，乃是「精神分析醫生與病人之間的極端複雜的社會關係」❹。精神分析醫生從病人口中獲得的潛意識的語言材料，不僅僅是病人個體心靈的內部矛盾的表述，而是醫生與病人的對話過程中展現的複雜的社會關係，「這裡的衝突，不是自然力量的衝突，而是人與人的衝突。」❺

後結構主義理論家傅柯在分析話語與權力的關係時，專門探討了醫生與病人，尤其是精神病醫生與病人之間的語言交流所蘊含的權力結構。他最終未完成的巨著《性意識史》，亦圍繞著性、話語、權力三者在西方文明史上的錯綜複雜關係，扶微索隱，縝密論析。魯迅的《狂人日記》，也可以看成是一篇狂人的囈語與醫師、大哥及篇首以文言爲序的敍事人之流的「權力話語」之間的較量和對峙。魯迅被譽爲挖掘人的靈魂最深的作家，但論者往往忽視魯迅對於語言形式與意識的關係的高度自覺。撇開《狂人日記》的「思想內容」和「主題」之類不論，從小說敍事話語的「多聲部」和緊張、衝突的關係來看，可發現魯迅的語言的自覺和形式的創新的意義，乃是一種「元語言學」的自省式的批判意識。

巴赫汀強調「潛意識」不僅僅是個人的心靈內部對「意識」的抗爭，而且也是病人的主體對醫生、對聽眾、對他者的抗爭。換言之，意識／潛意識的關係，實際上是自我／他者的關係。這裡，巴赫汀並不僅是在重複他早期哲學美學的命題，而是進入到社會、歷史的層面，來分析、思考意識與心理的問題。他指出：「我們所謂的『人類心靈』和『意識』所反映出的歷史辯證法遠遠超出了自然辯證法的範圍。在心靈和意識中的自然，已經是在經濟和社會關係折射中的自然。」❻他所指的「歷史辯證法」其實便是巴赫汀一生孜孜以求的對話的、解釋學的文化理論，而「自然辯論法」是他對已在蘇聯思想文化界樹立起霸權的實證主義和科學主義的史達林式辯證唯物主義的隱喩。

根據巴赫汀的「歷史辯證法」，佛洛伊德對意識和潛意識的劃分在歷史和社會的層面上被重新定義。巴赫汀說：「(潛意識和意識的區別）不是一種本體論意義上的區別，而只是內容上的，亦即意識型態意義上的區別。在這個意義上，佛洛伊德的潛意識可視爲一種『非官方意識』，以示與普通的『官方意識』的區別。」❼潛意識乃是一個被壓抑的、相對個體的領域，與官方的封閉、完成和權威的價值系統相對立。潛意識所體現的意識型態是一種「行爲意識型態」。「在我們日常生活中，行爲的各方面所表現的內在與外部的語言蘊含著行爲意識型

態。較之程式化、規範化了的『官方』意識型態，行爲意識型態更爲敏感、反應更快、更易激發，也更爲生動活潑。」❽

「行爲意識型態」，即非官方的、民間的、日常生活的意識型態或價値系統（兩者在巴赫汀的詞彙中意義相等），不僅僅是與官方意識型態完全對立的。行爲意識型態中包括了與官方意識型態相一致的部分，也包括了相對立的部分。它們之間互相影響、滲透、制衡，既對立又補充，構成了內部的緊張和動力。「在行爲意識型態的深層，矛盾凝聚發展到一定的臨界點，就終將爆發出來，衝破官方意識型態的樊籬。」相對於官方意識型態的穩定、僵化、保守的狀態，非官方意識型態具有離心與分化的趨向。巴赫汀後來以語言爲基石的文化理論對同一意識型態體系和價値系統、同一語言內部的矛盾衝突予以特殊的重視。在小說話語的理論裡，用語言內部向心力與離心力的緊張與衝突關係來描述文化的過程。這種思想的萌芽已蘊育於對佛洛伊德主義的批判之中。

佛洛伊德的意識／潛意識的對立到巴赫汀的官方／非官方意識對立是由個體心理學向歷史和社會心理學邁了一大步。而把語言的社會性引入到意識和心理活動中去，進一步將自我／他者的關係具體化了。關於「行爲意識型態」、「非官方意識型態」的分析，對日常生活的文化現象予以特別的重視。這些方面均爲西方馬克思主義學派尤其是法蘭克福學派的重點。巴赫汀的理論是現代馬克思主義思潮中不可忽視的一支，與西方馬克思主義所不同的是巴赫汀的理論產生於馬克思主義成爲正統意識型態的社會主義國家**內部**而不是產生於西方資本主義國家。巴赫汀所希望的，乃是一種健全的理性社會。他說：

「（理性社會）中建立在社會經濟基礎之上的行爲意識型態，是健康的、強壯的。其中的官方意識型態和非官方意識型態兩部分之間並無隔閡。」[9]

這裡傾注著巴赫汀對民主和理性社會的關懷和希冀，也曲折地反映了他對蘇聯社會日益僵化、強硬的史達林文化專制主義的擔憂和抗議。他提出的「行爲意識型態」、「非官方意識」等，是在心理、意識和文化的層面作的馬克思主義的理性探索，其中包含著對「公眾空間」和「公民社會」的呼聲（後來在論拉伯雷的論著中，巴赫汀又通過對「狂歡節」的論述發揮了他的「公眾空間」的思想）。當時的這種呼聲，在蘇聯社會漸成空谷足音式的絕響，直到五、六十年之後，在蘇聯和東歐才再又激盪起回聲。不過，到了這個時候，國家社會內部已走到矛盾的臨界點，衝突終於爆發，社會的危機最後導致了國家體制的全面崩潰，這眞是莫大的歷史諷刺。

二、生活的話語和藝術的話語

巴赫汀不贊成佛洛伊德以變態心理和病理學爲依據的精神分析學，主張心理意識活動基本上是社會各種意識型態衝突矛盾的表徵。他對於藝術的看法，也與佛洛伊德主義的「泛性慾主義」美學觀背道而馳。巴赫汀在關注心理與意識問題的同時，繼續對藝術和美學問題進行不懈地探索。他思考藝術問題的重心，亦開始轉向藝術與語言的關係，尤其是語言在藝術創作中的交流、溝通、傳播的作用。一九二六年以伏羅希洛夫名義發表的長篇論文〈生活的話語和藝術的話語〉（簡稱〈話語〉），即是巴赫汀和他的列寧格勒小組朋友們合作思考的結晶。可以認爲，巴赫汀是這篇論文的主要作者。〈話語〉一文，旨在剖析藝術和美學語言的交流與日常語言交流的異同。該文首次較深入全面地闡述了巴赫汀的關於「言談」的理論。作爲對話美學和文化理論的基本單元，「言談」可說是巴赫汀打開錯綜複雜、頭緒萬千的文化現象之迷的一把鑰匙。

〈話語〉一文以與當時蘇聯文藝理論界流行的社會學文藝批判的論戰發端。他首先向代表著普列漢諾夫式的社會學批判家薩庫林提出挑戰。這既需要勇氣和膽識，又要求有嚴謹和獨到的學術見解。薩庫林的社會學理論後來在蘇聯文藝理論界獨佔鰲頭幾十年，後來由日丹諾夫等的官方規定、修正，形成了「社會主義現實主義」的理論權威體系，被蘇聯文藝界奉爲經典。巴赫汀向薩庫林理論的挑戰，不僅僅是對逐漸形成的官方理論霸權的批評。他主要的目的，是回答他所關心的藝術與社會、藝術與政治經濟的關係問題，以及藝術最獨特的美學特徵。

打破內在／外在、主觀／客觀的二元對立

在二〇年代的蘇聯文藝界，薩庫林的理論著作《文學研究的社會學方法》（一九二五）有很大影響。薩庫林把藝術史和文學史的發展分成兩個部分：內在與因果部分。內在部分構成了文藝作品的核心，如小說的情節、人物形象，詩歌的韻律、節奏等。這裡主要是指文學作品的「形式」方面，也即薩庫林所謂的「藝術創作的規律」。他認爲，藝術規律受到外部的社會經濟發展因素的制約，是符合馬克思主義的歷史唯物主義觀點的。薩庫林把決定和制約藝術規律的社會經濟因素稱爲藝術的因果部分。文藝社會學研究的對象只是藝術史、文學史的因果部分，而藝術的內在創作規律部分，則屬於薩庫林所謂的「理論詩學」的研究對象。這裡的「理論詩學」，實際上是指當時在蘇聯仍十分盛行的形式主義批評。薩庫林把文學作品劃分爲兩個各不相干的內在／外在部分，並由此爲文學批評也劃出楚河漢界，把藝術的內部規律的研究完全劃歸爲形式主義批評的任務。值得指出的是這種觀點不僅在蘇聯很有影響，在

西方文藝理論界長期以來也佔有主導地位。由俄國形式主義批評傳統所薰陶出來的韋勒克，在其與沃倫合著的《文學理論》一書中，也堅持把文學研究劃爲內在和外在兩個不同的領域。當然韋勒克等是主張形式主義批評和貶低「外在的」社會學研究的，雖與薩庫林的選擇相反，其二元對立的劃分法卻如出一轍。

巴赫汀卻認爲，眞正的馬克思主義社會學批評家是不會同意薩庫林這種簡單的二分法的。他指出，薩庫林的文藝社會學，尙未認眞地運用社會學方法來研究藝術作品的「內在」形式和結構的眞正社會和歷史的意義。文藝社會學只是停留在對文學史上的具體事件作實證主義的史料搜集和簡單套用馬克思主義政治經濟學名詞的膚淺分析上。而形式主義批評另一方面卻日益呈現著與社會政治現實脫節分離的趨向，成爲「爲藝術而藝術」和「藝術至上」理論的吹鼓手。從二〇年代起，巴赫汀就一直孜孜不倦地努力，要打破文藝批評中「內在」與「外在」方法的二元對立，建立一個完整、全面地把握藝術的內部規律的馬克思主義文藝理論。這種理論從根本上來說既是美學的，又是社會學的，既「內在」又「外在」，歸根結蒂乃是一種「內在」的方法。

爲了打破文藝作品的內在／外在的二元對立，首先要解決的是關於藝術本質的主觀論和客觀論兩種謬誤，澄淸藝術規律與社會經濟規律的關係。薩庫林認爲，藝術對象一旦成爲社會供求關係中的對象，就自然像商品一樣，受到社會經濟規律的制約。文藝社會學必須研究社會經濟規律對藝術的制約。研究藝術作品商品化和受社會經濟規律制約的問題，當然是十分重要的。不過，薩庫林卻認爲這種制約對於藝術作爲客觀對象的「物質方面」，是沒有什麼關係的。所謂客觀對象的「物質方面」，是指藝術作品的形式、結構、材料、媒介等，這根本上來說是一種形式主義批評的論點，被薩庫林用來論證「內在」和「外在」劃分、「內在」批評（即形式主義批評）和「因果批評」（即文藝社會學批評）劃分的必要性。巴赫汀反對這種把藝術的「物質方面」客觀化和絕對化。他認爲，形式主義批評把藝術作品的物質部分絕對客觀化的傾向，乃是一種割裂藝術與社會環境的極端觀念，其謬誤的根源在於忽略藝術語言的**社會**交流與溝通的本質，把形式結構媒介等誇張、歪曲爲非社會性的客觀物質現象。同時，巴赫汀又批判了把藝術作品視爲藝術家和讀者的純粹精神產物的主觀唯心論傾向。他指出，如果按照主觀唯心論的觀點，「分析某個無產者的心靈就能發現決定他的社會地位的客觀生產關係」，實在是十分荒謬的事。

依巴赫汀之見，馬克思主義的文藝社會學方法應當糾正主觀論和客觀論的謬誤，對「主觀」、「客觀」的概念在藝術創作和社會經濟領域內的意義作嚴謹詳細的確定。他說：

> 「物理和化學的物質，既存在於人類社會之內，又存在於人類社會之外。但是，一切意識型態的創造卻是產生於人類社會之內的，都是爲了人類社會而產生的。……藝術在

本質上也是社會性的，藝術之外的社會環境雖然從藝術之外對藝術發生影響，但卻在藝術之內接受直接的回應。……**美的領域**與法律和認知的領域一樣，**只是社會的**一個不同部分。」（重點爲巴赫汀所加）[10]

巴赫汀所指出的是自然現象與意識型態的文化現象的根本區別，並以此駁斥了將藝術硬行割裂爲主觀和客觀部分的觀點。在文藝創作的主客觀問題上一向有許多的混亂。最常見的一個概念混亂即是把個體與群體、個人與社會的關係看成爲主客觀對立的關係，在另一方面又把主客觀的對立解釋爲人類社會現象與自然物質現象的對立。這裡其實包含了兩個不同層次和不同範疇的問題，概念的混亂往往造成了邏輯上的混亂不清。更嚴重的結果（或者是有意造成的效果？）是把以自然物質世界的對象的自然科學理性和方法套用在社會歷史和文化的詮釋上，認爲自然科學的方法提供了最大的「客觀性」。巴赫汀屬於二十世紀思想史上的「人文學派」，也即主張主體之間互相對話的現象學和解釋學的「文化批判派」，他一生探索「人類科學」與自然科學的差異和相關性。這種探索也體現在他對「主觀」、「客觀」問題的看法中。

五〇至六〇年代在中國大陸進行的美學大辯論，一個核心的問題就是美的本質問題。就這個問題曾分爲主觀派、客觀派和主客觀統一派三大陣營。堅持美是主觀的高爾太和堅持客觀論的蔡儀各執一方，相持不下。而主張主客觀統一論的朱光潛，亦受到主觀、客觀論雙方的攻擊。同樣認爲美是主客觀統一的李澤厚（他的表述方法與朱光潛有所不同），當時也曾很起勁地批判各派主張，包括朱光潛的主張。現在我們把視角轉到二〇年代的蘇聯理論界，看一看巴赫汀當時對主客觀問題的討論，對重新思考中國五、六〇年代的美學辯論亦不無啓發。似乎可以將中國的主、客、主客統一各方的爭論，放到當時特定的理論語境和思維模式中觀察。這樣就可以發現爭論的各方，均受到當時佔支配地位的二元對立的線性思維方式和黑格爾式權威主義話語的制約，因此對主觀、客觀概念往往十分混淆。如前所述的主、客觀概念在自然與社會、個體與群體兩個不同層次上面的不同含義最容易引起混亂，而且是中國美學爭論中主觀派和客觀派概念混淆語義謬誤的根源（其中蘊含的社會歷史內容是値得深思的）。美的觀念產生於人類社會，根本上是一個意識型態的，也即價値觀、價値系統的概念，是與自然界的物質現象完全不同的。美的主觀論和客觀論兩派對美的概念是意識型態的這個基本前提缺乏理解，在談到「美的本質」這種形而上學色彩極強的問題時，就顯得自相矛盾，漏洞百出，難以自圓其說。

主張主客觀統一論的朱光潛和強調美的社會實踐性的李澤厚，都意識到主觀派和客觀派的邏輯悖論，正確地強調了美的社會性。在這點上，他們與巴赫汀不謀而合。朱光潛在五、六〇年代的美學論戰中更一再強調美的本質的意識型態性。他抓住了美學的一個要害問題。

但可惜的是他未能就此問題深入地進行學理上的探討，更無緣與西方馬克思主義中最爲重視意識型態問題的阿圖塞等進行溝通交流。在中國五、六〇年代的特定環境下，「意識型態」這一概念的符號意義或意識型態的外延大於其概念本身的語義或內涵，關於「意識型態」的爭論又遠遠超乎學理上的爭論意義之外，哲學、美學的學術和理論上的話語與現實政治的話語犬牙交錯。在這個風詭雲譎的時代，本來與朱光潛觀點最爲接近的李澤厚，也一再反駁朱光潛的藝術即美、美即意識型態的觀點，並且爲自己的實質上強調美的意識型態性的社會實踐論加上一頂「客觀」的帽子，以示與朱光潛的「主觀唯心主義」的區別。

將中國大陸的美學辯論與巴赫汀與蘇聯社會學文藝理論的論戰相比較，可以發現許多有趣的東西。中國辯論中把美的問題最尖銳最深刻地提出來並加以闡述的，是朱光潛和李澤厚的美的主客觀統一論和社會實踐論。他們強調美的社會性和實踐性，這與巴赫汀的觀點很相近。巴赫汀當時沒有花大力氣去論證美的社會實踐的問題，但他卻傾注了全部心血來剖析美、藝術的**社會交流和溝通**的本質（這實際上是一種反本質論的「本質」），並且把問題落實到**語言**，尤其是社會交流中做爲價值載體的具體生動的**話語**上面。巴赫汀所作的，實際上也是對美的社會實踐性的論證。美作爲一種文化意義上的實踐活動，與語言這個文化實踐的根本媒介實在是有著太密切的關係。俄國形式主義批評和索緒爾結構主義語言學注重**語言**的文化特質，對於巴赫汀的「對話的實踐美學」是有積極影響的。

交流：藝術話語與生活話語的共性

林林總總的文藝理論圍繞著作者、作品和讀者的關係問題，闡述了形形色色的藝術觀。形式主義批評的客觀論者特別看重作品文本；而各式主觀主義（如浪漫主義）的批評家卻過於偏愛作者的主體和讀者的主體。巴赫汀主張，偏向這三者任何一方或兩方都不對。值得注意的並不是這三者任何一方的「本質」，而是三者之間的「交流」。形式主義批評由於過分執迷於作品文本，導致了藝術語言和其他語言形式之間的割裂。巴赫汀則強調這兩者之間的共性，即語言的交流和溝通性：「文藝社會學理論的任務，就是理解藝術作品所實現、所凝聚的特殊的**社會交流**形式。」⓫

巴赫汀將生活話語和藝術話語的區別歸結為社會語境的區別，這和他強調兩種話語的社會共性是相一致的。他認為生活的話語對直接的社會語境依賴性較強。除了語言本身的語言等因素（語法、詞彙、語音等），社會因素（倫理、認知和實用因素等）在生活話語起了決定的作用。話語之外的情境也是非常重要的。在生活事件中，「話語直接參與事件，並與事件融為一體，不可分割。」⓬話語因此不僅僅是情境和事件的反映而已；話語本身就是情境的事件。巴赫汀舉了一個著名的例子，來說明這個觀點：

兩個人同坐一室，相對無言。這時，其中一位首先開口：「好！」另一位仍然不語。對我們局外人而言，這席「對話」不可揣摩。單獨而論，「好」空洞無物，語焉不詳。但兩者之間的這場特殊對話，雖僅有一言（當然這一個單字是有其特殊音調的），卻是有頭有尾，意義明確的。

爲了理解這些對話的意義，我們必須進行分析。但我們應該分析什麼呢？無論我們如何深入縝密地分析言談的純語言部分，無論我們怎樣鞭辟入裡地剖析「好」這一單詞的語音、詞彙學和語文學意義，我們仍然對這些交談的完整內容一無所知。

假設我們對這一單詞的語音有所了解：其語音流露著憤怒、斥責，還蘊含了某種似是而非的幽默感。語音因此而塡補了單詞「好」的語義眞空，但仍未能揭示其全部含義。

我們所欠缺的是什麼呢？我們欠缺的，是使「好」這一單詞對聽者產生意義的「言外之境」。言談的「言外之境」由三部分組成：其一，對話者**共同的空間**（可見視域的統一）；其二，對話者的**共識和對情境的理解**；其三，兩者對情境的**共同評價**。

在對話過程中，二人**揚首眺望**窗外，均**見到**雪花紛飛。他們**皆知**眼下已是五月，春天早該來臨。他們對漫漫長冬**均感厭煩**，他們皆**憧憬春天**，但見窗外大雪飛揚，不禁**大失所望**。言談所直接依賴的基礎，即來自這種**共見**（窗外雪）、**共識**（五月時令），和**共同評價**（厭惡寒冬，嚮往春天）。這就是言談的實在而具體的內容。然而，這一切都不是通過語言而表達的。雪在窗外，時令在日曆上，評價在言者心中；但一切意蘊，皆在一聲叫「好」之中（重點爲巴赫汀所加）⓭。

言談和音調

在這裡，巴赫汀爲言談（vyskazyvanie, utterance）作了一個大膽的定義：言談是人類語言、文化行爲的一個基本單元，其意義存在於已說與未說的話語**之間**，同時蘊含了已說和未言的語境。換言之，言談是一種**邊際現象**。意義既不爲言者獨佔，又不由聽者任意理解；意義存在於聽者與講者之間，自我與他者之間，已說與未說之間，語言與語境之間，竟義來自於這些不同實體的交流和對話。

言談有三要素：講者、聽者和話題。這三要素間的關係是互補、互動、相互依存的。把這三者之間的千變萬化、生動活潑的關係淋漓盡致地戲劇化的，便是音調或語氣（intonation）。音調介於語言與非語言、自我與他者、聽者與講者之間，清晰地顯示著聽者在對話中的位置。我們常說「聽話聽音」，指的就是人類的交流和對話活動中最有意思的現象，即音調的作用。對話之中，雙方的音調或語氣首先標誌著講者和聽者的各自身分、位置、相互關係、相互之間的態度。我們打電話的時候，對方可能尚未見過面，但憑他說話的口氣、音調，往往可以大致判斷出對方的身分。在交談的對話過程中，我們相互所傳達的信息是不可能作到絕對的客觀的，因爲我們說話時的口氣和音調，已經表明了我們的意見、態度和價值判斷。巴赫汀這樣描述人類的交流：「人們價值判斷的共同性構成了一幅畫面，在這幅畫上，活生生的人類的語言編織著音調的圖案。」[14]

在言談的三要素中，音調的另一重要作用是展開話題。話題這個第三個要素，在文藝作品中就是作者筆下的藝術形象，即巴赫汀所謂的主角。音調是如何展開話題這個主角的呢？主要是通過對話者之間的豐富的情感交流，如上例「好！」一句話中所蘊含的種種情緒。這種豐富的音調和語氣變化使話題變得生動活潑，「未受到控制的音調（如例中的某種嘲諷語氣）就會變成神話形象的源泉，如早期文化中的祈禱和詛咒。」[15]

音調充分揭示了言談的雙向性：一面指向講者和聽者，一面指向話題。一切「只可意會不可言傳」、複雜微妙的情感和價值上的交流，其實都包含在五彩繽紛的音調和語氣之中。這裡值得一提的，是巴赫汀強調音調的極端重要性，與西方傳統中的「語音中心論」和中國哲學中的「言外之境」是有區別的。近年來，西方後結構主義理論攻訐柏拉圖、聖奧古斯丁以來的「語音中心論」，認爲傳統的語音中心思想實際上讚美崇拜的乃是語音中所蘊含的神靈之聲，是電閃火花般轉瞬即逝的「義理」（logos）。中國老莊哲學中的「言外之境」所追求的那種「無狀之狀」、「無象之象」、「恍惚窈冥」、不可言喻的東西，與柏拉圖哲學中的義理有某些相近，仍是一種語言背後的「道」。強調音調和言談的巴赫汀，當然並非對柏拉圖「語音中心」和「義理中心」發動後結構主義或解構主義式的攻擊，但他也不是在重複「語音中心」的論點。他的音調、言談、「言外之境」等觀點，可看成是對柏拉圖的語言／意義二元對立的一種有啓發的回答。按照巴赫汀的理解，意義既不能超越語言，也不能僅僅存在於「語言的牢房」之內。意義是人類社會交流的產物，是一個邊際的現象，而音調則是社會交流最鮮明生動的標誌。

藝術話語的形式分析

分析了言談的基本因素之後，巴赫汀進而討論了藝術話語與生活話語的區別。他強調這只是一種程度上的、非本質性的區別。這種區別在於對直接語境的依賴程度。生活話語的意義，基本上完全依賴直接的實際語境。但藝術話語並非如此：它不完全受「此時此地」的局限。不過，這並不意味著藝術話語可以脫離生活的直接語境。正相反，藝術話語是對「未經表述的社會價值判斷的鮮明有力的濃縮與概括。藝術作品中的字字句句都充滿了價值判斷」[16]。巴赫汀的觀點不僅僅是一種藝術「源於生活高於生活」的泛泛而論（他的哲學基礎與「反映論」的藝術觀也不是一碼事）。巴赫汀主張，藝術與生活話語的最重要區別就是對於**音調**的不同處理。生活話語中的音調隨直接語境的變化而變化，主要導向爲生活本身中實際發生的事件、人與人的關係。而藝術話語則把生活話語中的音調加以放大、藝術化、戲劇化，使其導向不僅指向實際的生活事件和價值交流，而更指向價值交流、判斷的過程自身。巴赫汀的這一觀點出自於俄國形式主義批評關於藝術語言「陌生化」特徵的理論，但又摒棄了形式主義批評割裂生活語言和藝術語言的弊端。

對生活話語和藝術話語作**形式的、內在的意識型態**分析和**歷史的**分析，這就是巴赫汀的對話文化理論的基本方法。在他幾十年的學術生涯中，巴赫汀從各種層次和角度闡發了這一形式的意識型態分析方法。在〈話語〉一文中，他勾畫了這個理論方法的基本輪廓。

巴赫汀分別論述了藝術話語的三個基本要素：「一，作爲言談內容的主角（在生活話語中則爲話題）的價值位勢；二，主角與作者的接近程度；三，讀者與作者、讀者與主角之間的相互關係。這三者均爲非藝術的現實世界與語言藝術的社會力量的連接點。正由於藝術創造所具有的這些**內在結構**，藝術作品才能全面地對生活其他方面的影響打開心扉。」⑰

作者、作品、讀者的關係，必須看成是藝術作品中的**內在關係**。巴赫汀認爲作者個人的經歷、傳記，以及作品中的主角作爲眞人在其現實生活的眞實經歷等，「並不直接進入藝術作品之內，而是停留在外；讀者亦是作者在其作品中所設想爲對象的讀者和聽眾，其存在是對作品的結構起了決定性的內在作用的。」⑱巴赫汀在分析藝術作品時，是把主角的「價值位勢」等與作品中的言談的風格、音調、語言聯繫在一起的。他首先研究的，是作品體裁、形式和語言風格所表現、所凝聚的價值取向。這些包括了英雄史詩、悲劇、頌歌等等，甚而包括了日語中的大量謙語、敬語等。至於作者與主角的相互位置和距離，其接近程度，在敍事文學作品中最爲明顯，即敍事的視角、觀點和口吻等，對此，《杜斯妥也夫斯基詩學問題》一書有十分詳盡的闡發。

三、形式主義文學理論批判

對於俄國形式主義文學理論這個在二十世紀的西方理論界產生了革命性作用的理論流派，巴赫汀及列寧格勒小組成員們一直予以高度重視。巴赫汀的對話美學和文化理論與形式主義文論的關係極爲緊密，以至於不少論者把巴赫汀的理論看成是一種「後形式主義理論」。不少文學史著作和論文等往往乾脆把巴赫汀、伏羅希洛夫、梅德維捷夫等的論文規入「俄國形式主義文論」。這種劃分法不無道理，但往往卻造成了一種誤解，似乎巴赫汀與形式主義文論並無大差別。其實，巴赫汀的對話理論與形式主義文論的差別與其相似之處同樣巨大。最根本的差別，就是巴赫汀強調包括文學語言在內的語意的社會性、交流性、開放性，而形式主義則力圖建立一個自給自足、超越社會倫理美學之外的獨立、封閉、非歷史性的文學語言體系。

二〇年代是俄國形式主義文論的鼎盛期。史克洛夫斯基、愛亨鮑姆、提尼亞諾夫和雅柯布森等主要批評家當時在蘇聯文壇上非常活躍。而巴赫汀那時卻只是一個沒沒無聞的小人物，不僅毫無學術地位，而且經常生活無著。不過這並沒有妨礙他與列寧格勒小組朋友們對形式主義批評作密切的觀察分析、深入的剖析與批判。

早在一九二四年，巴赫汀便以眞名發表了討論、分析形式主義文論的長篇論文〈語言藝術創造的內容素材和形式問題〉[19]。這篇文章的寫作年代，正是巴赫汀由對哲學、美學問題的抽象異辯轉向社會、歷史、語言和文學的過渡時期。他從抽象沉重的哲學思辨中邁向語言與文學的領域，不免對形式主義理論家們的哲學的貧困大失所望。在一九二四年的論文裡，他抨擊形式主義批評追求科學主義的時髦，過分依賴語言學，具有把文學批評簡約化爲語言學分析的傾向。巴赫汀提出了「審美對象」的命題，指出審美對象而非語言的物質屬性和結構才是文藝研究的主要目標。「審美對象」是巴赫汀早期主體建構論哲學—美學的核心命題之一，主要是指藝術作品中表現的各種價值的總體。他認爲審美對象具有不可重複的獨特性，來源於每個藝術家的獨創，就像言談一樣，出自於具體交談中的講者和聽者主體的口中，爲主體所獨有。審美對象與語言不是一碼事，而是藝術家超越語言、征服語言的武器。它存在於語言的界域之間，要掌握它、理解它，只有把藝術看成爲一個不可分割的整體，而不是將其肢解爲語言的物質屬性和結構。「審美對象」的概念顯然帶著濃重的形而上學色彩，如「征服語言」、「超越語言」等提法與巴赫汀後來的語言觀有很大距離。

從二〇年代後期開始，巴赫汀更爲重現社會、歷史和文化的現實問題，並自覺地將馬克思主義的觀點融入到他的理論思考中。一九二九年，以梅德維捷夫名義發表的專著《文學研究的形式方法》（簡稱《方法》）是巴赫汀運用馬克思主義觀點分析形式主義理論的重要成果。《方法》一書，與《佛洛伊德主義述評》和《馬克思主義與語言哲學》一道，組成了巴赫汀的「馬克思主義語言學階段」的重要三部曲。

《方法》的作者問題也同樣是巴赫汀研究的一個爭論不休的謎。不過就其基本論點和論證方法來看，巴赫汀無疑是主要的作者。大致上，與其他兩部有爭議的馬克思主義的著作相同，《方法》是巴赫汀和其友人（在這裡是梅德維捷夫）合作的產物。巴赫汀爲了澄清語言與藝術的關係、藝術創作的規律與意識型態的美學等一系列問題，選擇形式主義文論作主要對話和論戰的對象。《方法》一書的主旨有二：一是爲了建立他所謂的「社會學詩學」打理論基礎；二是對形式主義文論作馬克思主義的分析和批判。

《方法》一書本身的方法是很値得注意的。這是一種對話式的批判方法，目的是爲了建立一個新的理論體系，而不是爲批判而批判。理論體系的建立主要是通過對當代與近現代的各種不同的理論話語的對話和辯析。這種對話和辯析又特別重視對話對象的語言運作和話語體系，注意各理論的話語體系的特徵和內在矛盾，在辯證的批判、剖析中闡明自己的觀點。

巴赫汀的這種批判方法與後結構主義的「解構方法」有某種相似之處，特別是對於語言和話語體系的高度自覺和自省。但巴赫汀又不是一個解構主義者。解構主義大師德希達及其英美的追隨者們似乎以爲一切語言現象、思維習慣、意識型態立場均可以解構，人類的社會歷史現實也可以肢解。因此解構主義的急進主義態度背後往往流露出某種超意識型態的絕對的相對主義，充滿似是而非、模稜兩可的悖論、不確定、反諷、含混的文字遊戲性。後結構主義的這些文字遊戲、邏輯遊戲和概念遊戲，固然可以爲批判理論如女權主義、多元文化論、後殖民主義話語等提供武器，而另一方面又可以搖身一變爲學術市場上用來賣弄學識和唬人的時髦商品。這正是當前美國學術界的「後現代」奇觀之一。回到二〇年代的蘇聯文壇，可以發現巴赫汀的方法的嚴肅性：一切對話者各有其確定的意識型態的立場，具有歷史的眞實性和不可逆性。尤其是對話的具體歷史和社會語境，更不能任意肢解或解構。巴赫汀的嚴肅性在《方法》一書中是十分明顯的。

建立馬克思主義和社會學詩學

「社會學詩學」是巴赫汀對話美學的一個目標，《方法》一書用了相當的篇幅來勾勒其輪廓。社會學詩學首先強調的是文藝的社會性，以此與西方流行的注重個體的心理學方法劃界。巴赫汀所主張的文藝社會性又與蘇聯的官方文藝理論，如薩庫林、日丹諾夫等的理論南轅北轍。後者完全把文藝看成對社會現實的「反映」，因此他們的文藝社會學實際上是文藝的政治決定論。巴赫汀的社會性是指文藝作品中社會交流的活生生的語言、聲音、姿勢、線條、色彩，社會交流的基本形式。這些基本形式是物質現實社會不可分割的組成部分，而絕不是什麼「反映」而已。巴赫汀說：「社會交流是意識型態獲得具體的存在及其意義和符號性質的中介。一切意識型態的事物都是社會交流的對象，而非個人使用、個人思考、感情體驗和感官享受的對象。」[20]

社會學詩學的意識型態——價值的交換和交流的系統——爲研究對象，其關注的主要問題之一即意識型態環境。所謂意識型態環境，指的是符號的世界，因爲人實際上生活在一個充滿了符號的世界之中：「人的意識與存在並不直接進行接觸，而必須通過他周圍的意識型態環境的中介。意識型態環境是特定的集體的社會意識的外在、完成、物質的表現。」[21]這是巴赫汀文化理論的主要命題之一，即社會意識型態的符號性和交流性。他對形式主義文論的批判，即從這個命題出發。

在批判形式主義文論的同時，巴赫汀也批判了當時開始在蘇聯學術界佔上風的教條和庸俗的反映論和文藝社會學。二〇年代，蘇聯官方文藝理論家已對形式主義文論大肆攻擊，而史柯洛夫斯基等亦與官方理論家相對抗（當然，這是指二〇年代蘇聯文化界較寬鬆自由的時代）。巴赫汀認爲，官方文藝理論與形式主義文論之間的論戰只是一種「聾子的對話」，各說各的話，不得要領，並沒有眞正的交鋒。關鍵是官方理論家們堅持社會經濟因素對文化和意識型態的簡單的線性決定論和機械的反映論，因此對形式主義文論所提出的文學語言的獨立性問題視而不見。有鑑於此，巴赫汀提出了對於「反映論」的「修正」，認爲文藝對社會的反映乃是一種「雙重反映」。這種提法，充分重視、吸收形式主義文論的合理成分，把歷史唯物主義觀點與形式主義的語言觀相結合。

所謂「雙重反映」，首先指文藝作品及其他意識型態現象對社會經濟現實的獨特的折射；而文藝作品的「內容」本身，又是對於作爲現實的折射的意識型態現象的反映。換言之，文藝作品既反映「經濟基礎」和「上層建築」這兩部分社會現實，又反映「意識型態」。這種雙重反映使文藝作品具有鮮明的自我反思的特徵。文藝屬於意識型態，又對意識型態進行反省式的折射和反映。由於這種雙重反映的特點，文藝既與社會經濟現實相區別，又與一般的哲學、宗教、倫理等意識型態現象相區別。官方文藝理論的謬誤，恰恰是將這些錯綜複雜的關係不加區分地等同起來，或混淆起來。在批駁這種簡單化教條化的反映論時，巴赫汀又舉出「典型論」爲例子。在蘇聯官方文藝理論中佔了很重要位置的「典型論」，正是對文藝的雙重反映特徵理解混亂的產物。屠格涅夫《父與子》中的主角巴扎羅夫，並不簡單地是所謂資產階級民主主義知識分子進步一翼的「新人」階層的典型形象。他並不是俄國十九世紀五〇年代和六〇年代的急進知識分子的代表。「巴扎羅夫是作爲文學作品中的一個**結構**的因素出現的，而不是作爲某種哲學和倫理的理念而出現的。」[22]強調「結構因素」正是俄國形式主義文論的一大特徵。巴赫汀的「雙重反映論」是吸取了形式主義的合理成分的。

由於雙重反映的特點，文學藝術有其自身的獨特的發展軌跡和獨立性。因此，馬克思主義的文學史家應該同意，文學首先是由文學自身的規律所決定的，而這種自身的規律，又是社會性的。所謂「內在規律」和「外在規律」的二元對立、文學與社會的二元對立，均出自於對文學社會性這個根本原則的誤解或忽略。形式主義在這個原則問題上誤入歧途。巴赫汀對形式主義的批判就以此爲契機。

對形式主義文論的批判

談到形式主義文論的成就，巴赫汀首先加以肯定：「(形式主義)成功地突出了文學的特徵及其原則，從而在糟糕的折衷主義和無原則的學院派批評中脫穎而出，鶴立雞群。文學特徵是馬克思主義的意識型態研究的首要任務。馬克思主義無法忽視形式方法，因爲形式主義者們在俄國文學研究領域裡，已首先提出了這個問題。」[23]對形式主義的批評和分析是當務之急，而且這種批評必須是「內在」的批判分析，即循形式主義理論的內在邏輯和話語體系順藤摸瓜的分析。

《方法》對形式主義的批判主要有兩個方面。一是對形式主義的一般詩學原則，即詩歌語言與日常語言的對立、「陌生化」、「方式」、「動機」等基本範疇的剖析。再就是對形式主義文學史觀的批判。形式主義的一般詩學原則有一個根本前提，即是詩歌語言與日常語言的對立。詩歌語言是對日常語言的「暴力行爲」，目的是給人們早已習以爲常的自發的語言習慣、觀察思考習慣的意想不到的改變，從而在語言的視野中帶來一種新鮮感，造成一種「陌生化」的效果。這種「語言的煞車」，使日常生活的自發性語言習慣被打斷、扭轉或解構。結果語言自身的特性——聲音、線條、節奏、韻律等等卻在詩歌語言中得到了眞正的復活。（史柯洛夫斯基的形式主義理論名篇之一即題爲〈詞的復活〉。）

巴赫汀指出，儘管形式主義者們反覆堅持「面向語言本身」和「詩歌的內在方法」，他們的理論依據實際上卻與語言和詩歌本身無甚關聯，來自於傳統的個體心理學。形式主義者不過是把個體心理學關於人視角的看法由作者、作品人物轉向讀者。所謂「陌生化」，所謂新鮮感，所謂「語言的煞車」，無非是指文學作品對讀者視角和心理的影響。但這種個體心理學的觀點在解釋文學作品這個社會歷史現象時，就很難在邏輯上自圓其說。一篇作品對某個人來說早已習以爲常，對另一個人來講則很可能是全然陌生的、新鮮的。抽去了具體的歷史、社會語境的內容，「陌生化」毫無意義。

形式主義的文學史觀是建立在同樣的個體心理學基礎之上的。其基本原則是把文學的發展過程看成後一代作家對前一代作家的語言和形式的「陌生化」。這種努力循環往復，與佛洛伊德主義的「家族羅曼史」和「伊底帕斯情結」等異曲同工。把文學史上的形式的不斷推陳出新作爲一個重要現象提出來，乃是形式主義文論的一大貢獻。陸機的《文賦》曾經指出，文學家在創作時必須「收百世之闕文，採千載之遺韻，謝彰華於已披，啓夕秀於未振。」㉔陸機講的是文學創作中一定的形式和規範的演變過程。「收闕文」、「採遺韻」是遵循傳統成規，「謝彰華」、「啓夕秀」是對創作成規的推陳出新。唐大圓云：「上句是各去陳言，下句是獨出心裁。」㉕不過把文學史的發展僅僅看成爲孤立的形式的革新或子對父的叛逆，那卻與歷史的眞相有太大的差距。

形式主義文論把詩歌語言視爲至寶，是復活語言的救星，是個體心理體驗煥然一新和恢復元氣的魔杖。這種觀點深深地根植於現代主義文藝的土壤，是現代主義文藝這個特定歷史現象的產物。巴赫汀指出，形式主義文論與俄國象徵主義和未來主義詩歌創作有千絲萬縷的聯繫。象徵主義詩歌刻意推崇、誇大語言的自主、自爲的魔力，而形式主義文論則竭力宣揚詩歌語言所具有的爲日常語言所湮沒的圓滿、具體、生動鮮明的物質特徵。這種觀點的確有振聾發聵的效果，抓住了現代主義文藝的理論核心，不過，把現代主義詩歌創作的語言的「陌生化」、「文學性」等特徵從具體的歷史環境和文化背景中抽象出來，拔高到「放之四海而皆準」的普遍眞理的高度，則已距離荒謬不遠了。關鍵是形式主義文論抽去的是詩歌語言和日常語言共同享有的意識型態內容。這種簡約化的方向已蘊含著其整個理論體系由眞理走向荒謬的內在條件。

形式主義的傑出貢獻在於對語言系統的深刻發掘，但其根本的失誤卻同樣在此。巴赫汀指出，形式主義的要害問題是把語言看成一個封閉的系統。從這個前提出發，形式主義把詩歌語言視為與日常語言相對立的不同語言的封閉系統，認為詩歌語言是對日常語言的否定。這種否定主要是通過詩歌語言將日常語言的「陌生化」來完成的。從這個「陌生化」的前提出發，提尼亞諾夫主張詩歌語言乃是語言的各種因素——語音、節奏、韻律、雙關、含蓄、象徵——等相互作用、相互衝突的戰場。在各種因素的張力與衝突中，語言自身的特徵得以彰顯。巴赫汀對此作了進一步的發揮。他認為，各種因素的衝突不僅僅存在於詩歌語言內部，而更多呈現於不同**話語之間**由交流而產生的文體、結構、語氣上的差異。這些差異千變萬化，錯綜複雜，相互交叉、滲透。語言的社會交流本質決定了語言在任何情況下都不可能是封閉和自足的。各種不同話語之間的界線是不確定的，是能夠互相轉換的。而形式主義批評過分地誇大詩歌語言和日常語言之間的差異，實為只見樹木、不見森林之誤。

社會評價——語言的社會性中介

在批評形式主義理論的迷誤的時候，巴赫汀反覆強調形式主義批評家所提出的問題和指出的思考方向均十分寶貴，但他們卻誤入歧途，未能找到解決問題的途徑。巴赫汀提出了社會評價作爲語言的社會性中介這個命題，作爲他對於形式主義者們所提出問題的回答。更早期的德國語言學家洪堡等亦注意到語言的「內在形式」和「意象」的問題，企圖回答語言的意義產生的機制問題。關鍵在於：如何能夠找到這樣一個中介物，它既能呈現語言的物質特徵，又直接參與意義的製造過程，並且能夠把意義的普遍性與個別言詞在特定交流場合中呈現的特徵性結合起來。洪堡和俄國語言學家波特比涅提出了「內在形式」和「意象說」，企圖用「意象」這個語言中的具體的感性形式作爲與語義普遍性結合的媒介物。在此基礎上，巴赫汀進一步提出了「社會評價」作爲語言中意義的普遍與特殊性中介。

「社會評價的中介」圍繞著言談這個基本要素展開。在〈生活的話語與藝術的話語〉一文中，巴赫汀將言談定義爲語言社會交流的基本單位。在《方法》一書中，他又強調了言談的歷史性：「言談不是一個物理的實體和過程，而是一個歷史的事件。言談的個性、特殊性產生於特定的歷史時代和社會環境，這與物理的實體和過程的個性與特殊性是根本不同的。」[26]「對於詩人來說，語言乃是一個社會評價的系統，在這個大系統中，言談與言談碰撞、交流、對話，迸發出意義的火花，千變萬化，眾聲喧嘩，構成了多彩多姿的社會交往的天地。」在這個語言萬花筒的世界，價值交換是最基本的要素。價值交換產生了意義，形成了人的社會，造就了現實：「社會評價使語法、語音、字詞等素材提供的語言潛能變成活生生的話語的現實。」[27]

從社會評價的觀點出發，形式主義批評一系列的基本概念，如「故事」、「情節」、「類型」等，都可以在更爲廣闊的社會語言交往的層面加以理解。形式主義把故事素材與情節結構對立起來，認爲故事作爲原始的、未經加工的素材，只是使情節結構這一藝術方式運轉的動機而已。這個看法抓住了社會生活的事件與藝術的形式創造之間的緊張與差異的要害，頗具洞察力。但是將生活素材與藝術形式的差異刻意誇大，則有以偏蓋全之虞。巴赫汀認爲，故事與情節的發展是統一的，在藝術作品中均受統一的社會評價大系統的制約。敍述的事件與敍述本身均統一於這個系統之中，當生活中的事件進入藝術結構的時候，有一個社會評價的系統已作了觀察、評價和選擇。每個藝術家的作者或自我的獨特立場決定了藝術創造的獨特性，但這種獨特性又必須在更高的社會評價的統一場中得以顯現。

在社會評價的大系統中，不僅藝術形式與類型凝聚著價值變換的規律，非藝術的話語形式與類型同樣如此，也受社會評價系統的左右。因此，對於言談這個普遍性的話語現象，完全可以而且應該像藝術分析那樣，作形式與類型的區分與分析。巴赫汀說：「類型評判現實，現實澄清類型。」[28]這裡，他強調了話語類型與社會現實的緊密聯繫與互相制約，是對他的文化理論的一種精練的概括。巴赫汀這一觀點的基本依據，即是社會評估大系統的整體統一性，包含了話語和現實貌似對立的兩大部分。

話語類型的分析構成了巴赫汀理論的主要部分。特別到了晚年，他全力投入到話語類型的研究之中。早在二〇年代，巴赫汀與形式主義批評論戰，就已突破了形式主義拘泥於詩歌語言的狹隘性。他以形式主義批評爲起點，循著言談這個基本話語元素的發展，順藤摸瓜，深入拓展，逾越了形式主義批評的狹窄山隘，走向了「眾聲喧嘩」文化現象的廣袤的天地。

四、《馬克思主義與語言哲學》

《馬克思主義與語言哲學》（簡稱《語言哲學》）一九二九年出版時，作者署名爲伏羅希洛夫。因此這部書眞正的作者是誰，也是一個懸案。但是，就該書的基本論證方法、表達的主要論點而言，均爲巴赫汀一貫最爲關注和擅長的。書中的重要觀點，也被巴赫汀在各種場合和論述中反覆強調、發揮、論證。署名作者伏羅希洛夫則主要對書中的一部分，即引語問題有深入的研究。從該書的整體構思來看，可以認爲巴赫汀是主要的執筆者，伏羅希洛夫參與了寫作過程。《語言哲學》是巴赫汀思想體系中的一部重要著作。

巴赫汀理論的核心即是語言哲學。他的語言哲學有別於傳統意義上的語言學，與二十世紀的索緒爾結構主義語言學理論也有重大差異。研究巴赫汀的學者認爲，巴赫汀的語言哲學是一種「超語言學」（translinguistics），或「後設語言學」（Metalinguistics）。其研究的對象及範圍，均超越了傳統語言學以及結構主義語言學的語法、語義和語言的結構、系統等範疇。「超語言學」關注的，是通過語言中介而實現的社會價値的產生、交換與交流的過程。這個過程，即是文化發生發展的過程。所以，超語言學又是一種文化理論或文化人類學。現代的文化人類學作爲一門學科，除了傳統的人類學、考古學、社會學以及心理學的方法以外，基本核心是語言學，特別是與結構主義相關聯的語言學理論，包括索緒爾、李維史陀、洪堡、皮亞傑、薩皮爾、喬姆斯基等的理論。巴赫汀對於索緒爾、洪堡等的理論有深入的理解和批評；在許多方面，他或者預見到後來的理論家的觀點，或者與他們的看法不謀而合，如皮亞傑、喬姆斯基等。但是，巴赫汀的以語言爲核心的文化人類學所具有的馬克思主義的歷史社會觀，則不爲其他學派所備。蘇聯塔圖派符號學家尤里・洛特曼等在建立自己的人類學符號學理論時，受到巴赫汀思想很深的影響。可以認爲，語言學或超語言學在巴赫汀理論中佔有最重要的位置。而《語言哲學》一書，則較全面地闡述了超語言學的基本原則。因此，美國馬克思主義文化理論家詹明信認爲該書是「對全部的語言學研究所做的迄今爲止最好的概述」㉙。

語言——意識型態研究的核心

馬克思在解剖資本主義社會的時候，把商品作爲基本元素，分析商品在勞動和生產過程中的價値交換過程，從而揭示了資本主義社會的祕密。價値的產生和交換，同樣要通過語言的中介。語言不僅僅是資本主義社會的屬性，而是人類社會和人類歷史的根本屬性。語言牽涉到的價值產生和交換，就不僅僅是勞動創造的物質商品的價值，而包括了更廣泛的意義上的價值交換，以及各個價值系統的產生、發展和相互關係問題。這裡，價值的交換涉及到**意義**的產生。對於**意義**的價值交換和價值系統的美學的研究，就構成了**意識型態**研究或分析的根本任務。眾所周知，馬克思對**商品**這個資本主義基本元素的分析，是與他對資本主義社會的意識型態分析不可分割的。巴赫汀即以馬克思的價值為起點，提出了他的以**語言**為基本元素的意識型態分析理論：

> 「馬克思主義的意識型態理論基礎，即科學知識、文字藝術、宗教倫理等學科的基礎，首先是與語言哲學密切相關的。……一切意識型態過程都具有**意義**：它再現、描述著某個表現本身之外的東西。換言之，意識型態過程是一個**符號**。**沒有符號，就沒有意識型態**（重點為原文所加）。」㉚

「意識型態的符號學價值」是巴赫汀超語言學的一個重要命題，有著革命性的意義。其主要內容，有如下幾個方面：

首先，這一命題針對傳統的反映論，重新釐析並界定了物質現實的概念和範疇。巴赫汀說：「每一個意識型態符號都不僅僅是現實的反映和影子，而是現實的物質組成部分。每一個作爲意識型態符號的現象都具有某種物質的屬性，即聲音、物質的實在物、色彩、自身的運動等等。」㉛從這個對符號的物質性、現實性出發，巴赫汀進一步對馬克思的關於上層建築和經濟基礎的劃分作了重新闡釋。他指出，把經濟基礎與上層建築的關係看成爲一種簡單對立的關係，或採取經濟決定論的立場看待文化和意識型態的問題，就會忽略語言符號的複雜中介作用。「問題的關鍵在於了解現實的存在（經濟基礎）**如何**決定了符號，符號又是**如何**反映和折射著存在的生成過程。」㉜將符號中介作爲一個考察意識型態的關鍵，是對以物質生產爲最終標準的上層建築／經濟基礎二元對立理論的補充和修正。

不過，巴赫汀把語言符號看成是物質現實的不可分割的一部分，並不是把語言符號與現實的物理實體或物質畫上等號。形式主義批評和某些結構主義語言學家就是這樣做的，持馬克思主義觀點的某些結構主義、後結構主義者也有將語言物質化的方向。但是，巴赫汀所強調的語言物質性、現實性，主要是指語言的**現實社會性**，語言在客觀物質世界中的根本**社會屬性**。語言的作用是溝通人與人、人與自然的關係，在人類存在的這個客觀物質世界上佔有不可或缺的位置。整個物質現實（相對人類存在而言）充滿著符號，我們的世界，是一個符號的世界。這個情形在當代尤其明顯。我們生活在一個充滿著文字、圖象、廣告的世界，所有的符號都像空氣和水一樣與我們須臾不可分離，所有的符號也都帶著可溝通、可交換的商品的價值的品格，甚至包涵了人類最隱密的精神與潛意識的世界，最親密和最私人的感情的世界，最神聖最莊嚴的宗教與倫理的世界，也包涵了人類相距最遙遠的自然界、宇宙星球。我們生活的世界上其他功用性的物質實體，如房屋、車輛、食品等，現在均與符號結成了不可分割的統一體——商標、外型、樣式、名稱等等，不可想像沒有這些符號的東西如何可以進入市場，進入我們的日常生活。符號的生產、符號的運用、符號的意義在相當大的程度上左右着當代信息社會的發展。西方思想文化界近年來對所謂「後現代社會」的反思與批判基本上就是圍繞著符號的文化意義，意識型態意義和政治、經濟等意義展開。對**符號**的研究是研究當代文化與社會的當務之急。六、七十年前的巴赫汀早就看到了這個問題的重要性。難怪西方後現代主義文化批評家們對巴赫汀如此興趣盎然，如獲至寶！

第二，巴赫汀強調語言的物質現實性和社會性，並由此重新闡述了人類的**意識**與**精神活動**的客觀實在性與普遍社會性，批駁了以個體與私人性爲中心的心理主義和主觀唯心主義哲學。在這點上，巴赫汀與現代哲學家、現象學派創始人胡塞爾以及維特根斯坦等走到一起去了。從強調語言領域和意識領域的客觀性（胡塞爾）到通過對語言的互爲主體性來否定私人語言，從而解決「規則的悖論」（維特根斯坦），胡塞爾與維特根斯坦等均注意到語言社會性對精神和意識的客觀普遍性的根本制約作用。巴赫汀思考這一問題，則是從意識型態的**符號性**角度出發的：

「唯心主義文化哲學和心理學的文化分析把意識型態置於意識的範疇中，認爲意識型態只是意識的事實，外在的符號只是一件外套而已。……唯心主義和心理主義忽略了**理解**只能產生於符號的物質性內部（如內心的語言）；符號依存於符號，意識的發生和成爲事實，必須通過符號的物質體現。……理解乃是符號對符號的回應。」[33]

巴赫汀首先確定了意識的發生和實現必須經過符號，並且是「符號對符號的回應」這一基本前提（顯然，巴赫汀在這裡將「意識」與「理解」等同起來。這一點，頗接近胡塞爾的現象學原則，即：意識應是指像意識之外的對象，意識包含的意向性要解決的是對對象的含義的理解。現代解釋學家如伽達默等從胡塞爾現象學原則出發，對意識與理解、理解的回應性問題，亦有詳盡的闡述）。確定了意識的符號性，也就爲意識的社會性命題指出了邏輯的方向：

「符號只在**個人與個人之間的界域**裡產生。我們不能把這個（主體之間的）界域看作直接意義上的『自然』（社會當然是**自然的一部分**，不過在實質上是與自然界相獨立的一部分，有其自身的獨特規律與系統）。符號不產生於任何兩個**自然人**之間。關鍵在於兩個個體之間構成了社會性的關係，組成了社會團體，這樣，符號的中介才能形成。個人的意識不但不能解釋任何現象，正相反，意識只能從社會和意識型態中介的角度來解釋。」❸❹

魚不能離開水而活，人類不能脫離語言的世界而存在。儘管人類從未停止過設想超越語言而存在的意識、精神或靈感的火花、義理或道，但是，一切超越語言的純意識的思想，都不得不通過語言的中介來表達。從柏拉圖、莊子到解構主義者德希達，一直爲語言和意識的關係所困擾。不過巴赫汀所告訴我們的，卻是一個非常簡單明瞭的事實：沒有語言的交流，就沒有人類社會；沒有人類社會，意識也就不會存在。巴赫汀重申了「存在決定意識」這個馬克思主義的命題，並且強調符號、語言交流作爲社會存在的一項根本條件。這對於以生產工具的製造作爲社會存在的物質前提的十九世紀的馬克思主義觀念，無疑是一個重大的修正。

《語言哲學》將符號與語言確定爲意識構成的基本材料，從而奠定了意識的社會存在的客觀基礎。意識不再是與物質世界與現實存在相對立的虛無縹緲、難以揣摩的「精神」、「靈魂」、「意志」等等，而是客觀實在的社會存在不可分割的一部分：

「話語是內心生活即意識的符號材料（即內心語言）。的確，意識的發展必須通過某種可塑性很強，而且能夠由身體器官表達出來的材料。語言正是這種材料。……作爲**內心語言**的個體意識的問題，即普遍意義上的**內在符號**問題，現已成爲語言哲學最重要的問題之一。」[35]

巴赫汀的超語言學理論的意識型態符號學命題的第三個重要內容，是對馬克思的社會衝突和階級鬥爭學說的大膽改寫。像盧卡奇、葛蘭西那樣，巴赫汀特別關心意識型態與文化領域裡的社會矛盾與階級鬥爭。他從語言這個人類社會交流與溝通的基本元素入手，審視意識型態層面的錯綜複雜的社會衝突。他說：

「符號所反映的存在，不僅僅是被反映的，而且是被折射的。在意識型態的符號中，存在的折射是如何決定的？是由使用著相同的符號的社會中具有不同的社會利益與導向的社團的交叉所決定的，也即是說，是由**階級鬥爭**來決定的。

階級與符號的社團並不對應，因爲該社團指的是使用相同符號進行交流的整體。不同的階級所使用的語言是相同的。因此，在每個意識型態符號之中，都有著不同導向的音調語氣之間的交叉。這樣，符號就變成了階級鬥爭的戰場。

意識型態符號的各種社會的**音調多重性**是符號極爲重要的方面。總而言之，由於不同語氣音調的交叉，符號才能保持活力並不斷發展延伸。」㊱

傳統馬克思主義的階級鬥爭學說有強烈的經濟決定論色彩。在實際運作中（指國際共運在各個國家不同的發展史），尤其是在涉及文化與意識型態層面的時候，經濟決定論與文化決定論兩種觀點形成了嚴重的悖論和矛盾，並且造成了悲劇性的結局。巴赫汀提出**語言**領域裡語音交叉而形成的階級鬥爭現象，旨在澄清意識型態、文化領域裡階級鬥爭的事實，有其獨立於經濟利益和政治社會制度之外的自身規律。這便是他反覆強調意識型態對社會存在的「折射性」的意圖。巴赫汀指出的語言領域裡的階級鬥爭現象，是人類社會價值交換、交流過程中的利益衝突不可避免的歷史產物。對立和衝突是人類社會充滿創造力、生機勃勃向前發展的動力，是人類文明的基本運動形式，充分體現在巴赫汀的「語言階級鬥爭」和更爲成熟的「眾聲喧嘩」的理論概括之中。

傳統語言學和結構主義的缺陷

根據「不破不立」或批判的建設原則，巴赫汀在描述馬克思主義語言哲學時，對一系列語言學理論進行了批判。他首先批判了歐洲傳統語言學理論中的「客觀心理主義」傾向。他認爲，「馬克思主義的一項最基本、最迫切的任務，便是創立一個眞正客觀的心理學。這種心理學依據的是**社會學的原則**而非生理或生物學的原則。」[37]人的主體心理意識不是什麼自然科學如生理學等研究的客觀對象。心理活動首先是社會意識型態所要理解的對象，也是符號學的對象：「**內在心理的現實與符號的現實完全是一回事**。符號材料之外，心靈並不存在。當然，存在著生理學過程，神經系統的過程。不過並不存在著某種主觀的心靈，它具有特定的存在意義上的素質，既有別於有機體內部發生的生理過程，又相異於包蘊了有機體的外部現實，心靈對這個現實作出反應，並且是這個外部現實的反映。」[38]巴赫汀認爲，只有在符號之中，才能找到內部有機體與外部世界相連結的橋樑和中介。

對於歐洲解釋學的先驅威廉・狄爾泰的主觀心理經驗說，巴赫汀提出了很接近於現代解釋學家伽達默的觀點的批評。狄爾泰主張心理經驗具有特定的意義，而對意義的解釋，即對心理經驗的理解、描述、分析、說明等，才是人文科學的基礎。巴赫汀承認，狄爾泰的觀點對現代人文學科的啓發是極爲豐富的。不過，狄爾泰的謬誤在於把個體心理學的方法程序凌架於社會意識型態分析之上。狄爾泰的根本缺陷是他沒有看到**意義與符號**之間的密切聯繫，從而導致了對**意義的社會品格**的忽略。巴赫汀認爲，把握心理學的根本要素，即爲「內心語言」。對內心語言作社會和歷史的分析與意識型態分析，才是心理學眞正的目的。

心理學的致命傷是將「個性」與「社會性」對立起來，認爲心理活動只屬於私人和個體，意識型態只屬於社會。巴赫汀指出，這種二元對立論是荒謬的：「所謂『個體』的心靈或心理內容，與意識型態一樣具有社會性。個人對其個性的意識程度，以及個人的內心權益和特性，均爲意識型態的、歷史的，是完全由社會因素所決定的。」[39]歸根結蒂，人類的意識和心理活動的社會性，取決於意識和心理的符號性。只有通過符號的交流，才能形成意識和心理活動。而每一個符號，每一個言談話語，「都是一個不同社會導向的音調和語氣衝撞交叉的小小戰場。從任何一個個人口中說出的話語，都是社會力量生動活潑的交流作用的產物。」[40]

索緒爾結構主義語言學是巴赫汀批判的另一對象。結構主義語言學的錯誤與客觀心理學相似，主要是從科學主義立場出發，在對能指／所指、言語／語言等二元對應的結構和系統分析的背後，蘊含著個人與社會根本分裂與對立的前提。索緒爾把語言視爲穩定不變的理性結構與系統，完全可以用自然科學的工具理性和邏輯方法進行分析。語言系統與個別言語的對立是社會與個人的對立，個別言語完全是私人的，混亂無序的，無法進行理性分析和邏輯分析。語言學研究的眞正對象，只能是理性的、邏輯的、穩定的語言系統及其結構。對此，巴赫汀認爲索緒爾的科學理性主義方法割裂了人與社會的聯繫，割裂了語言和價值的聯繫，因而割裂了歷史。索緒爾所追求的，乃是萊布尼茨的恆時性，以及笛卡兒的數理理性與邏輯性。而巴赫汀卻正相反，最感興趣的正是歷史長河中混沌無序、千姿百態、變幻多端的個別言語（parole）或言談（utterance）：「眞正的語言現實——言談——不是語言學規範的抽象系統，也不是該系統的社會心理的實行，而是由言談之中實現的語言相互交流的社會事件。」[41]

巴赫汀逆轉了索緒爾語言學的排列順序。他不是以穩定恒常的系統出發，而是從個別的言談出發，從活生生的、具體的個人之間的互相對話、互相交流的歷史事件出發。當然，巴赫汀強調個別，強調具體的對話和言談，絕不是以個性和人性來取代或湮沒社會性。正相反，他總是以個性的獨特性、不可取代性爲出發點，來論證人與人的主體之間互相對話、互相交流、互相補充的社會性。

在分析結構主義的歷史背景時，巴赫汀溯源到歐洲的傳統文字學（philology）。文字學以專門考證古代典籍，辯析古代文字——古拉丁文和希臘文——爲己任，頗似中國傳統經學中的「訓詁學」或「小學」。西方近現代語言學與傳統的文字學均有著千絲萬縷的師承關係。文字學研究的對象，都是死去的語言，巴赫汀稱之爲「獨白式語言」。文字學家的研究方法，也是典型的「獨白式方法」：

> 「文字學家把古典文獻從眞實環境中剝離開來，將其視爲孤立的自給自足的實體。……文字學家對古典的理解完全是一種**消極**的理解，它首先在原則上排除了理解之中對象的

語言的積極回應。……儘管文化與歷史特徵上的巨大差距，從古代印度教士到近代歐洲文字學家都不過是外國文字和『密卷』手稿的解讀者。最早的文字學家無一例外，都是僧侶教士。歷史上一切國家的神聖典籍、經文，或是口頭的文學傳統，或多或少都與世俗相異，或不爲世俗所理解。教士和文字學家的任務，便是解讀神聖經典中的神祕內涵。」㊷

追溯這種宗教神學的文字學歷史溯源的目的，是揭示傳統西方語言學的封閉、權威、獨白性傾向。而巴赫汀一向是反對神學的大一統和語言獨白，而主張世俗文化開放、對話和自由的活力。

言談與文化人類學

《語言哲學》以三分之一的篇幅，專門討論言談的問題。重點分析的，有兩個問題：言談的主題和意義。

「主題」指的是言談完整、統一的意義。主題是屬於具體的言談行爲的，是不可重複的、獨特的、個別的。而「意義」是指言談的字面上包含的固定含義或內在意義，是可重複的。如「現在幾點？」這句言談的字面意義，是可以重複的。因此，我們可以說這句話的意義是

「關於時間的疑問句」。然而，在每一個特定場合和情境下，「現在幾點？」這句話，卻傳達著與當時的環境有不可分割的聯繫的特殊的、不可重複的「主題」：急於趕火車的人對時間的關心，與暗示逐客和離去的主人與客人的問話，都是因人而易，因景而易的。

主題和意義是言談不可或缺的兩方面，互相依存。在人們的具體交往中，理解主要側重的，是言談的主題。主題產生於具體對話交往過程中話語與話語之間的對應。意義是言談固有的含義，但只有通過具體的對話交流，才能實現，創造出活生生的主題。因此，表面上看來意義是固定的、言談所固有的，主題是隨機的、外在的。但實質上，二者均需要具體的對話和交流行爲。巴赫汀在主題／意義的區別上，又一次逆轉了索緒爾語言學言語／語言的順序，強調主題的首要性，意義的輔助性：「意義只是主題實現過程的技術輔助而已。」[43]不僅如此，巴赫汀反覆堅持的一點，即是主題和意義兩方面對交流、對話的依賴：

「根本上，意義位於對話者之間。意義只能在積極的、對應的互相理解過程中產生。意義不存在於講者的心中或口中，也不存在於聽者的心中或口中。**意義是講者和聽者由特殊的聲音系統的物質材料所進行的相互交流的效果**。意義如同電光火花，在兩個電極碰撞的一刹那迸發出來。」[44]

言談的主題和意義完全是對話性的。沒有對話，就沒有意義。主題和意義產生於人類主體之間的生動活潑、變化萬千的對話與交流，產生於理解的過程。**理解**是人類交往中追求的目標，也是打開文化之謎的一把鑰匙。理解的過程錯綜複雜，氣象萬千，如同人類上下數千載的文明史。它紛亂蕪雜，生機勃勃，但並非混沌無序，雜亂無章。給人類文明帶來秩序，加以組織，賦予理性的律法的，不是什麼超越的神的意旨或道德律令，而是與我們朝夕相伴、須臾難分的語言。

文化研究的目的是理解人類文化的理性結構，即文化的**結構性**、**組織性**。語言具有文化這些最基本的素質。語言的系統性、結構性，一方面顯示了人類文明的理性和秩序，另一方面，又展現了文明的千變萬化。語言的穩定的常量（意義）和變易的動量（主題）之間永遠處於互相制約、互相補充的動勢，恰恰像主題和意義得以產生的主體之間互相對話、交流的動勢一樣。

巴赫汀的文化人類學思想，主要是圍繞著語言的結構性、組織性的規律展開的。他的理論方法和邏輯，不是二元對立式的，而是對話式的、雙向的，層層剝筍，在各項元素之間，發現相關性、互動互補性，並逐漸推衍至文化、社會歷史的大範圍。巴赫汀的語言模式和文化模式似可用以下圖式來說明：

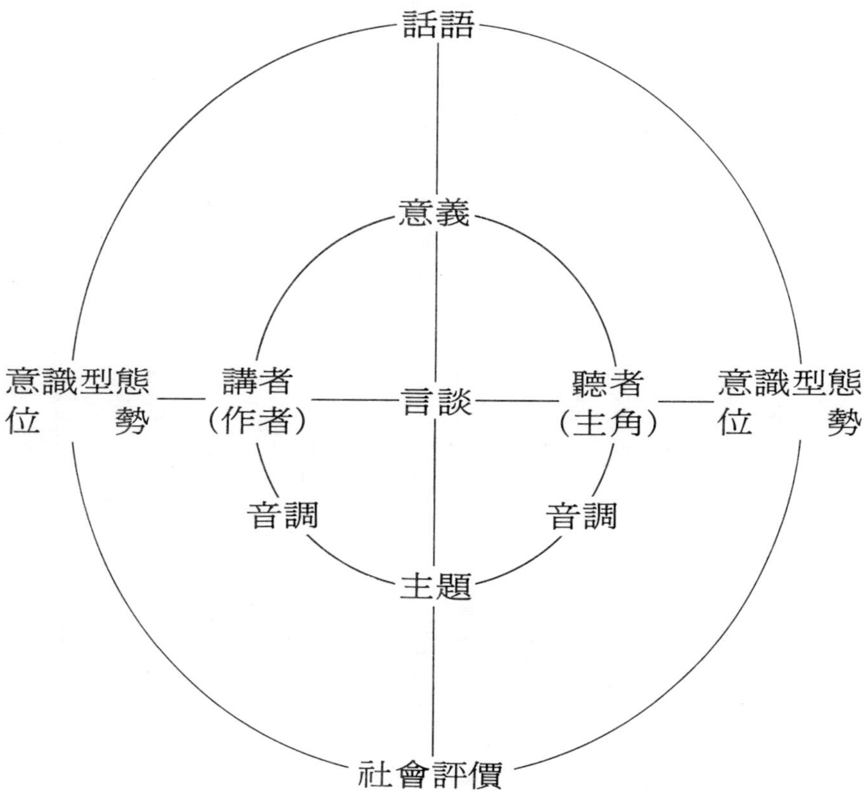
話語
意義
意識型態位勢
講者（作者）
言談
聽者（主角）
意識型態位勢
音調
音調
主題
社會評價

上圖中每項之間的關係都是互動的、雙向的，圖上沒有直接標出對應關係的各項之間，也是相互聯繫的，茲簡要說明之：

一、言談是語言的核心，它有主題、意義、講者、聽者這四個方面（《語言哲學》中側重主題和意義；〈生活的話語和藝術的話語〉一文中，則有講者、聽者、話題（主題）三要素的劃分）。

二、主題、意義均產生於講者（作者）和聽者（主角）這一對自我與他者的主體之間的對話和交流。

三、言談的主題是最活躍、最生動的方面，它在更廣闊的層面（即圖中的大同心圓）體現著主體各自不同的意識型態位勢或立場，形成了話語之中的社會衝突和「階級鬥爭」。

四、社會評估是話語進入社會、歷史的活生生的事件中的根本前提，它凝聚了主體間的各自不同的意識型態立場的對話、衝撞，形成了特定的形式——話語類型。社會評價是構成意識型態的符號學價值的基本因素。社會評價是連結具體言談與社會話語語境的中介，它的系統性和社會實在性決定了意識型態、意識與精神活動的社會客觀性。

五、生活的話語和藝術的話語均屬同一個話語的大系統。生活的話語對社會語境（不同主體的意識型態位勢和社會評價）的依賴性較強，而藝術的話語更側重於話語對話、交流過程中的音調。這兩者的區別只是程度上的量的差異。這裡，巴赫汀與形式主義批評以及符號學理論家雅柯布森的「詩歌語言自我指涉性」的觀點頗爲接近。所不同之處是巴赫汀強調藝術話語對自身「音調」的自指是對話語社會評價與意識型態內容的放大、戲劇化，而形式主義批評則認爲「詩歌語言」的自指是擺脫了「外在的」價值與意識型態內容。

語錄的政治學

《語言哲學》在闡述了「超語言學」的一般性原則後，選擇了言談的一個非常具體、特殊的現象，即引語現象，做了深入縝密的微觀解剖，闡發其意識型態和現實政治的內涵。（這部分的內容，看來主要是伏羅希洛夫的貢獻。伏氏的博士論文，即以引語問題爲主題。他還撰寫了其他許多與該問題有關的論文。）

引語是語錄的一種主要形式，說話者（或作者）把他人的語錄加以引用。因此，引語語錄是「話語中的話語，言談中的言談，同時也是關於話語的話語，關於言談的言談」[45]。語錄一旦被引用，就具有自身的主題。這個主題，亦是關於言談主題的主題：它對引用它的言談原主題進行評論、估價。因此，引語是語言自覺意識的典範。姑且以本章節的引語爲例：本章引用了許多《語言哲學》的段落。其主題顯然由原文中針對原書問題的主題演化爲針對本書的主題——本書雖然也是談論巴赫汀談論的問題的，但本書寫作的語言（中文）、語境（九○年代的中國知識文化界）以及意識型態位置等等，均具有特殊性。故本書引用的巴赫汀語錄，實際上已對本書起了評價、解釋、強調的作用。雖然表面上看起來，本書主要對引用的巴赫汀語錄進行解釋、評估，但兩者之間實爲互相評估，互爲加強補充，或者互相牴觸、矛盾的關係。

我們的語言交流中充滿著引語。甚至可以認爲，我們所說的每句話，都直接或間接、明白或含蓄地引用著別人的話語。歐洲語言，如英語、法語、德語、俄語等，均用不同的時態、人稱、格式、語氣變化的複雜語法規則，來嚴格界定各種引語的位置和成分。中文對於引語的語法標誌，則較之西方語文來更爲靈活、含糊。文言在古代並無引號，引語主要靠引導句如「子曰」、「詩云」等來標明。現代漢語引進了大量西方語法句式，在現代敍述文體中，引語的形式也變得十分複雜。「在引語與引用語境之間，充滿著極爲複雜的互動關係和緊張。如果不理解這些關係和張力，就無法認識引語的形式。」[46]巴赫汀分別就間接引語、直接引語與非直接引語的三種類型作了分析。

直接引語指有引導句和引號的引語。例：

毛澤東同志指出：「槍桿子裡面出政權。」

間接引語有引導句，但一般不用引號，引語人稱基本爲第三人稱。例：

魯迅說過，他在年輕的時候做過許多夢。

非直接引語或自由間接引語的情況，要複雜得多。一般有如下兩種：

1.無引導語，以第一稱說話。例：

雨越下越大。我去還是不去？他推開門。

2.無引導語，說話者的人稱呈不定式。例：

她底心房一瞬間沉在一種半睡眠的夢幻的安寧裡，一瞬間又狂熱地搏動，使她底身體顫抖，彷彿她只有在這一瞬間才得到生活——彷彿她底生活以前是沒有想到會被激發的黑暗的昏睡，以後則是不可避免的破裂與熄滅似的。

（路翎，《飢餓的郭素娥》）

第二例很能說明自由間接引語的複雜性。粗看上去，似乎是敘述者一直在作第三人稱旁觀敘述。從文字的風格看上去，也較統一（路翎的文體十分特殊，喜用冗長繞口的修飾語）。不過細一推敲，可看出從「彷彿她只有……」起，敘述已轉入人物的內心世界，敘述話語也由第三人稱敘述轉入自由間接引語。不過，敘述者的語氣、風格（音調）與所引的主角內心獨白相互交織，互爲評價，營造出一種騷亂不安、激情蕩漾的氣氛。

巴赫汀對引語問題的分析主要關心的是意識型態和價值交換的內涵。這點使他在現代敘述學以技巧和形式分析爲主旨的學派中獨成一體。根據意識型態關係，巴赫汀對歐洲語言史的引語形式作了劃分。引語形式在歐洲語言中大致經過了兩種基本形式的演變，一是「線性」形式，一是「圖性」形式。「線性」形式佔主導的時代是十七世紀前的法語和十八世紀的俄語時代。這時，引語與引用者話語的界線涇渭分明，基本上都是直接引語。引用的語錄具有權威性和眞實性。在直接引語方式的線性引述下，語錄神聖不可侵犯，具有不可置疑的權威性。這是一個理性主義和機械論佔統治的時代，語錄的尊嚴至高無上。「線性」引語方式成爲統治者維護其專制秩序的一個重要手段。

「線性」引語形式在中國幾千年的文字傳統中有悠久的歷史。封建帝王的聖旨聖諭，必須以最爲莊嚴的形式來引用。四書五經的儒家經典語錄，構成了中國語言史上獨特的「引文體」。這一傳統香火不絕，到了現代，仍可發揚光大。人們大概都忘不了文化大革命時期，中國大陸一切文字中以黑體赫然印出的「最高指示」。語錄的政治，有著非常豐富的歷史的內涵，大可作爲「文革文體學」專著的重要一章來寫。最諷刺的是，中國現代文化的發端，即爲「白話文運動」，其主旨便是對「線性」傳統的批判。以文化更爲徹底的「革命」爲己任的毛澤東，在「文革」時期的一切「造反」與「批判」的言論，卻統統罩上了「神諭」的靈光，被徹底「線性化」了。

在歐洲，十八、十九世紀經過了啓蒙運動、浪漫主義運動，語言中的「線性」引語形式逐漸被「圖性」形式所取代。「圖性」引語的特徵是：引用者的話語與被引的語錄相互關係不再那麼涇渭分明，引語語錄凜然不可侵犯，而是互相滲透，距離拉近。某些情況下，二者之間的嚴格界線已趨於消失。引用者的話語「用其語境中的音調——幽默、反諷、愛與恨、熱情與嘲弄——包圍了語錄，融化、消解了語錄的意義」[47]。當然，相反的可能性也同樣存在。語錄向引用者話語滲透，控制、掌握以致消解了引用者話語的意義。十八世紀、十九世紀的近現代敍事作品，特別是十九世紀歐洲經典現實主義小說中，「線性」敍述向「圖性」敍述轉變的趨向十分明顯。敍述者由全知全能的權威逐漸向視角與敍述定向、局限性增加的參與者或主角過渡。小說的敍述視角與話語位置變得十分游移不定，與主角（包括其他次要角色在內）的視角與話語互相交融混合，難分彼此。由福婁拜始，自由間接引語的圖性形式漸漸成爲小說敍述的主要藝術手法之一。杜斯妥也夫斯基的小說將這種「圖性」多角、多音調的引語形式和敍述手段表現得淋漓盡致，巴赫汀稱之爲「複調」、「多聲部」敍述，作了詳細的分析。

大致上，「線性」引語代表了封閉、獨白、大一統神權、王權的舊時代。「圖性」引語則具有鮮明的現代性，趨於對話、開放、多元，是現代文化的重要特徵。《語言哲學》由引語的形式衍變來窺測人類文化的發展趨向，勾勒了文化史和文學史的話語嬗變的基本輪廓：

1.權威式的教條主義 特徵爲線性的、毫無個性的紀念碑式的引語風格。是中世紀的特點。

2.理性的教條主義 十七、十八世紀所特有的引語，尤其強調線性關係的話語風格。

3. 現實主義和批判的個性主義　其風格是圖性的，作者的評論與批評具有滲透、控制被引話語的傾向，爲十八世紀末、十九世紀初的特徵。

4. 相對論的個性主義　這是當代的特徵。作者的語境已經開始消解。[48]

巴赫汀在這裡描述的，是西方文化由「線性」的大一統權威主義、教條主義（由中世紀的神學到十七、十八世紀的啓發理性主義），逐漸走向相對的、「圖性」的、非中心的個性主義的總趨勢。後來在《杜斯妥也夫斯基詩學》和《小說的話語》等論著中，他對以上的文化發展史有更爲詳盡而全面的闡述。在《小說的話語》中，巴赫汀提出了歐洲小說的「兩種文體風格」問題。第一種即所謂「獨白式風格」，第二種爲「對話式風格」。這種觀點是對「線性」／「圖性」引語風格更全面、深入的闡發。

在《語言哲學》中，巴赫汀說：「語言的滄桑變遷中可以發現語言使用者及其社會的滄桑變遷。」[49]神諭、聖旨以及各種「最高指示」在不同的時代和場合是如何被引用、闡釋的？引語形式的變化又是怎樣昭示著社會權力的分配與組織關係的？在經過了史達林文化專制主義的滄桑變遷之後，巴赫汀對於語錄的政治學內涵有著深刻的體驗。他那些十分精闢的分析，對我們經歷過相似的文化專制與暴力的中國大陸讀者來說，是十分貼切和中肯的。

二〇年代的馬克思主義階段是巴赫汀及其「列寧格勒」小組的對話理論發展的重要階段。

這個期間裡，以伏羅希洛夫、梅德維捷夫名義發表的幾部重要著作和論文，都圍繞著語言這個核心問題，以心理學、文學批評、語言哲學等不同側面展開。這些論著涉及了語言、文化、價值、意識和意識型態等一系列問題，勾勒出了對話式的文化理論的基本輪廓。三〇年代流放時期，巴赫汀獨自一人，沉思歷史、文化的演化，形成了成熟的文化理論。這個理論處處都留下了二〇年代列寧格勒小組時代集體思考的印跡。

馬克思的社會存在決定意識的歷史唯物主義，以及對商品這個價值交換的基本元素的分析方法，爲巴赫汀的理論提供了重要的思想武器。巴赫汀同時與佛洛伊德主義、俄國形式主義和索緒爾結構主義等二十世紀主要思潮對話，而這種對話中他的基本立場均是馬克思主義的。就各種現代思潮中提出的文化的新問題，巴赫汀不滿足於從經典馬克思主義著作中找現成答案，而是創造性地提出了自己的見解。他關於意識型態與語言關係的理論，關於物質現實與社會現實的觀點等，均修正了經典馬克思主義的反映論認識論與上層建築／經濟基礎的劃分。巴赫汀／伏羅希洛夫／梅德維捷夫的這些觀點，在本世紀六、七〇年代法國馬克思主義學者阿圖塞的意識型態理論中得到回響，並爲在英國產生很大影響的當代「文化唯物論」批評指出了很有吸引力的途徑。

雖然我們不必把巴赫汀歸類爲「西方馬克思主義者」，但他的思想的確與西方馬克思主義有千絲萬縷的聯繫。最根本的一點，是巴赫汀與盧卡奇、葛蘭西、班雅明、阿多諾、馬庫色等對**文化理論**的共同關注和貢獻。西方馬克思主義是關於文化、美學問題的馬克思主義。對文化與美學問題的普遍關懷逐漸成爲二十世紀世界各國文化思想界的重心，馬克思主義種種流派、思潮更是領風氣之先。我們可以看到，二十世紀從二〇年代到八〇年代，從歐洲到中國大陸，知識界思想界對**文化**本身的反省與批判風起雲湧。在這些批判與反省的多聲部交響或眾聲喧嘩中，我們總能聽到馬克思主義音域綿長駁雜的聲音。西方許多巴赫汀研究者一直否認馬克思主義對巴赫汀的根本影響。他們有的在有爭議的作者問題上大作文章，完全否定巴赫汀與這幾部馬克思主義的重要著作的關係。有的則認爲，巴赫汀著作中的馬克思主義概念、名詞和術語，只不過是用來敷衍蘇聯官方和出版界的。他們認爲，巴赫汀大半生都處在與蘇聯當局相對立的境地，因此他骨子裡是個反馬克思主義者，顯然，這是一種簡單化的邏輯推論，把巴赫汀的所謂「不同政見」與「反馬克思主義」等同起來。其實，巴赫汀作爲一個大半輩子生活在以馬克思主義爲官方意識型態的社會主義國家，從馬克思主義**內部**所作的積極探索，融入了他對社會主義國家內部文化發展的深刻體驗。這是其他生活在西方資本主義國家的西方馬克思主義者們所缺乏的，也正是巴赫汀的理論彌足珍貴之處。

註釋

❶ *Freudianism: A Marxist Critique*, Trans. I. R. Titunik, New York, 1976, p.14.

❷同前揭書，p.76.

❸同前揭書，p.77.

❹同前揭書，p.78.

❺同前揭書，p.80.

❻同前揭書，p.83.

❼同前揭書，p.85.

❽同前揭書，p.88.

❾同前揭書，p.89.

❿ "Discourse in Life and Discourse in Art (Concerning Sociological Poetics)," Appendix to *Freudianism: A Marxist Critique*, pp.95-96.

⓫同前揭書，p.97.

⓬同前揭書，p.98.

⓭同前揭書，p.99.

⓮同前揭書，p.103.

⓯同前揭書，p.103.

⓰同前揭書，p.107.

⓱同前揭書，p.115.

⓲同前揭書，p.110.

⓳"Problema soderzhanija, materiala i formy v slovesnom khudozhestvennom tvorchestve," Moscow, 1975.

⓴*The Formal Method in Literary Scholarship,* Trans. A. Wehrle, Harvard University Press, 1985, p.8.

㉑同前揭書，p.14.

㉒同前揭書，p.21.

㉓同前揭書，p.36.

㉔陸機，《文賦》。

㉕參見郭紹虞，《中國文學批評史》，頁二〇四。

㉖*The Formal Method in Literary Scholarship,* p.120.

㉗同前揭書，p.123.

㉘同前揭書，p.136.

㉙Fredric Jameson, "Review of Marxism and the Philosophy of Language," in Style, Fall 1974, p.535.

㉚ *Marxism and the Philosophy of Language*, Trans. L. Matejka and R. Titunik, Harvard University Press, p.9.

㉛ 同前揭書，p.11.

㉜ 同前揭書，p.19.

㉝ 同前揭書，p.11.

㉞ 同前揭書，p.12.

㉟ 同前揭書，p.14.

㊱ 同前揭書，p.23.

㊲ 同前揭書，p.25.

㊳ 同前揭書，p.26.

㊴ 同前揭書，p.34.

㊵ 同前揭書，p.41.

㊶ 同前揭書，p.94.

㊷ 同前揭書，pp.73-74.

㊸ 同前揭書，p.100.

㊹ 同前揭書，pp.102-103.

㊺同前揭書，p.115.
㊻同前揭書，p.119.
㊼同前揭書，p.121.
㊽同前揭書，p.123.
㊾同前揭書，p.157.

第四章

小說話語與衆聲喧嘩
——一種文化轉型的理論

一、杜斯妥也夫斯基的「複調小說」

「馬克思主義階段」的巴赫汀，除了與伏羅希洛夫、梅德維捷夫等寫了語言學、文學批評和精神分析方面的文化基礎的理論著作之外，還對杜斯妥也夫斯基小說的詩學問題作了十分深入的探討。巴赫汀大約在一九一九或一九二〇年，就著手撰寫有關杜斯妥也夫斯基的著作。一九二九年，巴赫汀以他的眞實署名，發表了《杜斯妥也夫斯基創作的問題》。這部書是他第一次用自己的名字發表的著作。

今天，人們一提到巴赫汀，首先想到的也許就是他的有關杜斯妥也夫斯基的「複調小說」的理論。很多時候，巴赫汀被認爲是一位研究杜斯妥也夫斯基小說的專家，或是一位「複調小說」的理論家。我們由此可以看到，杜斯妥也夫斯基及其複調小說的問題在巴赫汀學術思想中的重要地位。當然，其重要性超過了對某一個具體作家的研究，或提出了某個重要的批評概念。我們必須把杜斯妥也夫斯基研究看成巴赫汀文化理論中的一個承前啓後的重要樞紐，是他由小說話語分析進入眾聲喧嘩的文化理論的重要步驟之二。早在巴赫汀早年思考美學與哲學的主體性建構問題作者與主角、自我與他者的關係問題時，杜斯妥也夫斯基獨特的小說話語就一直在他腦海裡回響。到了馬克思主義的語言學階段，巴赫汀又從杜斯妥也夫斯基的小說中發現了有關語言、言談、意識和自我意識、意識型態環境等問題的豐富材料。在對杜斯妥也夫斯基的小說語言作分析時，巴赫汀對文體類型的歷史演變過程進行了詳細的考察，在杜的語言中，發掘了西歐文化中的民間文化的源流——羅馬的梅尼普諷刺——的生命力。杜斯妥也夫斯基的刻畫人物內心世界、意識的瘋狂、心理的騷亂的語言，與歐洲文化中由梅尼普諷刺到文藝復興時代的「狂歡節」風格民間文化一脈相承。巴赫汀的這一精闢見解，後來在《拉伯雷和他的世界》一書中有詳盡的發揮。「狂歡節」與民間文化的觀點，在巴赫汀的文化理論中有重要的地位。

《杜斯妥也夫斯基詩學問題》在巴赫汀思想發展中，包含了早期美學—哲學的主體建構論、二〇年代的馬克思主義語言哲學和四〇年代論文藝復興的「狂歡節」風格與民間文化的最重要的思想觀點。而這些觀點，又不是以純思辨和理論的形式來闡述的，而是通過具體分析杜斯妥也夫斯基的小說語言來表達的。巴赫汀在分析、批評杜斯妥也夫斯基的小說時，獨創了一系列術語和概念，最著名的便是「複調小說」。他的這些概念對理解《杜》著具有提綱挈領的意義，但要把握這些概念的內涵，則必須將它們放在巴赫汀的文化理論的整體體系和杜斯妥也夫斯基藝術創作這兩個參照系裡來看。此外，由於《杜》著是巴赫汀的現存的最重要一部**分析小說**的論著，就其主要內容和寫作、出版的時間而論，與他的三〇年代中期形成的、以小說語言爲核心的「眾聲喧嘩」文化理論的關係尤其密切。因此，本章將《杜》著一書的評價放在專論「眾聲喧嘩」文化理論的章首，以強調該書在巴赫汀理論體系中的重要性。

「複調小說」——作者與主角對話的藝術再現

「複調小說」是有關巴赫汀的評論所提到的最多的一個概念。這個概念的確切意義是什麼？它在巴赫汀理論中的重要性是什麼？這兩個問題需要首先澄清。但是，澄清「複調小說」並不容易，因爲巴赫汀在《杜》著中雖然對杜的「複調」風格講了很多，卻並未爲「複調」下過任何嚴格的定義。此外，在《杜》著中，巴赫汀認爲「複調」是杜斯妥也夫斯基所獨創的小說風格。這樣，「複調」似乎就成了杜的專利，史無前例。顯然這是一種偏激的看法。後來巴赫汀修正了他的這種「天才論」觀點，認爲杜斯妥也夫斯基的小說語言是一種具有典範性、普遍性的語言，代表了十九世紀以來歐洲文學向現實主義與個性主義發展的主流。但巴赫汀前後明顯有許多自相矛盾之處，在不同層次上對「複調」的解釋也有不少不連貫、互相矛盾的地方。

爲了較全面地把握「複調」的概念，我們可以從三個不同層次來分析。首先是哲學—美學的層次。「複調」在這個層次上主要是指作者與主角、自我與他者的互相對話與交流關係。這與巴赫汀早期美學思想有密切聯繫，也是貫穿巴赫汀思想的一條主線。哲學—美學的意義是「複調」理論的核心。在《杜》著中，巴赫汀強調了作者／主角關係中的意識、自覺意識的問題。第二個層次是語言上的，包括文學語言和社會語言（藝術的話語和生活的話語）的關係。這個問題至關重要，要回答的實際上是在第一層次上的，哲學—美學意義上的作者／主角關係如何在藝術語言中得以再現的？杜斯妥也夫斯基的藝術語言，即「複調」、「多聲部」的語言，與生活中的語言關係是怎樣的？巴赫汀在這裡探討了藝術語言與生活語言中的「對話話語」與「獨白話語」的對立問題。第三個層次是技術性、操作性的，或者說是敍述學的。簡單說來，所謂「複調」小說話語，要解決的是關於「敍事觀點」(point of view)的問題：誰在觀察？誰在敍述？關於「敍事觀點」的理論早已汗牛充棟，尤其是在經驗主義、實證主義盛行的英美批評界。美國芝加哥大學教授、寫過小說敍事學名著《小說修辭》的韋恩・布思，在替《杜》著英文版寫序的時候，不無自豪地把他的關於「敍事觀點」的觀點與巴赫汀的「複調」相提並論❶。不過，巴赫汀在講「複調」敍述的時候，反反覆覆強調的是敍述觀點背後的政治、意識型態、歷史與文化的衝突，這點與力圖避開或淡化藝術形式分析的政治色彩的布思教授是南轅北轍的。

作者／主角的關係是巴赫汀哲學—美學主體建構論的核心問題。在《杜》著中，巴赫汀試圖用杜斯妥也夫斯基的「複調」藝術語言來描述作者／主角的關係。他認爲，杜斯妥也夫斯基小說創造了文學史上作者與主角的全新的關係。杜筆下的主角「不是沉默無語的奴隸，而是**自由者**，他們能夠與他們的創造者**並駕齊驅**，並能夠不贊成、甚至反叛他們的創造者。杜斯妥也夫斯基小說的主要特徵是：獨立、清晰而不混雜的聲音與意識的多元性，和價值上完整的聲音的眞正的多聲部。」❷

首先我們需要理解巴赫汀所創造和使用的獨特批評詞彙。他不用通常的「人物形象」或「性格塑造」，而用「主角」（或「英雄」——hero）。這種說法，當然與他早期關於作者／主角關係的哲學—美學論著中的詞彙相一致。更重要的是，「主角」是一個獨立、自由、具有與作者——創造者相平等的價值位勢的感性個體存在。而「人物形象」卻是作者所塑造出來的對象化了的客體。換言之，作者與主角之間的關係應該是（在杜的複調小說中確實是）互相平等、同時共存、互相交流、互相對話的**互爲主體**的關係，而不是**主體與客體**的關係。

巴赫汀認爲，杜斯妥也夫斯基小說中的主角不是什麼典型形象和典型性格，而是一個有著獨立和自由的主體意識的個人。作爲一個獨立主體的主角，最重要的特徵即是他的**自覺意**

識：

「杜斯妥也夫斯基對主角的興趣在於：**他是一個關於世界、關於他自己的獨特的觀點**，是一個能使個人解釋、評價他的自我和他所處的現實的位置。對杜斯妥也夫斯基來說，至關重要的不是主角如何在世界上顯現，而首先是世界如何在主角面前呈現，主角如何在他自己面前呈現。」❸

複調小說中的主角具有十分敏銳的自覺意識和自省性，他對他的一切特徵，他的個性、經歷、社會地位、與他人的關係以至他的外貌等等，都不斷地進行著自我反思。總之，主角在複調小說中是一個自我反思、自我發現的英雄，而**自覺意識**，即主角對他的自我、他周圍的他者和現實的不斷的質詢、辯論、爭吵，則是複調小說中的「**藝術主導形式**」。《地下室手記》、《罪與罰》、《卡拉馬助夫兄弟們》、《白癡》等小說中的主角，總是喋喋不休地與自我進行爭辯。大段大段的「內心獨白」，長篇累牘的心理描寫，是杜斯妥也夫斯基小說的突出特徵，這也就是巴赫汀所說的自覺意識的「**藝術主導形式**」。

自覺意識來自於個人對其主體的發掘和發現。個人總是要不斷地尋找他的自我，「在每一個人那裡總有著某種只有他自己才能揭示的東西。這種揭示只是在自覺意識和語話的自由行動中才能實現，而這種自由行動是不受外在和間接的規定所限的。」❹巴赫汀十分讚賞杜斯妥也夫斯基小說主角們的自覺意識的「自由行動」，認爲這構成了杜斯妥也夫斯基的一大藝術特色。杜最善長於將他的主角們置於命運的關口，在社會、個人的**危機時刻**和命運的**門檻**，來讓人的靈魂經受最強烈的震盪與衝突，從而發現他的存在價值，發現他的主體意識。當然，這種發現絕不是什麼浪漫主義的自我幻想和自我膨脹。而正相反，主角在他的生命和心靈的危機時刻、門檻或轉折點，比任何一個時刻都更清晰地認識到了他的主體存在的**不確定性和未完成性**。

總之，一個具有敏銳而強烈的自覺意識的主角，才能充分了解和認識到他的生命與存在的未完成性，才能摒棄一切故步自封的框框，從而達到自由的境界：

「《地下室手記》的主角是杜斯妥也夫斯基作品中的首位思想者。在他與社會主義者們辯論時發揮的一個基本思想，就是人不是一個終結了和確定了的實在，可以給予肯定的評判。人是自由的。因此，人能夠違反一切強加於他的規範和律令。」❺

康德認爲，人通過審美判斷，意識到他的理性**自律**的普遍有效性，從而獲得了自由；巴赫汀則比康德更進一步，認爲人的自由不僅僅在於對理性自律的理解，而在於對規範和律令的**超越**。這種對人的**自由**的追求，即對人的主體存在的不確定、未完成性的深刻把握，構成了杜斯妥也夫斯基的**現實主義**。巴赫汀特別引了杜談論他的現實主義觀的一段話：「徹底的現實主義是爲了找到人的本質……他們稱我爲心理學家。錯了。我只是一個**更高意義**上的現實主義者，因爲我描述了人類靈魂最深處的世界。」❻

杜斯妥也夫斯基的「更高意義上的現實主義」，是如何展現了主角對他的未完成性、不確定性作深刻自我反思，從而取得了自由的全過程的？這就牽涉到複調小說中的一個關鍵問題，即作者的位置。在談論主角的獨立、自由、自我反思、自覺意識的時候，無論如何也不可忽略到主角乃是作者所創造出來的，沒有作者便沒有主角。不過，在對主角的自覺意識作現象學描述的時候，巴赫汀已經隱含了關於自由的命題中作者與主角的**相互關係**。換言之，主角在進行自我發現、自我質詢、辯論、反省之始，實際上已經在與他的創造者——作者——作了質詢、辯論和對話。作者只有把自己看成是一個與主角平等的對話主體，才能充分認識並確保主角的「獨立性、內在的自由、未完成性和不確定性」❼。作者在創造主角這個藝術主體時，也在創造、發現著他的自我與主體。這個自我發現的過程，即爲**作者的自覺意識**的實現過程。當然，這個過程完全是在**創造**他者——主角——的時候完成的，是在作者的自我與主角的他者的對話與交流過程中實現的。因此我們可以看到，作者的自覺意識與主角的自覺意識不可或缺，相輔相成，在**主體間對話**中達到自由的境界。作者在複調小說中並沒有沉默，沒有遁隱：他更沒有以權威的口氣和視角冷眼旁觀，高高在上，指手畫腳，把主角當成手中的傀儡，作爲自己的思想、情感的代言人或宣洩口。在複調小說中，作者只是以一個平等、獨立、自由的主體身分，與主角進行著平等的對話。「每個人都在作自我表白：全部的權利在我自己的手裡——而你，讀者，自己去判斷這些相互矛盾和衝突的宣言表白吧。我不作判決。」❽作者的聲音與主角的聲音互相重疊，誰也不壓倒誰，在爭論、質詢和對話中，構成了敍述話語的複調或多聲部。

從作者／主角關係的角度，複調小說可看成爲作者與主角的主體之間通過對話來達到自覺意識和自我發現的「思想小說」。杜斯妥也夫斯基在小說中創造了一種全新的作者與主角的關係。這是一種互相獨立又互相依存、平等對話的關係。主角不再是作者塑造出來的按一定的模式行動的客體或「典型性格」，而是具有自己獨立意志、自由力量、價值體系的主體。在這種新的作者／主角關係中，各種不同的聲音互相交織，構成複調和多聲部的交響樂。當然，作者並不是也不可能聽任他筆下的主角隨心所欲，因爲說到底，主角仍然是作者的創造。作者的職務就像一位高明的樂隊指揮，他並不粗暴地用自己的聲音湮沒所有樂聲，而是按照一個整體的設計把各種不同的樂聲和諧地組織成一首動人的樂曲。巴赫汀認爲複調小說的整體設計或主導藝術形式即爲自覺意識，因爲只有在自覺意識中，作者、主角才能充分認識到他們各自的獨立的主體意識的價值，才能充分尊重對方的自由，並爲保障各自的聲音得以自由的表達而盡心竭力。自覺意識的結晶是主體對自我的未完成性、不確定性的深刻感悟，而這種感悟多半都是在危機四伏的人生與命運的門檻獲得的。

對話與獨白——文學語言和社會語言的分析

在對杜斯妥也夫斯基「複調小說」中的作者／主角關係作哲學—美學的反思時，巴赫汀關心的主要問題是主體的自覺意識如何通過對話來實現。他的答案是杜斯妥也夫斯基的複調小說創造出了作者與主角的全新的關係，即作者與主角的同時共存、相互作用、互爲主體的關係。而深刻的社會危機、存在與命運的門檻、歷史的轉折點，則是複調小說中的對話關係與主體自覺意識得以產生和實現的根本條件。在這裡，巴赫汀爲複調小說和對話性賦予了深刻的**歷史與社會內涵**。這種歷史與社會的現實意義，不僅是把握複調小說的關鍵，也是理解巴赫汀文化理論的鑰匙。正是從對杜斯妥也夫斯基小說「對話話語」與「獨白話語」的對比、分析爲起點，巴赫汀逐漸發展了「眾聲喧嘩」爲核心的歷史轉型時期的文化理論。

「危機」、「門檻」、「轉折點」，均爲巴赫汀用來描述杜斯妥也夫斯基小說中的主體自覺意識的產生條件和氛圍。這些條件和氛圍，實際上也即爲杜斯妥也夫斯基創作和詩學的條件與氛圍（巴赫汀認爲爲杜的創作是一個主體自我發現和自覺意識形成的過程，因此，杜的創作與杜筆下主角的成長可視爲同義語）。巴赫汀這樣描述杜斯妥也夫斯基創作的時代氛圍：

「考斯斷言，杜斯妥也夫斯基的世界，是資本主義精神最純粹最眞實的表述。……複調小說的確只能產生於資本主義時代。更確切地說，俄國才是複調小說生長的最佳土壤。資本主義在俄國的立足幾乎是災難性的，它觸及了廣泛的未曾觸動過的世界和階層。這些世界和階層在資本主義逐漸的侵蝕中，並未像西方那樣，減弱了自己的孤立性。在俄國，社會生活的演變矛盾百出，無法適應某個自信而冷眼旁觀的獨白意識，而必然表現得異常激烈。同時這些被拋掉了平衡、相互衝撞的世界的不同個性，亦呈現得異常生動，異常鮮明。這樣就創造了複調小說多層次、多聲部的客觀前提。但考斯的解釋並沒把問題澄清。『資本主義精神』歸根結蒂是用藝術的語言表達的，具體說來是用某一特殊的小說類型的語言表達的。」❾

複調小說的歷史與社會氛圍，必須是社會危機深重、社會矛盾與衝突尖銳激化的「災難性」時刻或歷史的轉型期。這種轉型期的各種社會力量的不平衡、互相衝撞、互相鬥爭，造成了文化上各種層次、各種聲音的百家爭鳴、衆聲喧嘩、語言雜多的局面，衝破了獨白意識、大一統權威意識和話語的束縛，呈現了文化離心力量與向心力量的緊張對立、文化極權與非中心兩股力間的衝突鬥爭的戲劇場面。這種歷史轉型期並不是什麼抽象的「時代精神」，要把握其激盪奔突的脈搏必須通過聆聽各種異常生動、異常鮮明的聲音和話語。巴赫汀聆聽到的是杜斯妥也夫斯基創造的「對話式話語」，與「獨白式話語」相對立。「對話」與「獨白」的對立成爲巴赫汀藉杜斯妥也夫斯基小說話語的形式來描述歷史轉型期的一種概括。而這種概括，根本上來說是一種**語言**和**形式層面**上的概括。

從語言和形式上入手，必須要回到分析的對象，即杜斯妥也夫斯基的藝術話語。巴赫汀把杜斯妥也夫斯基的「對話話語」與許多傳統作家（包括托爾斯泰）的「獨白話語」作了對照，並大跨度、跳躍性地從小說類型學、哲學認識論和本體論、美學等各種角度，對藝術話語和生活話語中存在的對話與獨白話語形式作了比較。在這些對照、比較中，巴赫汀往往刻意拔高杜斯妥也夫斯基，同時竭力貶低其他作家，從而造成了許多評價和實際分析上的混亂，引起後人的許多非議。不過，從這些極端的言詞和混亂、互相矛盾的分析中，我們仍可以了解到巴赫汀對「對話」與「獨白」在語言層面上的十分精闢的見解。

首先，巴赫汀從哲學認識論角度看「對話」與「獨白」。他認爲「獨白」是一個由單一意識支配的、統一、完整、封閉的世界觀，是作者的權威意識主導一切的一元世界，各種不同的意識和聲音都成了作者「獨白意識」的客體對象。杜斯妥也夫斯基恰恰相反，他的世界觀是一個開放、多元、多極、未完成的「對話意識」。在這個意義上，杜斯妥也夫斯基發動了一場「哥白尼式的革命」（這恰恰是康德常引以爲豪的「認識論的哥白尼式革命」的翻版）：「把作者對主角的最終的評價，變爲主角的自覺意識的一個內容。」❿簡言之，杜斯妥也夫斯基的「認識論革命」，是一場「主客對立」向「主體之間」轉換的變革。

其次，巴赫汀把「對話」與「辯證法」相對比，認爲「對話」代表著開放、多元、未完成，而「辯證法」，特別是黑格爾式的辯證法，則蘊含著大一統、一元、封閉。杜斯妥也夫斯基作品中作者與主角的對話、主角與主角的對話充滿著矛盾、對立、衝突、二律背反、似是而非的辯證關係。但杜的立場不是一種非此即彼、一分爲二、合二爲一的**辯證**立場，而是一種亦此亦彼、同時共存的**對話**立場。

在談到哲學的認識論和方法論問題時，巴赫汀關於對話與獨白的二元對立看法基本上是前後一致的，與他的早期哲學—美學思想是一脈相承的，然而，他畢竟談的不是抽象的哲學問題，而是杜斯妥也夫斯基這個具體的作家的藝術語言問題。而且我們已經指出，「對話」與「獨白」的對立乃是巴赫汀對歷史與社會轉型現象的一種概括。這些因素加到一起，就使問題變得複雜化了。巴赫汀的一些分析在這些複雜問題面前又顯得含混不清，缺少嚴密的邏輯性。

在一方面，巴赫汀強調了杜斯妥也夫斯基所處的時代氛圍和語境的多元、對話性（這是他的理論的基礎），而另一方面，他又反覆強調唯有杜斯妥也夫斯基的藝術語言才具有眞正的對話性。這樣他就把自己放到一種尷尬的地位，似乎是在說唯有**藝術語言**才能達到眞正的對話的境界。這實際上是重複了他所批判的形式主義批評拔高、孤立**文學語言**的謬誤。當然，引起爭議最多的是巴赫汀的杜斯妥也夫斯基「對話話語」與托爾斯泰等的「獨白話語」的對比。巴赫汀把托爾斯泰的傳統的現實主義小說敍述看成爲「獨白式」的，認爲現實主義小說的全知敍述觀點、現實主義細節的客觀全景式描述都帶有「獨白」的對象化、客體化和物化的傾向，以及大一統權威主義傾向。他的這種看法，顯然與托爾斯泰的豐富多彩的敍事風格不符，是十分武斷的。不過，巴赫汀強調杜斯妥也夫斯基對話式藝術**語言的獨特性**以及他對傳統現實主義的貶低，卻表現出了一種**現代主義**美學的傾向（這點在形式主義批評那裡是十分明顯的）。儘管巴赫汀所鍾情的文學作品裡極少有現代主義的創作，但可以認爲他的理論卻對於現代主義文學有更大的針對性。對此問題，這裡不惶細論，下面談到「狂歡節」風格時，還要涉及。

「複調」理論中「對話」與「獨白」的分析儘管有許多引起爭議之處，但卻蘊含了巴赫汀文化理論的**歷史與文化轉型期**的**眾聲喧嘩性**核心觀點的許多萌芽。在分析、批評具體作品和作家和闡述概念方面的許多矛盾、武斷和謬誤，並沒有從根本上動搖了這一理論的價值。在對藝術語言尤其是小說敍述話語的具體技術性、操作性分析上，巴赫汀又縝密細緻地闡述了「複調小說」的藝術特色。

「雙聲語」——小說敍述的「對話話語」

現代敍述學對敍述觀點、敍述語氣、敍述主體、讀者等已有非常詳盡細緻的探討，其中俄國形式主義批評的貢獻很大，堪與法國結構主義媲美。一般敍述學理論教材都把巴赫汀關於引述語和小說雙聲語等的觀點歸結爲俄國形式主義敍述理論。從純技術角度上來說，這種歸類有一定道理。但是很顯然，巴赫汀的「敍述學」理論的意義，遠大於形式和結構上的技術分析和方法。從哲學—美學意義上看，作者—主角的關係須通過雙方的互相對話和交流來形成，因此必須分析**對話**的各種形式。從文化轉型的角度來看，「對話」與「獨白」的話語形式是把握文化嬗變的鑰匙。就杜斯妥也夫斯基的複調小說而論，敍述話語更是構成多聲部交響樂的基本元素。巴赫汀的「雙聲語」理論應該從這三個方面來理解。

複調小說的一個基本特徵是每一個在小說中出現的主體——包括敍述者與各個主角——都具有獨特的、與其他人的話語不融合的**聲音**。根據傳統的現實主義小說的敍述典範，作者追求的是文學語言貼近生活語言的「逼眞性」。因此，在語言風格上，作者力圖創造出具有多樣化特點、風格鮮明的「語言個性」。作品中的每個人物形象都有其獨特的語言風格，如巴爾札克、狄更斯、托爾斯泰、曹雪芹、茅盾、老舍筆下的人物，他們每一個人都有自己的語言風格，栩栩如生，絕不雷同。但是，傳統現實主義的這種「風格化」話語形式並不就是巴赫汀所說的眾聲喧嘩的多聲部。巴赫汀認為，風格化的語言「只有在塑造完成了的、對象化、客體化了的人物形象時，才具有重大的藝術意義」⓫。複調小說的多聲部話語的關鍵在於各種語言素材的**構成與組織**。這種組織，必須是對話式的，而不是獨白式的。巴赫汀在這裡為小說的語言作了一個劃分。一種是風格化的語言，關心的是塑造典型人物的個性鮮明的語言，追求的是現實主義的「逼真性」。另一種是複調、對話的語言，關心的是每一個主體的話語位置，即其意識型態的立場和觀點，追求的是語言背後的意識型態立場的互相衝撞、質詢、對話和交流。杜斯妥也夫斯基小說的語言按第一種標準顯得十分單調蒼白，每個人物似乎都與敍述者論著同一種風格的話。然而，在杜的貌似單調、同一的語言中，巴赫汀卻敏銳地聽到了各種語言所蘊含的人生態度、生活經驗、價值觀念（用巴赫汀的術語來講即意識型態位勢）的千變萬化、眾聲喧嘩的交響樂。

如果說，「風格化」是現實主義敍述典範的「個性化語言」的基本話語形式，那麼「雙聲語」則是複調小說的主要特徵。在三〇年代撰寫的《小說的話語》中，巴赫汀又進一步修正了「複調小說」的觀點，把「雙聲語」現象推廣到一切語言現象的分析中。

關於雙聲語，在《馬克思主義與語言哲學》一書中論引語的部分已有涉及。《語言哲學》中特別感興趣的是自由間接引語中的敍述者與主角的話語立場的互相作用和相互關係。巴赫汀將歐洲現實主義文學傳統向現代主義過渡、轉型時期的引語現象描述成「線性」引語向「圖性」引語的轉型。雙聲語即具有「圖性引語」的主要特徵。雙聲語本質上是一種對引語有著強烈**自覺意識**的話語：

「話語具有雙重指向——既針對講話所指涉的對象（如同日常講話一樣），又針對**另一個話語**，即**他者的話語**。如果我們認識不到這個他者的話語語境的存在，而把風格模仿和諷刺戲擬像日常講話那樣來看待，也即當成僅僅指涉談論對象的講話來看待，我們就不能了解這些現象的實質。」⑫

這段話意義很重要，是對雙聲語、對話式話語的概括。關鍵在於：每一個話語現象，更具體來講每一個個別的言談，都包含著所指的對象和所指的另一**言談**這兩重指涉。而且這另一**言談**（主角的言談）的語境必然要與第一**言談**（作者的言談）的語境相互作用和對話。以《地下室手記》的第一句爲例，「主角從一開始就與他者發生了尖銳的內心的爭論。『我是一個有病的人……我是個兇狠的人。我是個不招人喜歡的人』。」⑬巴赫汀對這句貌似平淡的「地下室人」的內心獨白作了大段詳盡地分析，主要分析這一言談中兩個或兩個語境以上的相互對話和衝突關係。他的分析極爲細緻，劃分了一個引語引出另一個引語的無窮循環引語現象，對話和獨白中不斷地自我嘲諷的留下漏洞的現象，以及不斷地自我調侃、故弄玄虛、似是而非、似非而是、含糊不淸、顚三倒四等等語言現象，把它們都當成雙聲語來分析其中的多重語境、多重指涉。

巴赫汀對各種語言的反諷、調侃、戲擬、雙關現象和敍述的敍述語氣的變換不定、跳躍起伏現象的興趣，並不單單是修辭學和敍述學上的，而更多的是現象學上的和意識型態意義上的。巴赫汀指出，「地下室人」的雙聲語不僅同他者進行爭論，也同自己思考的對象即社會和客觀世界進行爭論：

「『地下室人』的語言，完全是與他者交談的話語。講話對他來說總是與他者交談。與自己交談就是用他自己的話語談論自我；與他人交談即爲談論他人；與世界交談也就是談論世界。但是在與自己、他者和世界交談的同時，他還跟第三者交談：他不時向旁邊斜眼，看著聽衆、目擊者、法官。這種話語的同時並行的三維向度，以及他只有與對象交談時才議論對象的習慣，使得他的話語具有一種極端生動、焦躁不安、激情蕩漾和糾纏不淸的特點。……**交談**是杜斯妥也夫斯基的話語的基本特徵，包括敍述者和主角的話語。在杜斯妥也夫斯基的世界裡，一般不存在單純的物體、物質、對象和客體——只存在著主體。因此，沒有單純的判斷詞，沒有只講客體的話語，沒有僅指涉物體的旁觀話語——只有交談的話語，與其他話語相交的對話話語，關於交談中的話語的話語。」⑭

通過話語的「雙聲性」、「三維向度」、「關於交談中的話語的話語」等不同層次、角度的描述，巴赫汀向我們展示了杜斯妥也夫斯基創造的五花八門、色彩紛呈的語言萬花筒。這是一個眾聲喧嘩的世界，一個互相對話、互相交流、互相作用的**互爲主體**的世界。這樣，由敘述話語的形式和技術上的分析進入了主體之間意識互動的現象學世界，也進入了充滿著豐富多彩的歷史與文化緊張、衝突的現實世界。

由於杜斯妥也夫斯基筆下的世界是一個危機四伏的歷史與文化轉型的世界，其意義就不再局限於十九世紀後半葉的俄國（俄國的轉型期，直到二十世紀末的今天，仍然在繼續著上個世紀的主題與變奏）。我們有充分的理由認爲中國由上世紀中開始迄今爲止，亦如俄羅斯一樣一直處於文化的危機、轉型和嬗變的大趨勢之中。杜斯妥也夫斯基的「複調」審美意識因此在中國現當代文學作品中同樣可以找到例證。茲舉數例，簡要闡明巴赫汀對「雙聲語」由形式到意識型態內容的分析思路與方法。

例一：魯迅，《狂人日記》（一九一八年）

A

凡事總須研究，才會明白。古來時常吃人，我也還記得，可是不甚清楚。我翻開歷史一查，這歷史没有年代，歪歪斜斜的每頁上都寫著「仁義道德」幾個字。我橫豎睡不著，仔細看了半夜，才從字縫裡看出字來，滿本都寫著兩個字是「吃人」！

書上寫著這許多字，佃户説了這許多話，卻都笑吟吟的睁著怪眼睛看我。

我也是人，他們想要吃我了！

B

我大哥引了一個老頭子，慢慢走來，他滿眼兇光，怕我看出，只是低著頭向地，從眼鏡邊暗暗看我。大哥説，「今天你彷彿很好。」我説，「是的。」大哥説，「今天請何先生來，給你診一診。」我説，「可以！」其實我豈不知道老頭子是劊子手扮的！無非借了看脈這名目，揣一揣肥瘠：因這功勞，也分一片肉吃。……老頭子……張開他鬼眼睛説，「不要亂想。靜靜的養幾天，就好了。」不要亂想，靜靜的養！養肥了，他們自然可以多吃；我有什麼好處，怎麼會「好了」？……

例A的談論話題是「歷史」與「吃人」的關係。但每句話題都暗藏機鋒，針對看他者的話語和語境，充滿著引語（直接和間接）、引語與敍述語的交鋒。「凡事總須研究，才會明白」是一句明顯的套話，在這裡被敍述主體引用，包含著質詢、駁斥、認可等多重意義。如何研究？怎樣明白？明白了什麼？首句的套話主體不顯，但被狂人引用過來，用他的獨特的思路、邏輯和結論，用他的聲音和音調來與其主體對話。再往下去，對話的主體成了「歷史」。狂人從歷史所呈現的直接引語『仁義道德』的獨白中聆聽到了另一個聲音即『吃人』。而後者也是一句引語，由『笑吟吟的佃戶』口中說出，由書上寫著，傳到狂人的耳中，引起他的震動和恐懼：「我也是人，他們想要吃我了！」狂人自我的聲與一片「吃人」的喧囂聲糾纏不清，輾轉反側。在例B中，他對何先生的直接引語「不要亂想」憂心忡忡，反覆加強音調，並加上他自己的解釋。大哥、何先生的簡單一句「好了」，在狂人敏銳的耳中卻激盪起吃人者的鬼祟、吃人前的磨刀霍霍，和狂人意識到自己將成爲人肉宴的美食的那種狂怒、憤懣，以及由極怒心理瞬間轉化的狂喜（「我忍不住，便放聲大笑起來，十分快活」）。

《狂人日記》可讀成一篇類似《地下室手記》的敍述主體或主角的**自覺意識**形成和發展的作品。各種語言立場、話語話境的對話營造出一種激烈對抗、歇斯底里、怪誕不經的氣氛，展現的乃是文化危機時期各種價值體系的衝突與緊張。細讀《狂人日記》的「雙聲語」，可從每句言談和話語的形式之中，揣摩其豐富的歷史與文化的意蘊。

例二：路翎，《財主底兒女們》（一九四五年）

王桂英，陶醉在奇異的力量裡，被這個力量支持著和誘惑著，突然地跳上了十字路口的崗位台。她戰慄著，莊嚴地在崗位上走了一步，明白了她是自由的。她做了一個動作

——她掠頭髮，在那種肉體底特殊的快感裡，感覺到這個自由是莊嚴而無限的。……她開始演說。「各位同胞，一切都擺在我們面前！生和死擺在我們面前！死裡求生或者成爲日本人的奴隸，要我們自己選擇！」王桂英憤慨地大聲說，並且做手勢，……「我說了什麼？我還要怎樣說？」她微弱地、溫柔地想；從這個思想奇異地得到了慰藉。——「我們難道還能夠苟且偷生，貪生怕死！」她大聲說——「他們感動了，是的！」她微弱地想——「我們要組織起來！爲了我們底祖先，爲了我們底兒女，爲了這一片土地，我們要求生，要反抗，要勝利！」「是的，我說得多麼好！」她想，甜蜜地流淚。人群裡面爆發了強大的、激賞的喊聲。大的波濤湧了起來。

這段引文中有兩種引語並置：一種是充滿著「男子漢氣概」愛國激情、救亡主題的「公共演說話語」，另一種是女性的、感情微妙、甜蜜、細緻又夾著愛慾、做作成分的「內心話語」（王桂英時刻都想著聽眾席裡她的戀人蔣少祖和「肉體底特殊的快感」）。這兩種聲音的對比、並置，構成了雙聲語對話的一種獨特形式（福婁拜的名著《包法利夫人》對這種引語形式有精采的發揮）。後半部以較明顯形式出現的雙聲語，使讀者在回過頭來細讀前半部敍述時，對其複調的設計有更敏感的認識。我們可以推敲敍述話語中較抽象的詞句，如「莊嚴」、「自由」、「無限」等，與另一組「誘惑」、「戰慄」、「肉體底特殊的快感」等話語的相互關係。這種關係由後半部的「公共演說」與「感性體驗」的對比、並置所「照明」。在抗戰救亡的激情澎湃中，在群眾聚會的洶湧波濤中，我們聽到主角的頑強的主體聲調，而這個聲調與「公共演說話語」的鏗鏘之聲相比，是十分不和諧的。

例三：蘇童，《米》（一九九一年）

六爺將鳥籠拎高了看著綠皮鸚鵡，又看脹紅了臉的織雲，他說，你別發火，讓鸚鵡來給你消消氣吧，它會學人話，我說什麼它也說什麼。然後六爺的手伸進鳥籠摸了摸鸚鵡的羽毛，他憋細了嗓門突然說，賤貨。賤貨。賤貨。

賤貨—賤貨—賤貨。織雲清晰地聽見了鸚鵡學舌，鸚鵡跟著六爺罵她**賤貨**，六爺和家丁們快活地笑起來。織雲下意識跳了一步，她摔掉手裡的石竹花，憤怒和屈辱使她的眼睛熠熠發亮。……她咬著牙罵，我當初怎麼沒把你的老雞巴割下來餵狗我怎麼鬼迷心竅讓你破了苞。織雲仰著臉，眼淚止不住淌落下來。周圍的人都仰起臉看她。

……〔織雲回到她的丈夫五龍身邊，五龍又開始對她施以性虐待，將米塞進她的子宮。〕

該死的畜牲。織雲捂住臉嗚嗚地哭訴著，你在幹什麼呀？你要把我的身體毀了。你難道不知道我懷著孩子？

你哭什麼？五龍繼續著他想幹的事，他喘著氣說，這是米，米比男人的雞巴乾淨，你為什麼不要米？你是個又蠢又賤的賤貨，我要教你怎麼做一個女人。

蘇童取消了引號，使各種引語成分的互相交流得到了更大的自由。不過，蘇童的小說表現了十分細膩的**語言意識**，特別是對雙聲語、言談的多重音調等現象，有細緻入微的觀察與表現。一句「賤貨」，基本意義是傳統倫理道德對不守規範的女性的侮辱詞。這裡，「賤貨」經過了誘姦織雲，使她淪為「賤貨」的六爺之口，又轉過學舌的畜牲——鸚鵡之口，最後又由不斷對織雲性虐待的五龍之口說出，使其音調和語氣不斷加強。言談在每一個敍述主體（六爺、鸚鵡、五龍）之間流動，並與織雲的話語行為（「畜牲」、眼淚流淌、嗚咽等等）互相衝撞。同時，另一句粗俗的指涉詞「雞巴」，亦在織雲、五龍之間傳遞、循環。性的主題、慾望的主題、誘姦、性變態、倫理道德的主題混為一體，在「賤貨。賤貨。**賤貨**」、「老雞巴」、「男人的雞巴」的重複變遷中，呈現得十分凝重和撲朔迷離。

我們從哲學—美學、社會語言學、敍述學三個層次對複調小說理論做了闡述，現對其要點總結如下：

一、複調小說首先指杜斯妥也夫斯基所創造的一種作者（自我）與主角（他者）的平等、獨立、自由的對話關係。這種關係是互為主體或主體之間的關係，而非主客對立的關係。主體之間的對話需要讓每一個主體的聲音在保持自己的獨特立場、價值觀念的前提下得到充分的發揮。主體之間對話只有在自覺意識成爲小說的主要藝術形式的時候才能實現，因爲自覺意識是主體與他者不斷地交談、尋找自我的過程。自覺意識產生的最佳土壤和時代是危機四伏的門檻和轉折點，這正是孕育了杜斯妥也夫斯基複調小說的俄國的基本狀況。

二、複調小說的主體之間對話構成了對話式的藝術語言，與獨白式的藝術語言相對立。藝術語言作爲社會對話語言不可分割的部分，必然與生活語言相對應。在社會語言中，存在著「對話式話語」與「獨白式話語」的兩種形式。前者的特徵是主體之間平等、自由的互相對話、衝撞、對立和交流，是開放的、反權威的、非中心的、未完成的。後者則代表了大一統權威、一元中心傾向、封閉的、完成的、主客體對立的關係。

三、雙聲語是複調小說的基本話語形式。從敍述學角度講，雙聲語是指敍述主體指涉敍述主題和面對另一交談者的雙重指涉或敍述立場，也指話語中十分微妙、複雜的引語現象。雙聲語的基本特點是雙重、三重或多重語義指向，這種多元指向和多重聲調造成了多主體之間的自由對話，阻礙了權威主體（作者）一言定音、封閉完成的獨立傾向和使引語主體對象化客體化的傾向。

巴赫汀還就複調小說類型學作了歷史的譜系學、發生學研究，對杜斯妥也夫斯基小說的「狂歡化」作了詳盡的闡述，特別挖掘了杜的複調小說與歐洲文化史上古希臘的蘇格拉底對話、羅馬梅尼普諷刺、文藝復興時期民間文化的狂歡節的淵源。巴赫汀的這種歷史譜系學方法，新穎獨特，別開生面，與後結構主義者傅柯津津樂道的譜系學方法有異曲同工之妙。杜斯妥也夫斯基的小說創作，具有鮮明的現代意識，是現實主義向現代主義文藝思潮過渡時期的里程碑。巴赫汀的複調理論，實際上是對杜斯妥也夫斯基小說蘊含的現代性和現代主義特徵的高度概括。他對於杜的現代意識追根溯源，一直追到古希臘、羅馬（尤其是羅馬這個雙語和多語時代），從大量的古代典籍中，發掘出了許多具有現代意識前驅意義的東西。文藝復興時代來自民間文化、具有強大生命力和蓬勃生機的「狂歡節」，受到巴赫汀的高度重視。他從民間文化和「狂歡節」與杜斯妥也夫斯基小說這兩個表面上很難找到聯繫的文本中，看到了深刻的相互聯繫。這種思路，爲把握現代意識和現代主義文化思潮的歷史發展提供了一把鑰匙，同時也爲理解**文化轉型**提供了理論的基石。後來在論拉伯雷的狂歡節風格時，巴赫汀又就文藝復興這個文化轉型時期的重要現象作了詳盡的探討。本書在本章討論「狂歡節」與民間文化時，將回到杜斯妥也夫斯基複調小說的狂歡化問題，一併討論。

二、眾聲喧嘩：從小說到文化的理論思索

巴赫汀理論有好幾種特別和獨創的名詞和概念來概括和說明，後人對這些名詞和概念的

看法迥異，見仁見智。有些人強調他的「對話性」，有些著重他的「複調」，有些則更傾心於他的「超語言學」。近年來，一些西方批評家又從巴赫汀早期哲學—美學思想和藝術理論（詩學）角度出發，強調他的主體建構和自我與他者對話的美學，以及他獨創的「散文學」（此與傳統「詩學」相對）。當然，隨著現代理論思潮越來越關心更爲廣闊的**文化**問題，人們開始從文化理論的角度來理解和把握巴赫汀理論。本書的基本立論就是這樣，把巴赫汀的學說當成一種文化理論來看待。它作爲一種文化理論，最有概括性的核心概念就是「眾聲喧嘩」（raznorechie, heteroglossia）[15]。

眾聲喧嘩是巴赫汀獨創的俄文詞，用來描述**文化**的基本特徵，即社會語言的多樣化、多元化現象。這種語言的多樣化、多元化現象主要存在於人類社會交流、價值交換和傳播的過程之中，凝聚於個別言談的生動活潑、千姿百態的音調、語氣之內。一般的語言學無法把握這種社會交往之間的現象，所以巴赫汀提出了「超語言學」。「超語言學」實際上是關於社會交流與交往的學科，近似於「傳媒學」。由於巴赫汀思考的角度是社會交往與人的存在、人的主體建構的關係問題，以及人類文化的產生與發展的問題，「超語言學」又可以看成是一種「文化人類學」。總之，因爲我們研究「文化」，根本上來說是要把握文化的組織、結構、形成，而語言乃是錯綜複雜的文化現象中結構性、形式感最強的東西，所以巴赫汀以語言爲核心的理論乃是一種文化理論，「眾聲喧嘩」乃是巴赫汀對文化的一種概括。

眾聲喧嘩這個概念，有兩個重要方面。一是它與**小說**話語的關係。巴赫汀認爲小說的語言或話語最全面、完整地展現了社會語言的多樣化和多元化，或者說小說裡的眾聲喧嘩是對社會的眾聲喧嘩最全面地再現。他分析社會的眾聲喧嘩時，總是以小說的話語入手。「複調小說」也好，「小說的狂歡化」也好，「獨白」小說或「對話小說」也好，都是巴赫汀用來揭示小說話語中的社會的眾聲喧嘩的底蘊的不同方面。眾聲喧嘩的另一個重要特點是它的**歷史性**。只有在文化發生劇烈動盪、斷層、裂變的危機時刻，只有在不同的價值體系、語言體系發生激烈碰撞、交流的轉型時期，眾聲喧嘩才全面地凸顯，成爲文化的主導。巴赫汀以他熟悉的西方文明爲基點，對古希臘羅馬文化的過渡，文藝復興時代的文化轉型，十九、二十世紀資本主義全球性發展這三個重要階段作了詳細的分析，提出了獨到的觀點。所以，巴赫汀的理論又是一種關於**文化轉型**的理論。二十世紀將成爲歷史、二十一世紀就在明日的今天，全世界都在經歷著新的文化轉型。而轉型期價值體系的變化、分裂、斷層，在中國尤爲突出。因此，本書著重剖析巴赫汀關於文化轉型的理論命題，並探討其對於中國問題的啓示。

文化的嬗變與敍述——從史詩到小說

人類社會交往、製造和傳播意義的最基本形式就是敍述。如果說哲學以自我反思和自覺意識的形式昭示了人類文明與文化的特徵，敍述則像遺傳密碼一樣，使人類自覺意識所形成的文化活動子孫繁衍，代代相傳。二十世紀的思想家們越來越重視敘述。從二〇年代的俄國形式主義到七〇年代的法國結構主義敘述學，敘述的結構、話語及其深藏著的文化蘊含被學者們毫分縷析，其影響及成果由文學敘述擴展到神話、歷史、現代傳媒影視敘述的分析。在另一方面，來自德國思辨哲學傳統的盧卡奇亦對敘述予以高度重視。盧卡奇通過分析敘述作品（主要是小說）中的精神、理念和感性內容，不僅捕捉了歷史發展的脈絡，也從中發現了人類自我解放的潛能。二、三〇年代的巴赫汀，正是從盧卡奇和形式主義批評這兩種互不相干、立論相反、卻又同樣重視敘述的理論交叉點出發，形成了他的把握**敘述形式中的文化意蘊**的理論。他的理論不像盧卡奇那樣具有濃厚的形而上學思辨色彩，過於偏重精神與思想內容，也不像形式主義批評那樣，把敘述文本及其形式與歷史及社會氛圍完全割裂。從**形式**出發，以**歷史內容**爲目的，構成了巴赫汀理論既有共時性又有歷時性、既內在又外在的特徵。

巴赫汀在三〇年代撰寫了一系論著，探討文化的歷史過程。他的文化史寫法是一種「後設歷史學」或自省式歷史學方法，把歷史與歷史自身的敘述放進一個共同的參照系來觀察。首先要回答「歷史是如何自我敘述的？」這個問題，從中找到歷史發展的鑰匙。當然巴赫汀主要討論的歷史敘述並不是史學典籍，而是西方最重要的英雄史詩，以及由史詩流變到現代的小說。寫於一九三四—三五年的《小說的話語》、一九三七—三八年的《小說的時間形式與時空型》、一九四〇年的《從小說話語之前的歷史談起》、一九四一年的《史詩與小說——建立一個小說研究的方法》這幾部論著，全面、詳盡的闡述了巴赫汀的小說理論和眾聲喧嘩的文化理論，其中貫穿著一條歷史發展的線索，即敍述由史詩向小說的嬗變。

關於史詩向小說的過渡，盧卡奇早年的《小說的理論》一書作了非常重要的理論概括。盧卡奇寫這部書時還是一個很徹底的黑格爾主義者。他後來成爲馬克思主義者和重要的文化理論家，對早期的黑格爾唯心論影響頗有自我批評。但《小說的理論》一書中的主要觀點基本上構成了盧卡奇思想的主線，即使後來盧卡奇修正了許多早年的看法，他的基本思路並沒有什麼根本的變化。因此，《小說的理論》不僅僅是盧卡奇關於小說和文學創作的理論著作，而且在某種意識上是他的文化思想、他的歷史觀的藍圖。巴赫汀對這部著作十分了解，曾經動手翻譯過。後來譯文未能完成，也未發表。但三、四〇年代巴赫汀所撰寫的論著中，與盧卡奇《小說理論》對話是一個十分重要的方面。

在《小說的理論》中，盧卡奇將古希臘的神話傳說、羅馬的英雄史詩與近現代的小說敍述作了對比。史詩所描述的乃是一個完滿、和諧、自足自律的英雄歲月，一個一去不復返了的黃金時代。這個時代的標誌是人與社會、人與自然的和諧與統一，是一個完整、全面的整體。而小說敍述是人類自覺意識發展的必然形式，它描述的不再是和諧、完美、統一，而是分裂、異化、對立，是「充滿矛盾的個人自我發現之旅程的表述」⑯。黑格爾將小說稱之爲「資產階級的史詩」，盧卡奇進而認爲小說表現了個人主體精神失落和異化的「絕對罪惡感」，表現了「超越的無家可歸感」[17]。黑格爾和盧卡奇均把小說敍述所描述的精神發展史（即文化史）看成爲心靈的「失樂園」，充滿了懺悔、罪感和救贖意識。按黑格爾的觀點，精神的發展、自覺意識的上升無可避免地導致了整體的分裂與異化。不過盧卡奇不像黑格爾那樣，把精神最終的回歸與完善寄託於哲學的反思，而是執著地相信小說敍述中將自覺意識發揮得淋漓盡致的「反諷」。「反諷」所展示的，其實是精神與現實、認識與本體、存在與本質一系列的分裂、鴻溝與二元對立，更本質上來說是一種**主體之間**的對立。不過執拗於古典思辨哲學的盧卡奇堅持認爲這只是一種**主客二元對立**，通過主體自覺意識的「反諷」敍述，最終仍可以達到主體性的復歸和重建（在他成爲馬克思主義者之後，這個主題就顯現了「無產階級自我解放」的色彩）。

很顯然，巴赫汀的觀點與盧卡奇有根本的差異。巴赫汀像盧卡奇一樣，也強調主體的自覺意識（在《杜斯妥也夫斯基詩學問題》中他把自覺意識當成複調小說的藝術主導形式）。他同樣認爲小說敍述在文化中具有獨特地位。不過，巴赫汀和盧卡奇的根本區別在於：盧卡奇把主體的自覺意識看成爲一個封閉的、黑格爾式的精神由主客對立走向主體復歸的自我實現過程，而巴赫汀者卻把主體的自覺意識看爲自我與他者的對話、交流，確立主體在與其他主體間相互關係、相互交換的位置。盧卡奇的主體自覺意識，乃是一種「獨白式」的意識，而巴赫汀追求的，卻是「對話式」的意識。「對話式」意識的產生必須通過語言的交流，被盧卡奇所忽視的**語言**問題，就成爲理解文化發展的關鍵。

從語言發展的角度出發，盧卡奇所描述的精神自我放逐、家園失落的歷程，即史詩到小說敍述的歷程，成爲巴赫汀筆下的歐洲文明「從孤立的、文化上耳聾目塞的半父權制社會邁入國際的、多語言的交流與接觸」的歷程⓲。史詩所代表的世界，乃是一個封閉、完成、權威和大一統的遙遠的過去：

「不論其來源如何，流傳到今的史詩在類型上是一個絕對完全和終結了的形式。這個形式的基本特徵是將其描述的世界轉換成一個民族起源和巔峰的絕對過去。絕對過去乃是一特殊的價值判斷與等級制的範疇。史詩中的『起源』、『初始』（先民）、『始祖』等等，不僅僅是時間的範疇，而且是**拔高**到了極端的範疇。……古典文學中，創造的動力和源泉不是知識，而是記憶。『記憶』黑字白紙，不容改變。過去的傳統是神聖不可侵犯的。」⓳

希臘史詩產生於一個語言單一的世界。只有神聖的傳統的語言，經由記憶世代傳誦，才具有強大的凝聚力和權威性。這種語言單一的文化表現了向心力和權威主義大一統的傾向。這個神話的世界總是蘊含著對至高無上的權威的臣服。不過，巴赫汀認爲，語言單一的文化並不是文明的起源。古希臘的史詩、悲劇和抒情詩所表現的語言單一世界，並非盧卡奇夢魂牽繞的和諧、完美、統一的整體。

巴赫汀剖析了希臘文明的大量典籍，提出語言多元現象先於語言單一現象的重要命題：

> 「語言多元(mnogojazychie, polyglossia)一直存在（它遠比純粹和經典的語言單一(odnojazychie, monoglossia)要古老得多。但是語言多元並不是文學創作的因素，對各種語言有意識的選擇並未成爲文學及語言過程的創造泉源。古希臘文對不同的語言和不同時代的語言以及不同的方言均有所感（悲劇就是一個語言多元的類型），不過創造意識卻只是在封閉和純粹的語言中實現（雖然實際上語言是混合的）。」[20]

這個語言多元先於語言單一的觀點打破了文明起源的和諧、完美、統一的神話，並且爲史詩的單一語言或獨白語言向小說的多元或對話語言的嬗變史作了邏輯的闡釋。盧卡奇所津津樂道的語言單一、完美和諧的精神主體起源的世界，只是人爲的、相對的純粹和完整的世界。史詩把這個世界神聖化、絕對化，爲我們製造了一個傳統的完美無缺、一元統一的神話。

從卷帙浩繁的古希臘羅馬典籍中，巴赫汀發掘了各種鮮爲人知和不受重視、「低下」、「鄙俗鄉俚」、「淫靡猥褻」的民間笑話、蘇格拉底的幽默哲學對話、雜記、小品、喜劇、梅尼普諷刺等。他從這些「不入流」的文類中，聽到了各種語言相互接觸、撞擊、磕碰的聲音，也就是語言多元的聲音，以及後來稱爲眾聲喧嘩的聲音。從這些聲音中，巴赫汀看到了小說形式的浮現。這是羅馬時代由單一古希臘文向羅馬的拉丁文多種方言過渡的時代，是一個文化轉型的時代。小說敘述浮出了歷史的地表，緊緊地把握著現實社會的脈搏。

所謂小說(romane, novel)，不是指歐洲由文藝復興時期至十八、十九世紀演變的長篇小說形式，而是泛指早在古希臘羅馬時代就已存在的散文敘述類型，這是「一個不斷發展和未完成的唯一類型」[21]。巴赫汀主要是從語言風格的話語形式面來爲小說下定義的。他認爲小說類型的根本特徵，即爲對**眾聲喧嘩、語言多元現象的融匯**。小說通過戲謔模擬等手段，不僅把各種文學語言和類型融進自己的話語之中，而且把社會的眾聲喧嘩糅入其中，構成了小說話語的語言萬花筒。小說中眾聲喧嘩，百家爭鳴，創造了語言的狂歡節。羅馬小說家彼特紐斯(Petronius)的《薩蒂里岡》(*Satyricon*)是對荷馬史詩《奧德賽》的戲擬，把英雄奧底修斯征戰勝利後返回故國的壯麗旅程蛻變爲一對同性戀流浪漢、小痞子到處爲非作歹的荒淫之旅。在彼特紐斯的充滿下流笑話、鄙俗俚語和方言土語的作品中，崇高神聖的史詩語言與低俗民間的語言相互衝撞，迸發出眾聲喧嘩的火花。對英雄史詩的戲擬構成了歐洲小說史的一個重要主題，從賽凡提的《唐·吉訶德》到喬哀斯的《尤里西斯》，我們都可以發現「小說意識」或「小說性」與「史詩意識」的對抗[22]。

小說作爲一種兼容並包、不斷發展變形的類型，挾帶著一股強有力的語言離心力量，具有強大的摧毀力和顚覆性，向語言中心論、語言單一和向心力提出挑戰，打破了傳統的神話，從而跨入活生生的現實社會。這是一個長期的過程。它起始於希臘羅馬交替的時代，經過漫長的中世紀，在文藝復興時期達到一個高峰，蓬蓬勃勃，在十八、十九世紀世界的近現代交替轉型之機，又發揮出了強大的生命力。這是一個「小說化」的文化嬗變史。到了十九、二十世紀交替的時代，「小說化」滲透蔓延到一切非小說類型的文體，囊括了易卜生的戲劇和現代戲劇、拜倫的詩劇、海涅的抒情詩等等。「小說化」成爲文化轉型時期的語言特徵。在這個時期內，文化話語呈現出什麼局面？巴赫汀寫道：

「語言變得更爲自由和活躍，文學語言糅入了文學之外的眾聲喧嘩和文學語言中『小說化』的層面，從而獲得了新生。它們成爲對話式的話語，充滿著嘻笑、嘲諷、幽默、自我戲擬的成分。最後而且也是最重要的一點，即是小說給其他的文學類型注入了一種不確定的因素，造成了語義的開放，與未完成的、繼續發展著的當代現實產生了生動具體的接觸。」㉓

總之，針對盧卡奇的精神現象學自我實現的小說敍述理論，巴赫汀所描述的，是一個文明由多元向單一、由單一向多元、由對話向獨白，再由獨白向對話的循環往復的雙向運動，一個不斷發展、從未完結的「小說化」運動，一個走向眾聲喧嘩的活生生的現實世界的運動。這就是敍述類型由史詩走向小說的文化意蘊。雖然話語的主題是小說類型，其實際含義卻是文化。

眾聲喧嘩與文化轉型

「小說化」是巴赫汀對文學語言中由獨白話語轉變爲對話話語，融入眾聲喧嘩的理論概括，對此我們下面還要作進一步介紹。但首先要理解的是：巴赫汀對於社會眾聲喧嘩現象和文化的嬗變史又是如何作了他獨特的理論概括的？我們知道，巴赫汀關於眾聲喧嘩的理論有兩個基本命題。首先，語言多元、眾聲喧嘩現象先於語言單一。其次，眾聲喧嘩現象在文化轉型時期佔主導地位。在討論文化自我敍述由史詩向小說轉變時，巴赫汀反覆強調了第一個命題，我們亦有所介紹。這裡，我們來看一下眾聲喧嘩文化轉型的關係。

巴赫汀將文化的轉型與變遷時期稱之爲「小說化」的時期。他認爲，這個時期的特點是：㈠文化從單一、統一的民族語言所塑造的民族文化的神話和文化封閉圈中解放出來，走向一個多語言、多文化交流與對話的時代；㈡文化與文化之間的互相融匯、撞擊、對話呈多層次、多向度的局面，即傳統與現代、異鄉與本土、高雅與俚俗、「官話」與方言之間的各種話語，紛紛在語言文化的競技場上，爭奇鬥艷，百家爭鳴；㈢衆聲喧嘩、文化多元的離心力量衝擊、顚覆、瓦解著向心力的中心話語霸權，使之崩潰解體，中心話語的意識型態與權力中心搖搖欲墜，不得不從封閉、僵化、自足的現有體系與框架中努力掙脫出來，接受衆聲喧嘩、文化多元的歷史事實；㈣這個時代的文化話語中，佔主導地位的不是中心權威的「獨白式」話語和神話話語，而是各種語言與價値體系同時共存的「對話式」小說話語。「大說」日漸式微，「小說」日益鼎盛。

文化轉型時代是一個「伽利略式」的衆聲喧嘩、文化開放的時代。巴赫汀寫道：

「小說是伽利略式語言觀的表現。它否定了單一和統一語言的絕對權威，拒絕承諾其自身語言爲意識型態世界的唯一語言語義中心。它淸醒地意識到各民族語言，更準確地說是各種社會語言的豐富多彩。這些民族與社會語言同樣擁有著自己的『語言的眞理』，但正因爲如此，它們同樣是相對的、物化了的和有局限性的。實際上，它們僅僅是各社會集團、各種行業與日常生活中其他各種交叉部門的語言而已。小說的前提是語言語義中意識型態中心的解體，是文學意識的某種語言的無家可歸感。文學意識不再擁有神聖與統一的語言媒介來制約意識型態與思維。這是一個位於單一民族語言內的不同社會話語之間的意識自我宣言，它或者位於單一文化（泛希臘、基督教、新教文化）之中的多民族語言之中，或者位於某個單一文化與政治的實體（泛希臘時代的王國、羅馬帝國等）之中。

這裡所涉及的，是人類話語史上非常重要和極端的革命性變化：文化語言與情感意向從單一和統一的語言霸權中獲得了根本的解放，從而使語言的神話性趨於消失，語言不再是思想的絕對形式。」[24]

希臘文明向羅馬文明過渡轉型時期的重要標誌，即是語言的多元多樣性。古拉丁語文化在與希臘文明的接觸中，逐漸擺脫了陳腐、片面和地方色彩，通過與希臘文化的交流與對話，進入一個多語的世界，包括了希臘、羅馬和其他義大利方言俗語。希臘文化的神聖性失去了光彩，而其豐富生動的內容卻得到了廣泛的傳播。羅馬時代是泛希臘文化的最後階段，它將希臘文化引入了尚處於蠻荒狀況的歐洲大陸，孕育出了中世紀歐洲文化獨特的「多語」(polyglossia)。文藝復興時代是西方文化轉型的二次高峰。它肇始於反中世紀僧俗與官式語言霸權的一場**語言革命**。歐洲的各種方言俗語——英語、德語、法語……紛紛從拉丁文的單一統一權威話語霸權中解放出來，產生了但丁、莎士比亞、薄伽丘、塞凡提、拉伯雷這一大批民族語言和文學的大師。到了十九、二十世紀，巴赫汀又從狄更斯、巴爾札克、普希金、杜斯妥也夫斯基的小說劇作中，窺見到了資本主義時代文化變遷、斷裂與危機的種種象徵及其再現。

杜斯妥也夫斯基的小說話語「在人生體驗（他者對於我的言談）層面上，在倫理和道德生活（他者對我的判斷以及承認與否）層面上，在意識型態（作爲不可解決的世界觀的對話）層面上，均存在著主角自我與他者的話語的深刻和無法解決的衝突」，這種衝突「永遠不會被納入某種系統，永遠保持著自由與開放的狀態」[25]。

文化轉型時代的眾聲喧嘩既是共時性、跨文化的，又是歷時性、跨傳統的，更是跨階級、跨集團的，它滲透了每一個特殊具體的言談，融入了每一個言談的音調之中。眾聲喧嘩首先是跨文化、跨語言的。語言與現實、語言與本質、語言與眞理……種種由單一統一中心話語構築的「神話」在文化轉型時期紛紛解體崩潰，首先是因爲另一文化、另一語言的滲透與加入：「與外國文化與語言的深刻的交匯（二者缺一不可）不可避免地導向了語言與意向、語言與思想、語言與表現之間的鴻溝意識。」[26]這種意識的產生，意謂著中心的解體，離心力的活躍。這只有在「民族文化失去了自我封閉、自給自足的特徵，從而意識到在**其他**文化與語言中自己僅是其中一員而已」的時刻，文化的中心話語霸權才會眞正解體[27]。

在文化轉型時期，傳統的話語與現代的話語以及各個不同社會階層、利益集團、思想流派都在一片眾聲喧嘩中，爭奪中心話語霸權瓦解後的語言眞空和各自的話語權。這就賦予了眾聲喧嘩以極爲深刻複雜的歷史與社會內涵：

「在歷史存在的每一刻，語言都有著從上到下的雜多性：它表現了社會與意識型態衝突與矛盾的共存。這些衝突和矛盾包括過去與現在之間、過去不同時代之間、現在不同社會思想集團之間，不同傾向、學派、團體等之間的有形的衝突。衆聲喧嘩中的這些語言，以各種不同方式互相交叉，形成了新的具有典型社會意識的語言。」㉘

後結構主義者克莉絲特娃、托多羅夫、羅蘭・巴特等受巴赫汀的啓發，提出了話語與話語之間、文本與文本之間的「互文性」(intertextuality)概念㉙。但後結構主義者們往往沉醉於文本與文本之間相互關聯的不確定、閃爍曖昧、含混模糊的「海市蜃樓式」關係中，忽略了其中深刻的歷史與意識型態內涵。後結構主義者和解構主義者們常常忘記或者不願意承認這樣的事實：他們對文本的斷層、意義的含糊、裂縫、延異(differance)、悖論的刻意誇張和追求，產生於文化斷裂、危機、變遷與轉型的特定歷史語境。後結構主義者們大肆渲染的歷史的虛幻或「不在場」(absence)，其實更深刻清晰地凸現了其自身理論策略的「歷史在場性」(historical presence)。

英國馬克思主義文化理論家雷蒙・威廉斯亦受到巴赫汀的啓發，提出了文化分析的歷史三分法。他把每一個特定時期的文化話語分成三個層次，即「殘存的」(residual)、「主導的」(dominant)和「新興的」(emergent)三種話語的同時共存㉚。每一個歷史時期的文化話語中，都包含著這三種不同成分的語言，呈現著三種語言模式的衝突。應補充的是，這種眾聲喧嘩的局面，往往是在文化衝突最爲明顯劇烈、文化極劇斷裂、深刻危機的轉型時刻出現。正如美國新馬克思主義理論家、「後現代文化」批評家詹明信所述：「對話的常規形式本質是一種**對抗性的**，階級鬥爭的對話是兩種對立的話語在共同的符號系統的普遍統一性中針鋒相對而展開的。」㉛

巴赫汀這樣概括了眾聲喧嘩的意識型態與歷史衝突本質：

> 「的確，每一個話語或言談都發現，它所談的對象早已充滿了註釋，富有爭議性，飽含著價值，籠罩在雲山霧障之中，或者正相反，由已被反覆談論過多次的外來語言的光輝所照耀。言談的對象已是盤根錯節，蘊含著共享的觀念、視點、外來的價值判斷和外來的腔調語音。話語面對其對象，進入的乃是一個充滿著對話雜音與喧聲、緊張與衝突的環境。在這裡，有外來的話語、外來的價值和腔調。話語與其他話語編織著複雜的關係網絡，與某些融合一體，與某些對抗，與某些相互交叉。這一切都對話語的形成有決定性影響，會在話語的所有語義層面留下痕跡，使其表述變得複雜，並且影響話語整個的風格與文體。」㉜

眾聲喧嘩與文化轉型除了在話語層面上的衝突與交融關係之外，還有著深刻的**現實政治**的意義。文化變遷是整個社會變遷與轉型的一部分，文化與政治的關係密切相關。二十世紀的馬克思主義者們從盧卡奇到葛蘭西，從班雅明到阿多諾，從哈伯瑪斯到詹明信，都特別關心文化與政治關係這個大課題，企圖從文化的角度，來對這個問題提出馬克思主義的新理論、新思維。西方馬克思主義者們越來越關心語言、話語在文化政治學或政治文化學中的重要作用。法國馬克思主義理論家阿圖塞就語言、話語與意識型態的關係問題提出了一種結構主義的理論體系，他的學生傅柯又將之與尼采的文化批判思想相結合，形成了關於話語與權力的後結構主義理論。巴赫汀雖不屬於西方馬克思主義的任何一家學派，但他確實走了一條與西方馬克思主義殊途同歸的道路，就語言、話語、文化、政治、意識型態幾方面的錯綜複雜的關係問題，提出了獨特的理論。其中的眞知灼見，在本世紀行將結束，全球性文化轉型新的高峰正在形成的今天，更爲引人注目。

文化與政治的關係在巴赫汀的概括下成爲語言向心與離心力的抗衡。在文化語言的世界裡，存在著向心與離心兩種力量。這兩股力量同時共存於相同的文化語言體系之中：「在向心力的周圍，語言的離心力持續著它們的工作；在語言—意識型態的中心化和一元化力量周圍，非中心化與多元化的過程不斷地前進著。」㉝很顯然，巴赫汀在這裡指的既是文化與語言的走向，又是政治與意識型態的進程，兩者緊密相關，不可分割。語言不僅僅是某種透明、客觀、無價值、無衝突的媒體或差異組合的結構，而是「充滿了意識型態色彩，是世界觀，甚至是具體的見解，是所有意識型態活動中相互了解的**最大保障**。因此，統一的語言為文化與意識型態的一元化與中心化造輿論，它與社會、政治與文化的中央集權化過程有著命運攸關的聯繫」[34]。

在文藝學範圍內，西方的亞里斯多得詩學、奧古斯丁文論、中世紀神學「眞善美」統一美學觀、笛卡兒的新古典主義美學、萊布尼茨的抽象語法學宇宙主義理論等等，均爲歐洲語言的中心化和一元化服務，在將「野蠻人」和俚俗方言土語「歸順」、「教化」爲一元化的「文明」語言與文化過程中，起了重要作用。在社會學和史學範圍內，我們可以看到統治者們對於掌握、控制語言輿論權，促使語言的一元化、中心化，從來就是不遺餘力的。統一中國的秦始皇，爲中國中央集權的君主專制和大一統的意識型態體系得以延綿數千年，所創下的影響最巨的不朽功勛，恐怕就是統一中國文字的盛舉。在秦統一六國之前，秦國的文字和文化相對其他各國，都顯得保守、落後，受到俗語的影響最小。秦始皇就是在這樣的文化基礎上，統一漢文字的[35]。作爲處於語言離心力汪洋大海包圍之中的向心力和大一統權威的語言，在維護、發揚其話語權威性方面，又是無所不用其極的。巴赫汀對此深有所察，在《馬克思主義與語言哲學》裡，就對語錄的政治學作了鞭辟入裡的剖析。在闡述語言離心與向心力之爭的文化衝突時，他又對大一統權威的話語策略作了進一步分析。他特別提到，權威話語常常採用的一種策略，就是使用特殊的字型與字體，以強調其神聖與權威性㊱。至於經歷過「文化大革命」的中國大陸讀者，對於那個時代赫然見諸報章書刊、響徹雲霄的大號黑體字排印的「最高指示」，豈但是記憶猶新而已，恐怕早已形成了某種「文化心理積澱」，成爲話語模式與習慣的重要部分。巴赫汀此說，不啻爲畫龍點睛之筆。

然而，大一統權威話語所塑造的神話畢竟是神話，終將在眾聲喧嘩的離心力量圍攻之中土崩瓦解。這就是一個社會的政治危機和轉折的時代，一個文化動盪、裂變、斷層的轉型期：

「語言不再被視爲意義與眞理的神聖與唯一的化身，它成爲設想意義的許多可能選擇中的一種選擇而已。

當單一和統一的文學語言同時又是他者的語言時，情況往往是相似的。與這個語言聯繫在一起的宗教的、政治的、意識型態的權威，不可避免地走向崩潰和瓦解。在這個（中心話語）崩潰的過程中，非中心的散文化語言意識逐漸成熟，並在實際應用的民族語言的衆聲喧嘩之中獲得有力的支援。」㊲

在文化轉型的時期，大一統權威話語的霸權喪失了，它被迫放棄環繞在自身周圍的那層封閉、神祕而神聖的光環，而屈就於「許多可能選擇中的一種選擇」。不過，權威話語並未從此遁隱或消散。它作爲語言的向心力量，作爲政治與意識型態中心的代言人，進入了眾聲喧嘩的世界。在每一個特殊、具體的言談和話語實踐中，權威話語都在與非中心的語言離心力量較量、爭奪。這是一個把握眾聲喧嘩理論的關鍵。**向心力與離心力、中心話語與非中心話語之間的對立、緊張和衝突，絕不是涇渭分明、兩軍對壘、二元對立的關係，而是同時共存於每一個具體言談中的互相滲透、互相融匯的對話關係。**這是文化轉型期話語特殊的現象：我們所說的幾乎每一句話，都包含著兩種以上的語義雜糅(hybridization)或雙聲(double-voiced)，每個特殊、具體的言談之中，都存在著向心與離心、中心與邊緣話語之間的對話與撞擊。

現代思想家們不約而同地意識到，文化斷層與轉型的時代是一個「大說」(grand narrative)解體、「小說」(small narrative)興盛的時代[38]。巴赫汀稱之爲「小說化」的時代，「對話式」小說戰勝「獨白式」小說的時代。他回顧了幾千年歐洲文化史，從小說話語與文體嬗變的角度，勾勒了「獨白式」與「對話式」文體的發展線索。「獨白式」小說起源於公元二世紀左右的希臘「詭辯論小說」，在中古時期的《阿瑪迪斯》等騎士小說、十七世紀的「巴洛克小說」和十八世紀啓蒙主義者盧梭的小說、感傷主義的英國小說家理查生等的作品中延續發展。這條線索的文體特點是採用了單一和統一的書面語或「文言」，追求古典主義的崇高氣派和典雅風格。這種小說有意將社會的眾聲喧嘩排除在外，表現出封閉和向心的文化意識。這其實只是希臘史詩敍述傳統或「大敍述」的變體，在嚴格意義上，算不得眞正的小說。只有「對話式」的小說才全面體現了巴赫汀所謂的「小說性」，即充分融匯、糅合了當代現實世界中的眾聲喧嘩，體現了時代的「小說化」趨向。巴赫汀將希臘蘇格拉底對話、羅馬時代的梅尼普諷刺等看作「對話式」小說的濫觴，文藝復興時代塞凡提、拉伯雷的作品成其大觀。十七、十八世紀的英國小說家斯特恩、費爾丁和尙・保羅的小說，以及德國的「成長教育小說」（以歌德的作品爲代表）等，將「對話式」小說推向新的高峰。到了十九世紀狄更斯、杜斯妥也夫斯基現實主義小說創作的高潮期，更將「對話式」小說的文體和話語形式發揮得淋漓盡致。「對話式」小說主要的特徵是對權威話語的戲擬和融入俚俗民間話語，其本質上乃是兼容高雅精英文化與通俗大眾文化的開放性文本㊴。

總之，眾聲喧嘩理論所概括的，是文化轉型時期文學藝術與政治意識型態的相互作用和相互影響。文化的開放與多元不可避免地造成了傳統的斷裂與權威的削弱，進而導致了統一單一的意識型態中心的解體。這個多元多極，向心力量與離心力量互相爭奪、衝撞的時代，實際上是文化充滿著活力，蓬蓬勃勃的發展的時代。巴赫汀講述的雖然是歐洲文化的脈絡，但他的理論思路對於中國同樣有啓發。從文化語言學的角度而論，中國歷史上幾次大的文化轉型均發生在中國文化與世界文化廣泛交流、對話的時代。每次轉型都極大地豐富了漢語言的表達與詞彙，並對中國文化的情感與思維模式產生過深遠的影響。由東漢到唐末八百餘年的文化變遷與轉型，佛教語言與文化的傳播與交流給漢語和漢語思維帶來了現代的因素。由一八四〇年代到今天這近兩百年間，中國所經歷過的文化與社會的轉型，仍在持續發展，尚未告一段落。這個時代的漢語，眞正進入了一個眾聲喧嘩的時代，一個融匯了各時代、各傳統、各國文化的豐富多彩、輝煌燦爛的時代[40]。

巴赫汀所記述的開放、多層次、離心、對話式這些眾聲喧嘩的特徵，在大陸與台灣文化轉型時期均有相應的表現。特別是在二十世紀行將結束的今天，上述四大特徵在當代大陸與台灣文化中十分明顯突出。眾聲喧嘩理論提供了一個新的視界，有助於我們從歷史與整體的宏觀角度審視當代中國文化的多元離心狀況。這一局面肇始於「文革」結束、海峽兩岸強人逝世後的七〇年代末。隨著社會的改革與開放，中國重新從一元統一的封閉文化中走出來，與世界文化展開了規模空前的交流、對話。八〇年代也正是世界文化發生激烈變化的時代。在西方文化內部，發起了反西方形而上學與啓蒙運動傳統的本質論、歐洲中心論的文化批判浪潮。這個浪潮以後結構主義和後現代主義文化辯論爲代表，特點是文化的多元離心、眾聲喧嘩，以及強烈的以文化論政治傾向和對理論自身的反思或「後設批評」傾向。八〇年代在中國大陸興起的「文化反思」，與世界文化的反思浪潮相互呼應。在反思對象上，大陸文化界側重於以「啓蒙」的立場回顧、反省中國前現代文化與向現代化轉型期的思想脈絡，而西方則在發動一場對啓蒙主義的理性主義話語和現代性話語的攻擊。不過，從話語結構上和思維框架上來看，中國大陸與西方文化界的批判與反思潮流，有某些很有意義的相似之處。

在八〇年代「精英文化」的「大說式」反思基礎上，九〇年代的中國大陸又呈現出大眾文化、通俗文化「小說」式多元話語的眾聲喧嘩局面。「大說」式的宏觀理論批評以及嚴肅、高雅文化話語似乎經歷了一個邊緣化的過程。八〇年代精英文化那種一呼百應的「巫師式」地位被追求感官愉悅、日常生活和商品性、消費性的大眾文化所取代，其文化主導(dominant)地位不復存在。這種局面，引起了精英知識分子層的困惑和不安。其實，從文化轉型期眾聲喧嘩的觀點來看，這正是一個各種話語互相融匯、撞擊、對話的多層次、多向度的局面。八〇年代領風騷的精英文化當年所呼喚的，實際上就是這樣一種不同層次和利益集團、不同文化圈之間的**同時共存**、**多元共生**的時代。在這個時代到來的時候，應該採納積極和建設性的態度，批判、揚棄其中非理性的趨向。在把握當代文化走向的時候，對於表面現象的紊亂無序、文化話語的激劇斷裂變形、話語位置的轉換更替等等，理論思考的負面立場是不足取的。這往往會導向極端的結論。巴赫汀的眾聲喧嘩理論則以其樂觀開闊的精神、開拓與建設的胸襟，給我們新的啓迪。巴赫汀理論的啓發性遠遠超過了文藝學的範圍，而進入了「文化研究」(cultural studies)的廣闊領域，包括傳媒、影視、時尚、廣告、大眾娛樂、民俗與流行音樂、通俗文學等大眾文化和日常生活現象。

三、「小說化」——戲擬、時空型、語言形象

巴赫汀的文化理論既有高屋建瓴、縱橫馳騁的宏觀思維，又有縝密入微、毫分縷析的微觀分析。他對於轉型期文化語言雜多現象的理論概括，最後都落實在對話語（主要是小說話語）具體細緻的分析上。他分析小說話語的方法，實際上是文化話語分析的方法。在複調小說理論中，巴赫汀分析了杜斯妥也夫斯基小說的「雙聲語」、「狂歡化」、「梅尼普諷刺」等。在論拉伯雷的著作裡，他又對「狂歡化」和拉伯雷的「怪誕現實主義」作了鞭辟入裡的剖析。

戲擬

「戲擬」(parodija, parody)是一個貫穿了巴赫汀小說、文化理論的重要概念，在論杜斯妥也夫斯基、拉伯雷和小說話語的著作中，都反覆強調戲擬的作用。他認爲，小說的類型學特徵就是戲擬：「小說戲擬其他類型，揭示其他類型的語言和形式的規範性。小說壓縮其他類型，並將有些類型融入其獨特的結構之內，加以重新組織和重新加強語氣。」[41]這個說法可與巴赫汀關於「小說化」的觀點相互參照。他認爲小說的話語乃是融匯了社會眾聲喧嘩的話語，小說的文體、類型因此也是融匯了社會語言的文體和類型的文體和類型的雜糅混合。

小說是如何融匯、混合各種話語文體和類型的？巴赫汀認爲主要手段就是戲擬。

戲擬顧名思義，是一種模擬或模仿。這種模仿或模擬絕不是亞里斯多得以來西方詩學傳統所說的文學、語言對現實的模仿（mimesis）或再現（representation）。戲擬乃是語言對語言的模擬。它又包含了不甚恭維、不太嚴肅的成分，有開玩笑、戲謔、逗哏、調侃的性質。不過，調侃背後又有著非常嚴肅深刻的意蘊。巴赫汀把戲擬看成是複調和雙聲語、圖性引語方式的主要表現：

「（在戲擬中）作者藉他人的話語說話，但在這個他人的話語中引入了一種語義的意向，與他者話語的原有意向針鋒相對。第二種聲音一旦在他者話語中安家落户，便與主人頂撞牴牾，並且強迫主人爲完全相反的目的服務。話語成爲兩種聲音爭鬥的競技場。」㊷

戲擬不僅僅是小說所獨有的話語策略而已，而是普遍存在於日常生活中的普遍現象。巴赫汀指出，與戲擬相似的話語策略是反諷（irony）。反諷指的是用相反的意思來駁詰引用的原話，即借刀殺人、說反話、一語雙關、暗渡陳倉、指桑罵槐等等。「在實際的生活語言裡，這樣來利用他者話語的例子是屢見不鮮的，尤其在對話之中。」㊸對此我們是十分熟悉的。特別是漢語，無論是日常言談還是正規議論、社論報告、文學創作，都有著極爲豐富多彩的「話中有話」、「一語雙關」特色。中國人最善於「聽話聽音」、「鑼鼓聽聲」，從字裡行間捕捉相反的意思。這種高明的話語解釋學本領，尤其是在大陸，與文化生活和政治生活有著休戚與共的聯繫。豈但是一種批評家的方法而已，實實在在是中國人的政治本能和生存本能。「心有靈犀一點通」，在蘇聯那個社會裡生活了一輩子的巴赫汀，談起此道來當然是十分在行的。不過，他的精采之處就在於把戲擬提高到一個眾聲喧嘩時代話語（即小說話語）基本策略的高度，同時還提高到一個與政治生活與意識型態緊密相連的高度。

戲擬的語言形式是多種多樣的，也明顯存在著深淺高低之分。有些戲擬只是對表面的語言風格的模仿，而有的卻是模仿他者話語的「最深層的組織原則」[44]。戲擬的形式大致有四種：㈠對他者語言風格的戲擬；㈡把他者話語看成具社會典型性的語言來戲擬；㈢對其他話語類型、風格的戲擬；㈣以上三種戲擬綜合、混雜的戲擬。對以上形式的戲擬，茲舉魯迅小說與王朔小說的話語說明之。

例一：王朔，《千萬別把我當人》

「關於中賽委祕書處的工作我講四點。……首先我要說祕書處的班子是好的，工作是有成績的。第二我要說祕書處的工作是很辛苦的。在這裡我有幾個數字要講給大家聽，從祕書處工作開始以來我們上上下下所有工作人員沒吃過一頓安生飯沒睡過一個安生覺。累計跑過的路相當於從北京横跨太平洋跑到聖佛朗西斯科。共計吃掉了七千多袋方便麵，抽了一萬四千多支煙，喝掉一百多公斤茶葉。……」

例二：王朔，《玩兒的就是心跳》

「本黨的宗旨一貫是這樣，你是本黨黨員本黨就將你開除出去，你不是本黨黨員本黨就將你發展進來——反正不能讓你閒著。」我尖聲笑，笑得從椅子上滑下來單腿跪在地上。別人都看我。李江雲對吳胖子說：「你是不是以爲我特想入你們的黨？」「噢，這點本黨黨章早有規定：不管你是否願意加入本黨，只要本黨看你順眼就是本黨黨員——愛誰誰吧。」「瞧他笑的。」李江雲看我。「你們是不是找到開心的人了？」「不是不是。」我笑著站起來。「我是想起一個山東快書的段子：當哩個當，當哩個當，你先叫我入了你那個襠，我就叫你入了我這個黨。一個支書對積極要求入黨的女群衆說的。」

例三：魯迅，〈肥皂〉

四銘踱到燭台面前，展開紙條，一字一字的讀下去：「『恭擬全國人民合詞籲請貴大總統特頒明令專重聖經崇祀孟母以挽頹風而存國粹文。』——好極好極。可是字數太多了罷？」「不要緊的！」道統大聲說。「我算過了，還無須乎多加廣告費。但是詩題呢？」

「詩題麼？」四銘忽而恭敬之狀可掬了。「我倒有一個在這裡：孝女行。那是實事，應該表彰表彰她。我今天在大街上……」「哦哦，那不行。」薇園連忙揮手，打斷他的話。「……我問她可能做詩，她搖搖頭。要是能作詩，那就好了。」「然而忠孝是大節，不會作詩也可以將就……。」「那倒不然，而孰知不然！」薇園……力爭說。「要會做詩，然後有趣。」

……

（四銘繼續他的故事）「……還有兩個光棍，那更其肆無忌憚了，有一個簡直說，『阿發，你去買兩塊肥皂來，咯吱咯吱遍身洗一洗，好得很哩。』你想，這……」「哈哈哈！兩塊肥皂！」道統的笑聲突然發作了，震得人耳朵喤喤的叫。「你靈，哈哈，哈哈！」「道翁，道翁，你不可這麼嚷。」四銘吃了一驚，慌張的說。「咯支咯支，哈哈！」「道翁！」四銘沉下臉來了，「我們講正經事，你怎麼只胡鬧，鬧得人頭昏。你聽，我們就用這兩個題目，即刻送到報館去，要他明天一早登出來。這事只好偏勞你們兩位了。」「可以可以，那自然。」薇園極口應啄說。「呵呵，洗一洗，咯支……唏唏……」「道翁!!」四銘憤憤的叫。

例四：魯迅，《狂人日記》

某君昆仲，今隱其名，皆余昔日在中學校時良友，分隔多年，消息漸闕。日前偶聞其一大病；適歸故鄉，迂道往訪，則僅晤一人，言病者其弟也。勞君遠道來視，然已早癒，赴某地候補矣。因大笑，出示日記二冊，謂可見當日病狀，不妨獻諸舊友。持歸閱一過，知所患蓋「迫害狂」之類。語頗錯雜無倫次，又多荒唐之言；亦不著月日，惟墨色字體不一，知非一時所書。間亦有略具聯絡者，今撮錄一篇，以供醫家研究。記中語誤，一字不易；惟人名雖皆村人，不爲世間所知，無關大體，然亦悉易去。至於書名，則本人癒後所題，不復改也。七年四月二日識。

以上四例中，王朔的調侃、戲擬性顯而易見。例一是對某個官僚作報告的風格戲擬，大致上是巴赫汀列舉的前兩種，即對個人風格和社會典型性風格的戲擬。例二同樣如此，充分展現了王朔挖苦譏笑、油腔滑調、玩世不恭、「一點正經也沒有」的特色。語盡誇張、滑稽之能事，穿插著「低級下流」的黃色笑話和土話俗語。魯迅的戲擬更具有巴赫汀所分的後兩類戲擬的特徵，即對其他話語類型和風格的戲擬以及各種成分戲擬混雜。這在例四，即《狂人日記》用文言文撰寫的前言中特別明顯。例一至例三均是「引語戲擬」，主要通過小說中主角的話語衝突來展開。當然，其戲擬、諷刺的意蘊，須到與之有關的文化與政治語境中尋找。

《狂人日記》文言文序所表現的戲擬，則是對其他文類的戲擬，所戲擬的是「最深層的組織原則」。以中國第一篇現代白話文小說著稱的《狂人日記》開場白卻用了十分迂腐的文言話語。而這篇短短數百字的開場白，也由魚龍混雜、含混曖昧的各種體裁、風格所構成。其中既有某種文言小說筆記「村野稗史」的成分，又不乏正襟危坐的儒生文士「爲尊者隱」、「爲親者隱」的姿態。當然，其中更含有某種掌握了現代西洋時髦話語（「迫害狂」云云）而自命不凡，貌似公正持平，實際踞高臨下的「啓蒙者」話語。他似乎要客觀全面地爲讀者提供一個病案文本（「供醫家研究」云云），但實際上卻與讀者（「醫家」？）們分享著打探別人隱私而從中取樂的變態心理。

總之，戲擬展示的，乃是日常生活中的各類話語，政治生活與文學藝術中各種話語類型、風格的衆聲喧嘩。它以亦莊亦諧、調侃戲謔的手法，暴露嚴肅話語、獨白話語的片面性、封閉性。戲擬乃是診治獨白話語高傲不遜、自以爲是的一劑良藥。戲擬將現實世界的彩色繽紛、衆聲喧嘩引入堂皇氣派的高雅體裁之中，在哄堂大笑中盡情地暴露了高雅體裁與風格的蒼白軟弱和矯揉造作。戲擬是文化轉型期「狂歡化」的主要話語策略。它像一個嘻笑怒罵、姿肆無忌的狂士，又像一個插科打諢、油嘴滑舌的小丑，嘻嘻哈哈，震耳欲聾，把四路之輩攪得坐立不安，驚慌失措。戲擬不僅僅是諷刺，也不完全限於以調侃、滑稽爲主導的戲擬體或諷喻體，而是深入、滲透到**小說話語的深層組織的話語策略**。

中國小說史上的《西遊記》、《儒林外史》、《老殘遊記》及晚清諷刺暴露小說，當然是戲擬佔主導地位的諷刺小說線索。但《紅樓夢》、《三國演義》、《金瓶梅》等小說中，戲擬亦是一個極端重要的話語特徵。《紅樓夢》是眾聲喧嘩、文體混糅的一個典型文本，充滿著對各種社會語言和文學類型、風格與文體的戲擬。《三國演義》是中國小說史上各種「野史」、「演義」中的代表作，在類型學上首先就是對「正史」的戲擬。晚清至本世紀行將結束的一百多年來，諷喻文體蔚然成風。在現代文學史上，湧現出魯迅、老舍、張天翼、錢鐘書等一批諷刺大師。八〇年代末，以諷侃和痞子氣爲自豪的王朔，又在中國大陸文化舞台上刮起了一陣「解構」旋風，顛覆著雅與俗、嚴肅與荒唐的文化界限。在其之前的所謂「先鋒派小說」如蘇童、格非、余華、葉兆言等，以及九〇年代興起的劉震雲、方方、池莉等的作品，均表現出十分明顯的戲擬性。戲擬是小說的主導話語策略，在文化轉型期表現更爲活躍。從戲擬這個角度，來審視中國現當代文學所再現的文化多元以及眾聲喧嘩現象，是很有意義的課題。

時空型

時空型(khronotop, chronotope)是巴赫汀獨創的俄文詞，用來概括和描述「文學所藝術地表現的時間與空間的內在聯繫性」[45]。這個概念，首先是用來分析小說敘事中的時間與空間的框架的，同時也適用於更爲廣泛的文化範圍，包括了各種語言文化中所蘊含的時空觀念。不同的文化實際上對時間與空間的理解是很不相同的。最明顯的例子就是各文化均有其不同的曆法，如中國的農曆，古羅馬帝國的凱撒曆，伊斯蘭教的曆法和基督教的公元曆等。再往深一點看，各文化對時間的組織有著各自的看法。希臘人的時間觀有一種循環往復的性質，這一點好像與中國傳統的觀念相似。但仔細推敲一下又可以發現許多相異之處。如中國的陰陽五行觀念，天人感應的觀念，都深深沉積於中國傳統文化的時空觀內，爲希臘文化所不備。關於空間，各文化均有十分豐富和獨特的觀念。宇宙是方是圓？是否有中心？是否有邊緣？這都是不同文化中爭論不休的問題。時空觀即是多文化的，又是歷史的。這即是說不同文化所獨有的時空觀，均是隨歷史變化而變化。大概最有意思的變化即是不同文化經過碰撞、交流、對話，各自的時空觀產生的新變化。

巴赫汀主張從對話的角度來把握文化的時空觀。對話包含了人文與自然科學的對話，即歷史、天文、物理和地理學中不同的時空概念的對話。當然，各文化之間的時空型對話是更有意義的。巴赫汀並未對此詳加發揮，他僅僅就十分熟悉的西方傳統文化之間的時空型對話作了透徹的剖析，提供了一種思路和方法。時空型的概念顯然受到康德哲學的影響，特別是早年巴赫汀思考的起點即是新康德主義哲學。時間與空間在康德哲學中是一對非常重要的認識論範疇。但康德認爲，這兩個範疇均是先驗的。巴赫汀否認時空型的先驗性，認爲它是一種「最直接的實在的形式」㊻。巴赫汀所說的「最直接的實在」指的就就是人類生活與交流的文化氛圍和語境。所以，時空型的概念首先是一種文化概念和歷史概念。

時空型概念的主導方面是其人文性和歷史性，同時亦包含著巴赫汀從現代物理學和生物學角度對時空關係的理解。在巴赫汀早期哲學—美學階段，他一方面受新康德主義馬堡學派的影響，一方面對愛因斯坦相對論和現代生理學、心理學等有濃厚興趣。他的時空型概念直接受惠於愛因斯坦的相對論和俄國生理學家馬赫托姆斯基。巴赫汀在提到愛因斯坦相對論時，指出時空型的概念雖然來自於物理學相對論，但他「借來用於文學批評，大致上將其視爲一個比喻（但並非完全是個比喻）」㊼。愛因斯坦的相對論中，時間與空間不是兩個相分離的概念，而是緊密相關，融合成爲一個整體。時空的觀念是相對的，實際上存在著不同的時間與空間觀念。牛頓的時空觀在一定範圍內適用，但換一個地方，比如說亞原子的粒子運動場，就不適用。非歐幾何的出現與相對論物理學有相關之處，關鍵在於指出不同的時空觀念的可能性與選擇性。馬赫托姆斯基主張，人的認知和知覺形式與外在世界有著不可分割的聯繫。人的神經與生理的有機體有其運動的節奏與空間範圍，與外在的物理世界的運動節奏及空間並不一定完全吻合，但有著緊密的聯繫。這些物理學和生理學的觀點對巴赫汀的時空型概念深有啓發，他將時空型看成爲不斷變化著的溝通社會與物理世界的中介。

巴赫汀主要關心的是文學藝術創作中的時空型。他認爲，文藝作品中所創造出來的時空型有著生活的原型。當然，前者並不簡單是後者的反映。現實生活中的時空型與藝術中的時空型同屬於一個社會交流與溝通的大範圍，但藝術中的時空型往往對現實生活中時空型的變化更爲敏感。所以，巴赫汀以藝術中的時空型變化作爲主要研究對象。時空型在敍事作品中的作用最爲重要，是爲敍事中的故事和情節兩者相互聯繫所提供的思維場所。按俄國形式主義者的劃分，敍事作品可分爲「故事」(fabula)和「情節」(syuzhet)，即按事情「原有的」時序發展的故事素材，和對故事進行加工、剪輯、組織的兩種要素。時空型是將故事和情節連結起來的組帶，因爲它強調的是**內在聯繫性**——時間與空間、眞實時空與敍事時空的內在相關性。形式主義者關心的是對眞實時空進行加工的敍事時空，認爲後者才是文學研究的眞正對象。這就造成了一種故事／情節的二元對立，似乎兩者之間的時空聯繫是互不相干的。時空型的概念則將這兩者均放入一個同樣的參照系之中，闡明兩者之間的互相依存性。

從文化人類學的角度來看，時空型是人類的思維、感悟和經驗所不可或缺的依據，是某種不言自明的「時空無意識」。這種早已沉積在不同文化之中的時空無意識，都有著類似民族文化神話的眞理性和自然性，生活在不同文化中的人均以自己文化所特有的時空型來把握自然與社會中的時間與空間關係。只有在不同文化發生衝撞與交流的時候，不同時空型的眞理或自然性的面紗暴露無遺，就像由話語塑造的大一統權威神話在衆聲喧嘩現象激化時紛紛解體一樣。

語言與時空型的關係是至關重要的。巴赫汀最爲關心的，就是每個具體的言談和話語中所表現、凝聚的時空型。這點可以和著名的「薩皮爾—沃爾夫假設」作一比較。薩皮爾認爲，人類關於「現實世界」的觀念，很大程度上是由語言習慣在無意識中產生的。沃爾夫對薩皮爾的假設作了大量的經驗與實證分析㊽。薩皮爾—沃爾夫的假設未能夠回答語言習慣如何制約著文化無意識，又是如何認識現實世界的。巴赫汀的時空型概念的語言學基礎與薩皮爾—沃爾夫不同。巴赫汀把人類的思維看成是一種語言的活動，是話語與話語之間的交流和對話。而薩皮爾—沃爾夫的語言學假設卻仍然為某種虛無縹緲的「民族精神」或「文化無意識」留下了地盤。在巴赫汀看來，一切非語言的「精神」、「意識」、「無意識」都有反社會和個體主義、主觀心理主義的傾向。因為歸根結蒂，人類的文化活動都是社會性的活動，是社會交流、對話的結果。沒有語言，便沒有社會交流。意識、潛意識、無意識是這樣，時空型也是這樣。

巴赫汀分析了他最熟悉的時空型例證，即古希臘羅馬傳奇、古代傳記、驚險小說、騎士小說和「反騎士小說」（如《唐・吉訶德》）、成長教育小說等。在他的分析中，概括、總結了幾種基本的時空型。他的分析主要集中於文學敘事作品和歷史敘事（傳記和自傳等），這是巴赫汀文化分析的獨特視角。交流、對話、差異的同時共有性仍然是巴赫汀對時空型作分析時的基本原則。他主要把握的是敘事中活生生的個人或個體的感性存在與物理的時間與空間、歷史發展的時空變易與延續，特殊文化中的時空觀之間的互相作用和互相對話：「時空型作為具有形式的構成性的範疇，很大程度上決定了文學中人的形象。人的形象總是具有內在的時空型。」㊾巴赫汀這裡強調的，正是與康德的先驗時空觀相對立的、來源於直接的現實實在的時空型。它不是抽象的、理念的或心理的，而是具體的、物質的和社會的，根本上來說是歷史的。

西方敍事文學中的第一種時空型是「冒險時間」，以希臘傳奇爲代表。主要作品有阿基琉斯·塔提奧斯(Achilles Tatius)的《琉基佩和克里托芬》等，即所謂的古希臘或詭辯論小說。這些作品產生於公元二到六世紀之間。但巴赫汀強調指出，它們所包含的時空型，影響深遠，到十八世紀中期的歐洲小說還可以看到。「冒險時間」的主要特徵是其**抽象性、非歷史性**。這一類小說主要的情節幾乎千篇一律，無非是英俊少年巧遇純情少女，一見鍾情，但不得不分離。之後是一連串的不幸事件和奇遇，一雙情侶經歷了種種劫難，終成眷屬，皆大歡喜。在這種陳規俗套的情節中，關鍵的一點是一對情侶之間的愛情始終如一，毫無變化。驚險事件的波瀾起伏、跌宕變換，在人物身上沒有留下絲毫的印跡。歷史實際上是停擺了。時間的流逝只是由一個接一個的冒險與驚險事件串聯著，而這些冒險實際上並不受任何具體的時間和空間的局限，其數量亦可無限增加。這種時空型的特徵是「空間與時間之間純技術性的抽象聯繫，時間序列的可逆性以及空間的互換性」㊿。

冒險時間的時空型是一種強調突發性、偶然性、隨機性的觀念，它不以歷史眞實的複雜過程爲訴求，不關心具體的社會環境、文化氛圍對人物發展的影響。正因爲如此，它的生命力十分強大，在現代大眾文化、通俗文藝中，仍然非常流行。大眾文化追求一種簡單明瞭而且扣人心弦的刺激性。各種時間、場地的反覆變幻很能滿足這種以感官愉悅爲訴求的審美趣味。時間和空間只是能刺激感官的命運遊戲的背景，所以越抽象越好，與人物命運發展的關係越淡薄越好。

但除了對感官愉悅的審美追求之外，大眾文化的另一大特徵是對日常生活的關注。日常生活作爲一個重要因素，逐漸地滲透到時空型觀念中，形成了「日常生活的冒險時間」。這是巴赫汀描述的第二種時空型，它存在於羅馬敍事文學作品中，如阿普里烏斯的《金驢》和彼特留斯的《薩蒂里康》。這種時空型比起冒險時間來要複雜得多了，因爲它將日常生活的經驗融入了時空觀念之內。在時間上，單純的冒險成了某種變形，人物開始產生變化（奧維德的《變形記》就是以人物變形爲主題的小說作品）。抽象的大海、城市、荒野也變成了有一定社會內容的空間、社會等級制度、政治制度等等，不僅僅是抽象的可有可無的背景，而開始干預敍事事件的發展過程。

變形的觀念是一個十分重要的觀念，它實際上標誌著文化轉型時期的一種對危機、斷層和命運門檻的自覺意識。《金驢》中的主角盧基奧斯由人變形成爲一頭驢，後來又變成伊西斯的大祭司。這個變形的過程中，主角變換了好幾種角色，以不同的面目出現，並以不同的角度來觀察其他角色。這樣，自我與他者就產生了十分積極的互相對話和交流：

「變形是刻畫人物生活整體的基本方法，特別是個人在生活危機的重要關頭。變形表現了個人是如何變成與過去不同的他者的。我們看到了同一個人的差異很大的不同形象，這些形象在他一生中的不同階段統一於他的身上。嚴格來說並沒有什麼進化發生；我們看到的，只是危機和再生。」51

冒險時空型的抽象性、可變性逐漸讓位於更有現實主義色彩的日常生活與冒險的時空融匯。日常生活進入敍事時空，從而表現了歷史的變易。變形具體發生於個人的生活經歷中，展示了人物的人格完整與多面性。盧基奧斯不僅僅是神通廣大、天馬行空的遊俠高人，在他變成一頭驢子之後，肩負著日常生活的重擔，在驢夫、磨坊主、花匠和士兵們的吆喝下辛勤勞作。這使他的人格變形，也讓他眼中的其他角色產生變形。變形讓時間與空間的轉換在人物身上留下了眞眞切切的歷史的蹤跡。日常生活所具有的時間與空間的穩定、常規性與冒險活動的千變萬化、反覆無常互相交叉，形成了十分錯綜複雜的時空關係。

不過，日常生活的冒險時空型的歷史感與社會性是不完整、不徹底的。在阿普里烏斯的《金驢》和奧維德的《變形記》之中，變形基本上是由神奇力量和神祕事件所造成的，並且僅僅與個別人物的命運有關，與整個社會和歷史的進程不甚相干。換言之，歷史與社會雖然進入了時空型內，但只是若有若無，「猶抱琵琶半遮面」，並沒有起到決定性的作用，也沒有隨主角的遨遊四方而公然登台亮相。歷史與社會的轉型、變遷實際上並沒有眞正影響和制約主角的變形與發展，個人與社會基本上還處於二元對立的位置。因此，這種時空型的局限性是很大的。與十九、二十世紀的現實主義小說如巴爾札克、屠格涅夫、托瑪斯·曼等的作品相比較，就更能看出冒險時空型的歷史局限性。現實主義小說中人物的命運與歷史和時代的關係不可分割，歷史這個座標系成爲現實主義形式的主導方面。而冒險小說中，偶然性、突發性還佔據主導位置，以與日常生活的平庸瑣碎抗衡。

古典小說中的第三種時空型是「傳記時間」。在西方古典文學中，並沒有眞正的傳記小說和自傳體小說，因此巴赫汀關注的主要是古典文學中的傳記和自傳形式，更重要的是這種形式中所蘊含的「新的**傳記時間**，和按新的原則塑造的人物形象及這類形象的一生經歷」㊷。

傳記時空型有兩種基本形式。一種是「柏拉圖」式時間。這個時空型的特點是尋求眞知的個人的生活歷程。主角的基本形象是一個「路漫漫其修遠兮，吾將上下而求索」的求知者，他從傲慢無知到自我譴責、自我懷疑，求得了自知之明，最終找到了通向眞理之路。這一時空型的宗教皈依色彩較爲鮮明，神喻人物的根本轉折有舉足輕重的意義。古希臘的祭禮和基督教聖徒傳記均與這種時空型有聯繫。第二種形式是「修辭」式傳記時間。修辭時間的基本話語方式是所謂的「encomium」即公眾悼詞。這種形式具有公眾空間的特徵，主要是通過修辭（悼詞）手段將主角的社會活動公之於眾。按巴赫汀的理解，對他者（死者）的讚美和回憶乃是自我發現與自我意識完成的手段之一。修辭時間的獨特性就在於首次將自覺意識與個人的生活經歷在廣場上與大眾交流。

公眾空間和廣場成爲傳記時空型的核心，就像變形是日常生活冒險時空型的核心一樣。柏拉圖式時間與修辭時間都具有公開性，個人的經歷均呈現在雅典的廣場上讓大眾品頭品足，沒有什麼隱私可言。巴赫汀認爲，自我只有在這種完全的開放中才能眞正地面對他者。在廣場上有一種絕對的外在性和公開性，這是古典文學的很重要的特徵之一。巴赫汀反覆強調，眾聲喧嘩早於語言單一而存在。在談到傳記時空型的時候，他又從另一個側面強調了同樣的主題。他指出，現代文化中的傳記和自傳都深刻著個人至上、個人中心和私人性的烙印。但這種個人至上的主觀主義並非西方文化的最早產物。正相反，在古希臘最著名的雅典廣場之上，在自我與他者的積極對話、交流、碰撞中，誕生了人類主體的自覺意識。個體性來源於群體性，這在古典文學的傳記時空型中表現得十分淸楚。拉伯雷和歌德是西方近現代文化中兩位努力重建公眾空間和廣場的藝術巨匠，巴赫汀認爲他們的靈感直接來源於古典文學傳統。

古典傳記時空型中的人物有強烈的開放性和外在性，他的自覺意識來源於公共空間。不過，這種自覺意識受到亞里斯多得形而上學體系的制約，缺少眞正的歷史發展與進化性。這是古典傳記時空型的局限。較之於冒險時間，傳記時間中的「發展」更具歷史意義。然而，這種發展仍然是在先定的前提下，按照預定的目的而循序漸進的成熟和實現。換言之，並沒有眞正意義上的歷史**發展**，而只有某種先設目標、既定方針的**實現**。這仍然是一種目的論和本質論。有變化，但變化的核心卻是恆常不變的。

古典傳記有兩種變體，基本上體現了這種本質論和目的論。一種是「動力時間」，一種是「分析時間」。前者的代表爲普魯塔克(Plutarch)，他將自我肯定看成爲行動的功能，旨在實現亞里斯多得的「動力」(energia)本質。人物性格不變，時間只是爲了展開這一性格的本源。分析時間則將人的生活劃分爲非時間性的範疇，如家庭生活、戰爭行爲等等。這種劃分的前提仍然是人的性格的本質不變性，無論怎麼劃分，性格始終一貫，首尾相連。實際上，這兩種傳記形式都是封閉的和獨白式的。此外，還有其他一些傳記變體，如「嘲弄—諷刺時間」、「書信體時間」和「斯多噶時間」等。這些傳記時空型變體在歐洲中世紀大爲流行，並且影響到近現代文化。要言之，中世紀的這些變體，越來越強調自我意識的個性和私人性，也越來越脫離雅典的廣場和公眾空間。其發展脈絡是逐漸由外轉內，從公開性、公眾性轉向內省、內心精神世界。盧卡奇對這個人類主體日益走向孤獨的精神失落過程有過黑格爾式的描述(本章已有評價)。巴赫汀在論及史詩的獨白話語與小說的對話話語時，持較盧卡奇遠爲積極和樂觀的態度。他對於中世紀的逃避群體、趨向中心和神學的趨向是頗有微詞的。到了歌德的時代，巴赫汀才發現了他所心愛的現代的時空型，即歌德的成長教育小說(Bildungsroman)中的新的時空型。

歌德的成長教育小說的核心是「興起」(emergence)。歌德的時代是西方文化由近代向現代轉型的起點，這一時代的標誌是啓蒙理性主義爲審美浪漫主義的呼喚與回應。與古典文學的冒險時間中的「變形」和傳記時間的「廣場」不同，成長教育小說中的時空型強調的是眞正的歷史「生成性」(becoming)，是新的文化、新的人類主體意識的興起，浮出歷史的地表。歌德的《威廉・麥斯特》的成長教育小說的煌煌巨著，全面充分地揭示了「興起」的時空型特徵。首先，個人的成長是眞實的，他必須在成長過程的每一個階段都有不同的認同或肯定。個人是發展的，未完成的，開放的，他不是按照冥冥之中的預設目的或命運而實現自我，而是在歷史的混沌無序中開拓一條自我發展的路途。再者，歷史也同樣是發展的，成長的。歷史的發展與個人的發展相似，既不是按照某個神靈或上帝的最高設計，也不是遵循某種不可逆轉、不可抗拒的「歷史規律」(即目的論的因果規律)。歷史乃是一個生機勃勃、充滿創造力與生命力的開放式過程。第三，個人的生成與歷史的生成相輔相成，互爲因果。個人的成長與歷史和社會的關係密不可分，歷史不僅僅是個人成長的背景。但個人又不完全聽命於歷史，他常常不按規矩出牌，給歷史以驚訝。「我們的標準是歷史實在的時間的融合，以及在這一時間內的歷史個人的融合。」[53]個人與歷史在時空關係上的積極能動的**對話**與**交流**，產生了歷史實在時間與歷史個人的眞正融合。這種融合只有在新的主體意識孕育、興起的時代方能實現。

總之，時空型的概念，是巴赫汀由小說話語透視文化關係的基本方法之一。把握這一概念的關鍵，是時空型與人的生成、成長的不可分割關係。人類在歷史長河中成長，在不同文化圈中發展，在各種語言系統中棲居。時空型是人類認識歷史、認識自我的重要依據，在語言，特別是小說話語中，表現的最爲清晰。分析、了解時空型，是認識人類自我意識和文化觀的重要步驟。這是一種後設批評的思路或反思的思路，也是巴赫汀對話主義思想的一個主要特色。時空型是形式、結構和類型學的概念，其分析方法亦主要是形式的方法。這也是與巴赫汀的方法論一脈相承的。這種方法避免了印象主義的直覺感悟式批評和經驗實證主義的材料堆砌、繁瑣考證，將較「虛」的文化、思路、心理、精神以及審美等問題落在話語形式的「實」處。這不僅僅是一種歷史唯物主義的態度而已，而且是非常務實、操作性很強的分析方法。巴赫汀一貫的作法是從具體細節出發，以小見大，從個別到一般。他選擇小說分析其中的時空型，就是基於這種方法。不過，我們不必拘泥於對小說的分析。實際上，巴赫汀晚年更爲強調日常生活的話語分析和文化之中各種話語類型的分析。不同話語類型中所蘊含的各種時空型，不僅揭示了不同文化對於時間、空間和歷史的不同觀念，而且展現了各文化反思自身歷史的不同方式。

語言形象

「語言形象」是巴赫汀分析藝術話語（主要是小說話語）的核心概念之一。作爲他所倡導的「社會文體學」的基本方法，語言形象又與戲擬、複調、時空型等範疇相似，是文藝批評的一種重要範疇。什麼是「語言形象」？巴赫汀對此有一個言簡意賅的說明。巴赫汀從來就不喜歡下定義。他說明語言形象時，也是極富個性地將其作爲一個問題提出來：

> 「小說文體學的核心問題，即爲如何**藝術地再現語言**的問題，或**再現語言的形象的**問題。」[54]

巴赫汀提出的語言形象問題對於文藝批評，特別是小說批評是有革命性意義的。這體現在至少以下幾個方面：㈠語言形象是小說文體學的主要研究對象。我們知道，小說在巴赫汀理論中有特殊的寓言式的位置。他的小說文體學也常常被稱爲社會文體學，即對文化話語作縝密文體分析的批評方法。㈡語言形象涉及到文藝和文化的一個根本性問題，即**再現**（representation）的問題。西方文論的傳統是模仿論、再現論，到了二十世紀語言學革命引起了所謂「再現的危機」。後結構主義與解構主義者們圍繞著再現問題大作文章。巴赫汀早在三〇年代獨具慧眼，就敏銳地提出了文藝再現社會語言形象，而不是模仿、再現社會現實的觀點。㈢語言形象的提法針對著西方傳統文論的「典型形象」論。巴赫汀在早期哲學—美學階段，就對「典型論」提出了異議。他後來提出語言形象的問題，把早期的看法更深化了。㈣作者話語和主角話語的關係問題成爲語言形象的再現與被再現的問題，這裡包含了一系列後設批評的命題。

巴赫汀是現代語言學中重要分支——文體學的首創者之一。不過，他的文體學與眾不同，他首先關心的是語言的文體所折射、蘊含、再現的社會意識型態和歷史。他對語言的形象亦作如是觀。他的看法比較獨特，認爲語言具有十分鮮明突出的個性形象。但這種形象又不是依附於某個典型人物身上的。正相反，所謂典型人物，其實是靠著作家對獨特的語言形象的藝術再現而傳達的。語言形象與不同的世界觀和價値體系的形象不可分割，也與每一個具體的感性個體存在不可分割。因此，只有分析並把握了生動具體的語言形象，才能理解其背後的不同的世界觀、價値觀和活生生的個人。文體學的任務就主要是分析語言形象：「具體的語言與文體的形象；這些形象的組織；它們的極爲錯綜複雜的型態；小說整體結構中的語言形象的組合；語言與聲音的轉換和移置；語言形象的對話關係等等。」55

在《小說的話語》這部巨著的結語部分，巴赫汀提出了文體學的主要研究對象和方向：

「小說所包含的是一個語言的藝術**體系**，更準確地說是語言**形象**的體系。文體分析的眞正任務就在於：揭示小說結構中各種交響的語言；把握各種語言之間距離的尺度，這種距離將各語言從作品整體中的直接表述意義中相分隔；作品中意向折射的不同角度；理解各語言之間的對話關係；最後，在直接的權威話語佔主導的作品中，判斷作品之外的衆聲喧嘩背景及其對話關係（這在分析獨白式小說時最爲重要）。」[56]

文體學不僅僅是對小說中的眾聲喧嘩和多聲部交響樂的解構，更是對小說藝術「本質」的還原。關於小說的情節、描述、人物形象、風格……五花八門的批評角度和理論概括，似乎都有誇大非主導因素，忽略主導(dominant)因素的傾向。小說作爲一門藝術，歸根結蒂，是**語言**的藝術。巴赫汀進一步指出，小說的語言便是社會眾聲喧嘩的藝術體系，是語言形象的藝術再現。從廣泛的意義上看，情節、結構和描寫等要素，均是小說的**話語重組和策略**。西方文藝批評近來越來越重視小說話語的研究，其中有巴赫汀的重要影響。

語言形象問題涉及到的一個根本性的理論問題即是再現問題。自柏拉圖、亞里斯多得以來的西方文化傳統一向認爲，文藝再現的是所謂的實在世界(real world)，語言只是一個透明的媒體。中國文論中亦有相應的觀點，著名的「得意忘言，得魚忘荃」之說，即認定語言之後還有一個再現的眞正對象。這些延綿幾千年的文論傳統到了二十世紀，受到了全面的衝擊。在本世紀行將結束的時候，傳統「模仿說」、「再現說」、「反映論」幾乎已讓位於「現實的匱缺論」或「解構論」，語言不透明，文藝無法直接再現現實等說法已成爲老生常談。但問題的關鍵是：文藝眞的什麼都不再現嗎？文藝符碼、文化符碼，難道眞的都是所謂「能指的遊戲」嗎？巴赫汀在三〇年代早就預見到四、五十年後的後結構主義、解構主義的高論，但他當年的眞知灼見今天聽上去，仍然有著震聾發聵的效果。這是因爲，巴赫汀是一個主張並堅持**藝術再現**的理論家。如果說「再現論」是現實主義理論的基石，那末巴赫汀未嘗不可稱爲一位「現實主義文藝理論家」。

當然，巴赫汀的「再現論」又與傳統的現實主義理論迥然不同。他主張的藝術再現，乃是對**社會語言**的再現。這與巴赫汀關於社會實在的觀念相一致，巴赫汀從來就認爲，社會實在與社會語言是絕對不能分割的統一體。藝術和文化作爲符號和語言體系，所再現的社會實在當然是其語言符號部分。「語言在小說中不僅再現『現實』，其自身便是再現的對象。」57語言具有雙重的再現能力，它能既再現非語言的實在，又能再現語言自身。一種語言可以再現另一種語言，創造出另一語言的形象。巴赫汀認爲，語言的這種再現他者語言的能力產生了小說的話語，因爲小說的話語再現的正是社會的眾聲喧嘩，或各種不同的他者的語言。巴赫汀闡述的戲擬和複調，均是小說話語創造他者話語形象的主要手段。

既然小說的根本特徵是藝術再現眾聲喧嘩，人物形象的塑造首先是語言形象的塑造。巴赫汀認爲：「小說作爲一種類型，其特徵並非人物形象本身，而是完全**作爲語言形象出現**的人物。」[58]他甚至認爲，說話者並不一定非要以人物形象出現，雖然人物形象是小說中的說話者的主要形式。小說中的風格化語言如不同類型和文體的雜糅與嵌入等，都可以是不在場的講話者的語言形象的再現。非個性化的敍述者和作者的語言也是很重要的語言形象，關鍵的問題是作者或敍述者語言必須同時既再現他者語言，又被再現。這即是說，語言形象必須是同聲相求，同氣相應，而且是我中有他，他中有我，互相照明，互相呼應。否則，不同語言之間大門緊密關閉，雞犬之聲相聞，老死不相往來，自說自話，就成了語言的獨白，創造不出眞正的語言形象來。傳統的典型化理論就有這種獨白式的傾向，作者的權威話語按照某種定型的構思，順著自己的話語設計，來安排「典型形象」的風格化語言。其實典型形象往往是作者權威話語的傳聲筒，自己並沒有眞正的自覺意識，其話語並不能與作者和其他人物的話語進行平等的對話。

巴赫汀重視的是小說中的說話者而不是典型人物。他認爲講話者的主要功能就是揭示不同的意識型態立場或價値觀。每一個說話人都代表了某一意識型態，說話人即爲思想者(ideologue)，其話語爲「意識元」(ideologeme)。講話人並不一定就是小說中的具體主角，這點巴赫汀反覆強調了多次。即使是小說中出現的有名有姓的主角人物，他們既有行動又有言論，其言論意義更爲重要，更爲直截了當。當然，他們的行動也很有意義，因爲行爲本身恰好是展示各自不同的意識元的最佳手法。

巴赫汀的小說理論不著重典型人物形象而著重語言形象，這使他十分關心作者和主角的語言形象及其關係問題。在早期哲學—美學思想中和複調小說理論中，巴赫汀十分詳盡地探討了作者與主角的關係問題。在論及語言形象時，他對這個問題又有新的發揮：

「作者可以造成自己與其作品語言的距離，同時造成與其作品不同層面、不同角度的不同程度上的距離。……作者並不在某一特定語言之內說話（他與之保持著不同程度的距離）。然而，作者彷彿是在**透過**某種語言說話，這一語言已或多或少地物質化和對象化了，作者不過是在學舌而已。」[59]

把小說作者看成爲「學舌者」，這裡面包含了很深刻的後設批評的涵義。小說作者的任務不是按預定方針，創造出風格獨特的個性化語言或典型形象。他的任務不過是再現語言雜多，或學舌他者的眾聲喧嘩。這種學者絕不是把各種語言拼貼在一起，燒成一鍋大雜燴就完事。他必須高明地指揮各種不同聲音，在模仿他們的同時，讓它們在其指揮棒的調度下活動起來，互相對話，互相交流，產生共鳴與複調。這就要求學舌者能夠聆聽到每個聲音中與其他聲音互相應答呼應的回聲，而且能夠讓它們互相批評，互相議論。學舌的過程中，學舌者的聲音本身也不可避免地與被學者的聲音交叉、重合，形成複調。爲了不至於讓眾聲喧嘩湮沒在學舌者的獨白聲中，作者／學舌者必須具有自我批判的能力。巴赫汀認爲，小說的語言是具備了這種自我批判的能力的。它既再現又被再現，它與他者話語對話時或再現他者話語時總在不斷地回眸窺視自身，投下自嘲或自我懷疑的一瞥。這種後設批評或自省式的回眸爲解構主義批評家們津津樂道。不過，解構主義者們似乎更鍾情於再現／被再現、能指／所指之間的曖昧游移的關係，沉醉於能指的自由飄浮遊戲中，逍遙浮蕩。巴赫汀並不具備解構主義的那份瀟灑，他關心的總是那實實在在而且沉甸甸的意識型態世界。

巴赫汀的文化理論本身即有著某種眾聲喧嘩的特徵，相當龐雜。其主要面貌是小說理論，特別是杜斯妥也夫斯基的複調小說。他的論述時而枝蔓叢生，時而偏冷艱深，常常以偏蓋全，誇大其辭（比如對杜斯妥也夫斯基的過分誇張，和對史詩、詩歌、戲劇等類型的刻意貶低等）。不過我們仍然可以把握其貫穿始終的主要脈絡，並由此按圖索驥，進行梳理和釐清。本書認爲，巴赫汀理論的主要脈絡即爲對文化轉型時期的眾聲喧嘩現象的歷史描述和理論概括。他的小說理論，包括複調、戲擬、時空型、語言形象等等，均圍繞著**眾聲喧嘩及其藝術再現**這個核心問題展開。巴赫汀的狂歡節和拉伯雷論，也與眾聲喧嘩理論緊密相連。他把狂歡節、狂歡化看成爲眾聲喧嘩的一個特例，從民間文化的反叛性、顛覆性出發，思考文化轉型期的基本現象。不過，狂歡節理論的側重點已不是巴赫汀一向關心的哲學、語言學、心理學和古典文學這些「精英文化」，而是進入民間文化的內部，拓開了一個新的文化思索的天地。

註釋

❶ Wayne Booth, Introduction to *Problems of Dostoevsky's Poetics*, University of Minnesota Press, 1984.

❷ Mikhail Bakhtin, *Problems of Dostoevsky's Poetics*, p.6.

❸同前揭書，p.47.

❹同前揭書，p.85.

❺同前揭書，p.59.

❻同前揭書，p.60.

❼同前揭書，p.63.

❽同前揭書，p.67.

❾同前揭書，pp.19-20.

❿同前揭書，p.49.

⓫同前揭書，p.182.
⓬同前揭書，p.185.
⓭同前揭書，p.228.
⓮同前揭書，p.237.
⓯「眾聲喧嘩」的譯詞最早由王德威先生提出。參見王德威，《眾聲喧嘩——三〇與八〇年代的中國小說》，台北，遠流出版公司，一九八八年。
⓰Georg Lukács, *The Theory of the Novel*, MIT Press, 1971, p.80.
⓱同前揭書，p.41.
⓲Mikhail Bakhtin, *The Dialogic Imagination*, University of Texas Press, 1985, p.11.
⓳同前揭書，p.15.
⓴同前揭書，p.12.
㉑同前揭書，p.7.
㉒同前揭書，pp.3-40.
㉓同前揭書，p.7.
㉔同前揭書，p.367.
㉕同前揭書，p.349.
㉖同前揭書，p.369.

㉗同前揭書，p.370.

㉘同前揭書，p.291.

㉙參見 Julia Kristeva, "Word, Dialogue, and Novel," in *Desire in Language*, New York, 1980; Roland Barthes, *The Pleasure of the Text*, New York, 1976·以及 Tzvetan Todorov, *Mikhai Bakhtine: le principe dialogique*, Paris, 1981.

㉚Raymond Williams, *Marxism and Literature*, Oxford University Press, 1977, chapter II, "Cultural Theory," pp.115-21.

㉛Fredric Jameson, *The Political Unconscious*, Cornell University Press, 1981, p.84.

㉜Mikhail Bakhitin, *The Dialogic Imagination*, p.276.

㉝同前揭書，p.272.

㉞同前揭書，p.271.

㉟陰法魯、許樹安主編，《中國古代文化史》(第一卷)，北京大學出版社，一九八九年，頁一六七。

㊱Mikhail Bakhtin, *The Dialogic Imagination*, p.343.

㊲同前揭書，p.370.

㊳參見 Jean-François Lyotard, *The Postmodern Condition*, University of Minnesota Press, 1984.

㊴Mikhail Bakhtin, *The Dialogic Imagination*, pp.366-415.

㊵申小龍，《中國文化語言學》，吉林教育出版社，一九九〇年，頁六八—八六。申著一方面承認「歐化語文

深入到漢語的血脈中」，給現代漢語帶來翻天覆地的變化，一方面仍然對此持批判態度，認爲「民族健全的語言學必然是以民族文化傳統爲生長點，努力實行傳統的創造性轉化」。對二十世紀初白話文運動持與申小龍相似觀點的學者，包括接受後結構主義理論的鄭敏。其近期論文〈世紀末的回顧：漢語語言變革與中國新詩創作〉（《文學評論》，一九九三年三期，頁五一二〇）強調，「白話文運動初時的負面陰影至今仍籠罩著我們的思維。」鄭主張「從繼承母語的傳統出發，而加以革新」。申、鄭的觀點反映了八〇年代以來的「文化反思」中處於「傳統與現代之爭」思維框架制約下的一種民族主義傾向。

❹❶ Mikhail Bakhtin, *The Dialogic Imagination*, p.5.

❹❷同前揭書，p.193.

❹❸同前揭書，p.195.

❹❹同前揭書，p.195.

❹❺同前揭書，p.84.

❹❻同前揭書，p.85.

❹❼同前揭書，p.84.

❹❽參見 Michael Holquist, *Dialogism: Bakhtin and His World*, London, 1990, p.142.

❹❾ Mikhail Bakhtin, *The Dialogic Imagination*, p.85.

❺⓪同前揭書，p.100.

❺❶同前揭書，p.115.

❺❷同前揭書，p.130.
❺❸同前揭書，p.406.
❺❹同前揭書，p.36.
❺❺同前揭書，p.50.
❺❻同前揭書，p.416.
❺❼同前揭書，p.336.
❺❽同前揭書，p.336.
❺❾同前揭書，p.299.

第五章 大衆文化的狂歡節

一、狂歡節與狂歡化

狂歡節與狂歡化的觀念在巴赫汀的文化理論中有舉足輕重的意義。巴赫汀在一九二〇年左右撰寫的杜斯妥也夫斯基詩學專著中，已對狂歡化問題作了探討。在三〇年代流放邊城的歲月中，巴赫汀思想日趨成熟，形成了小說話語和衆聲喧嘩的文化理論。狂歡節與狂歡化的問題在這個階段雖然沒有成爲突出的主題，但巴赫汀在離心與向心力的衝突、中心權威話語的解體和衆聲喧嘩的興盛等轉型期文化理論思索中，深化著關於狂歡節的觀點，醞釀著對文藝復興時代文化狂歡的全景式描繪。在撰寫理論性、抽象性極高的《小說的話語》、《小說的時空型》等論著的同時，巴赫汀著手刻畫文藝復興時代的巨人拉伯雷及其創造的《巨人傳》

的形象。或許是因爲巴赫汀想從嚴肅凝重的理論思辨中更換一下文思，或許是在史達林文化專制主義的高壓和病魔的折磨下他想發洩一下心中的鬱懣，亦或是拉伯雷放浪形骸的風格深深感染了他。總之，《拉伯雷和他的世界》一書的風格與巴赫汀其他著作迥然不同。這部完成於一九四一年的煌煌巨著，是巴赫汀提交給高爾基世界文學研究院的博士論文。其文風大氣磅礴，恣肆放縱，盡情謳歌了民間文化的自由、反叛精神，從社會政治、文化審美、語言形式各個層面，闡述了狂歡節與狂歡化理論。

在巴赫汀文化轉型理論中，狂歡節論闡發了眾聲喧嘩現象的特例，鮮明生動，引人入勝。其中所提出的問題，開拓出了一個嶄新的視野。巴赫汀溯源西方文化內部的他者的聲音，在中世紀和文藝復興時代的民間文化狂歡節中，找到了反叛與顚覆的強音。這是一個歌頌肉體感官慾望的反文化和大眾文化之聲，以對抗官方文化、神學和古典文化。這是一個陽光明媚、縱情歡歌、開懷暢飲的眞正平民大眾的節日。狂歡節是自發自願、人人參與、人人是導演、人人是演員和觀眾的喜劇的盛宴。作爲文化離心、多元、反叛的代表，狂歡節具有強大的生命力，對文化發展的影響深遠。巴赫汀不僅僅在十九世紀杜斯妥也夫斯基的小說中發掘出狂歡節的風格——狂歡化，而且在二十世紀的布萊希特、托瑪斯·曼、聶魯達的現代主義作品中，感受到了狂歡節的強大餘波。他對於現代主義的經典、狂歡化的又一里程碑《尤里西斯》雖未置一詞，但他的思路卻爲後人打開了理解現代主義文藝思潮的反文化傾向的一條途徑。

狂歡節論的核心是民間文化、大眾文化與精英文化的關係。中世紀和文藝復興時代的狂歡節，完全是民間文化和大眾文化的產物。其民間性表現在狂歡節對生與死、再生與創造的讚美和對自然生命力量的弘揚上。狂歡節又具有大眾文化的鮮明特徵，是在公眾廣場上舉行的節日宴會，充滿了笑罵嘲諷、下里巴人、追求感官愉悅的滿足。盡情吃喝、排泄、交媾、生育的肉體形象被誇張、變形，成爲狂歡節風格的「怪誕現實主義」中的核心。「肉體的低下部位」和「開放的孔穴」被盡情謳歌、嘲弄，消解、懸置、拉平了高雅與低俗、官與民、士與痞的一切等級差異和距離。民間文化、大眾文化成爲先鋒，成爲主導。在拉伯雷、塞凡提、莎士比亞的作品中，民間文化的成分不是糟粕，不是渣滓，而是精華，是瑰寶。巴赫汀在這裡所作的，是對歐洲文學史的大膽重寫。這種重寫，一直可以寫到二十世紀，寫到現代主義，寫到今天的「後現代主義」時代。所謂的「後現代主義」文化，其主要特徵，不就是大眾文化與精英文化在商品化規律的支配下，距離趨於消解，界線日益模糊，呈現出「文化拼貼」的狀態麼❶？「後現代主義」文化有著鮮明的狂歡節色彩。不過，資本主義的**商品規律**，又使得這種後現代狂歡節種種兆象錯綜複雜，撲朔迷離。因此，就巴赫汀所提出的問題和開拓的視野，深入發掘，已成爲當代文化批評者們的一個重要課題❷。在這個意義上，英國批評家特瑞·伊果頓的斷言也許就不會顯得言過其實：「很少有像巴赫汀這樣的現代批評概念，具有如此豐富的蘊含和歧義，刺激人們的想像力和創造力。」❸

巴赫汀心目中的文化巨人，有文藝復興時代的拉伯雷和但丁，浪漫主義和啓蒙運動時代的歌德，以及俄國向資本主義轉型時期的杜斯妥也夫斯基。他選中了拉伯雷作爲狂歡節「論壇」的主要對話者，其原因和他鍾情於其他三位巨匠相同，是因爲拉伯雷的時代，是一個文化轉型的巔峰，拉伯雷就是坐在這個巔峰之上叱咤風雲的巨人。巴赫汀自己也生活在一個文化轉型的時代，他與拉伯雷心有靈犀一點通，組成了另一對「重疊」。拉伯雷是個酒山肉海式的詩人，巴赫汀卻是個淸心寡欲的學者。這兩人在生活經歷和性格上，反差極大。然而，對於文化轉型期風雲變幻、波濤起伏的相同體驗，卻讓巴赫汀與拉伯雷走到一起去了。巴赫汀傳記作者霍奎斯特，對此有很好的評價。霍奎斯特認爲，「比個人習性更重要的相同之處，是他們通過寫作投身於時代的特殊方式。早期文藝復興與俄國革命都是關鍵的時代，是歷史長卷中的新舊交替的時代。它們都在自己時代的人們心中引發了一種對激進變化的強烈意識，都是時間序列中的一次斷裂。」「拉伯雷傾向於融匯不同的話語，巴赫汀出色地把握到了其中的意義，這是因爲兩人的時代十分相似。同拉伯雷一樣，巴赫汀明白自己生活在一個前所罕有的時代裡。……它們都有著革命性的結果，並產生了對一個世界死亡和另一個世界誕生的敏銳感覺。這些時代無論對生活於其中的人們有何影響，都爲研究各文化體系的相對性，研究各文化爲自己的宗教、法律和體裁所開闢的話語途徑的相對性創造了特別優厚的條件。」❹

狂歡節與狂歡化的概念如同巴赫汀其他概念一樣，狹義、廣義兼而有之，有豐富的內涵和外延。狂歡節（carnival，音譯「嘉年華」）本身指源於中世紀歐洲的民間節日宴會和遊行表演。這種節日的形式一直到現在都有。尤其在歐洲和南美洲國家，仍十分盛行。不過，巴赫汀從中引伸的，主要是文藝復興時代拉伯雷筆下的狂歡節，或者論狂歡節的藝術形象。源於中世紀的民間節日在拉伯雷的《巨人傳》中，被賦予瑰麗多姿的藝術色彩。巴赫汀認爲，「狂歡節形象與某種藝術形式特別相似，這種藝術形式即爲場景（spectacle）。……它位於生活與藝術的邊界。在現實中它是生活本身，不過遵循的卻是某種戲劇的規則。」❺

狂歡化（carnivalization）是《杜斯妥也夫斯基詩學問題》一書中討論較多的概念，指的是「藝術形象的語言，也就是說轉爲文學的語言。狂歡節轉爲文學的語言，這就是我們所謂的狂歡化」❻。杜斯妥也夫斯基作品的狂歡化語言主要表現爲梅尼普諷刺和戲擬。巴赫汀認爲，狂歡化語言、梅尼普諷刺和戲擬，都是複調小說的多聲部和雙聲語對話的典型形式。在《拉伯雷和他的世界》一書中，狂歡化的側重有所不同，主要指拉伯雷爲始作俑者的「怪誕現實主義」。怪誕現實主義內容亦很豐富，包含了肉體形象、笑話、公眾廣場的俗語和下流話等，較之杜斯妥也夫斯基的內心自省式小說來，更直接地再現了大眾文化對感官愉悅的追求以及俚俗平民的日常生活面。

因爲概念本身的多義性及其在巴赫汀思想中的「異端性」，西方學者對狂歡節、狂歡化眾說紛紜，各執一詞。對這兩個概念加以梳理、分析並作整體的把握，是很有必要的。應從三個方面，理解狂歡節概念。首先是社會政治方面。狂歡節具有鮮明的社會意義和政治色彩，如同任何一個巴赫汀的概念一樣。同時，巴赫汀在闡述這個概念的時候，也有十分強烈的政治傾向性。《拉伯雷》的博士論文命乖運蹇，長期得不到通過，多少年見不到天日，主要是政治原因。第二是文化與審美方面。狂歡節的核心是民間文化、大眾文化對肉體感官慾望的弘揚和對神學、形而上學的顚覆和嘲諷。狂歡節作爲文化轉型期離心與向心力衝突的宣洩和眾聲喧嘩現象的特殊表徵，起了一個聯絡、溝通大眾文化爲精英文化鴻溝的樞紐作用。狂歡節體現了大眾文化的審美趣味，寄託著大眾文化的烏托邦理想。最後是語言與形式方面。狂歡節、狂歡化提出了文化轉型期的開放性本文的概念，從梅尼普諷刺、戲擬和怪誕現實主義諸方面闡述了狂歡化的語言。我們認爲，狂歡節概念的**文化審美意義**是其主導方面，超過了社會政治的意義。語言形式方面的特徵，均是文化審美內容的具體體現。下面就這三方面的內容，分別論之。

二、狂歡節與文化轉型

把握狂歡節概念的社會政治意義，必須從文化轉型這個角度入手。歐洲中世紀的狂歡節，是在神學大一統權威統治下，與官方意識型態和精英文化對抗的力量。狂歡節代表著文化的離心力量和眾聲喧嘩，與一元統一的中心話語向心力量抗衡。到了文藝復興時代，它終於衝破了中心話語獨白的樊籬，堂而皇之地成爲文化轉型時期的主導。作爲文化的主導，狂歡節代表著多元、非中心、眾聲喧嘩，而不是建立新的一元中心權威和神話。這是狂歡節的政治與意識型態特徵，也即大眾文化的政治和意識型態特徵。

狂歡節首先是**平民大眾自發自願**的節日。巴赫汀反覆強調了這一特點，以示其與由羅馬天主教會和官方組織的節日的根本區別：

> 「狂歡節不是一個爲人們觀看的場景；人們在其中生活，人人參與，因爲狂歡節的觀念包容了全體大眾。狂歡節進行時，除此之外沒有其他生活。狂歡節之中的生活只從屬於它自己的法律，即它自己的自由的法則。它具有一種世界精神，它是整個世界的一個特別的狀態，這是一個世界復興與再生的境界，是人人參與的境界。」❼

相對於這個平民大眾的節日，是官方組織、操縱的盛大慶典和宴會。官方的慶典所要肯定和讚美的，乃是現存的等級制度，宗教的、政治的、意識型態和道德的價值系統。官方的慶典規模宏大，席捲全國上下，氣氛可渲染得極其熱烈。然而，在這樣的慶典上，是聽不見平民大眾的發自內心的笑聲的。這笑聲表現的是對官方意識型態的嘲弄與諷刺，是對肉體感官慾望的讚美。這一切都不能見容於官方和教會的慶典；那是一個極爲嚴肅、虔誠、崇高和清教徒的儀式，一個充滿神聖感和犧牲感的祭壇。

文藝復興時代的狂歡節，表現出強烈的反神學、反權威、反專制、爭平等、爭自由的傾向。首先，狂歡節以自己的笑話來「建立自己的世界以反對官方的世界，建立自己的教會以反對官方的教會，建立自己的國家以反對官方的國家」❽。狂歡節的笑「與自由不可分離並有著根本的聯繫」。官方的權力和鎭壓是不知道說笑話的，永遠板著一張一本正經的面孔，裝腔作式，故作正經。第二，狂歡節最喜歡的一個項目便是笑謔地爲狂歡國王加冕和脫冕。「加冕和脫冕，是合二而一的雙重儀式，表現出更新交替的不可避免，同時也表現出新舊交替的創造意義；它還說明任何制度和秩序，任何權勢的地位（指等級地位）都具有**令人發笑的相對性**。」❾一切等級、權威都在可笑的相對性中，在隨便和親暱的接觸中，在摩肩接踵的公眾廣場上，被懸置、顚覆、消解。第三，狂歡節的笑話是對等級制度和封建神學的褻瀆。在狂歡節的廣場上，「充滿著對一切神聖事物的褻瀆和歪曲，充滿了不敬和猥褻，充滿了同一切人一切事的隨意不拘的交往。」❿狂歡節顚倒了官方意識型態的政治等級和宗教等級。第四，狂歡節讚美的是生命力，是生命的創造和消亡，詛咒的是一切妨礙生命力的僵化、保守力量。狂歡節中出現了「上下倒錯」和「卑賤化」的傾向。所謂上下倒錯，指的是人體的上下部分的錯位，即主宰精神、意志、靈魂的「上部」（頭顱、臉孔等）和主宰生殖、排泄的「下部」（生殖器、肛門等）的錯位。同時，「上下倒錯」又具有政治寓言的色彩。「卑賤化」傾向同樣如此，指的是對身體關懷從頭腦和心臟（精神與情感的主宰）降低到「肉體的低下部位」。但其意識型態寓言性同樣鮮明：「卑賤化是將一切高貴的、精神的、理想的、抽象的東西降低，它是一個向物質性水準的轉移，其目標是土地和肉體，及兩者不可分割的統一。」[11]

與狂歡節緊密相連的一個概念是公眾廣場的概念，這一概念體現了巴赫汀的政治理想。在批判佛洛伊德主義的時候，巴赫汀就提出了「行爲意識型態」的概念，作爲一種民間的、日常生活的價値體系，在官方意識型態和文化霸權中，努力謀求建立起理性的「公共空間」和「公民社會」。在論小說時空型時，巴赫汀又強調了傳記時空型與公眾廣場的內在聯繫。他始終關注著官方意識型態和文化霸權之外的公眾空間的建立。公眾廣場是狂歡節理所當然的場所，平民大眾自發自願地聚集在廣場上，盡情地享受著感官慾望的自由和宣洩：

「狂歡節就其意義來說是**全民性的**，**無所不包的**，**所有的人**都需加入親暱的交際。廣場是全民性的象徵。狂歡廣場，即狂歡演出的廣場，增添了一種象徵的意味。這後者使廣場含義得到了擴大和深化。在狂歡化的文學中，廣場作爲情節發展的場所，具有了兩重性、兩面性，因爲透過現實的廣場，可以看到一個進行隨便親暱的交際和全民性加冕脫冕的狂歡廣場。」[12]

顯然，公眾廣場在巴赫汀眼中具有一種「象徵的意味」。這種象徵性是有其政治與意識型態的內涵的。巴赫汀所關心的，是「公眾廣場的話語」，它與官方和教會的權威話語相對立。公眾廣場的話語爲全民所有，從不從屬於任何一個私人。這種話語不承認任何權威和中心，所推崇的僅僅是「可笑的相對性」。它「實際上是一聲吶喊，在大批人群中的高聲呼喚，來自人群，並以人群爲對象。講話者與人群融爲一體；他既不以人群的反對派面目出現，也不想啓蒙大眾、詛咒大眾或恐嚇大眾。他與大眾**一同開懷大笑**……這是一個完全快樂和無畏的話語，是一個自由自在、坦白誠摯的話語。」[13]

狂歡節具有的全民大眾性、自發性和反叛、顚覆性，包含了較爲直接的政治寓意和更廣泛的文化轉型時期意識型態衝突觀這兩重意義。就直接的政治寓意而言，狂歡節概念一方面批判了史達林文化專制主義，一方面又寄託了巴赫汀的政治烏托邦理想。巴赫汀對史達林文化專制主義採取了迂迴的寓言式批判手法，十分尖銳有力。但如果過分強調他的反史達林文化專制主義這一點，則容易將狂歡節概念過分政治化。至於巴赫汀在狂歡節論述中所表現出來的政治烏托邦理想，則要在具體的歷史語境中作具體分析。狂歡節概念的政治批判和理想主義兩個側面，對於我們思考中國的文化與政治關係問題都有很大啓發。但是，從歷史發展的長遠角度來看，狂歡節概念對我們啓迪最多的，可能還是它對於文化轉型時期的意識型態衝突的論述。

將狂歡節所顚覆、反叛的神學權威，教會與官方意識型態與史達林主義對應起來並不費事。史達林文化專制主義的確具有中世紀封建神學和官方意識型態仍具有的大一統、封閉、僵化和獨白的特徵。史達林主義的一元統一話語製造了中心權威的神話，塑造了一批布爾什維克的英雄與領袖形象，並且逐漸樹立起史達林個人崇拜的造神運動。史達林時代的特徵是新古典主義的文化盛行。到處都是矯揉造作、規模龐大、盛氣凌人的建築物和博物館，到處都是巨人和神人般的巨型雕塑。文藝理論上，日丹諾夫推出的「社會主義現實主義」稱霸天下，文藝創作中充滿著對按照英雄模式塑造出來的「新人」和對史達林的令人肉麻的歌功頌德。神聖、偉大、崇高、嚴肅、莊重……均是史達林主義文化的美德。一切與之相反的滑稽、笑謔、嘲諷……都被壓制下去。俄羅斯文化中的諷刺傳統如果戈里、契訶夫等，則被納入「批判現實主義」的框架中，被看成爲對沒落的封建主義和資本主義的鞭苔。總之，史達林時代的文化是一個泛政治化的文化，是中心論神話發展到登峰造極地步的文化。

處於史達林主義文化邊緣的巴赫汀，採用了與之針鋒相對和反其道而行之的雙重手法，並用中世紀和文藝復興時代民間文化與官方文化的對立的寓言方式，來表達他對史達林主義的批判。以開放、自由、自發自願的民間狂歡節來對抗教會和官府的慶典與霸權顯然是針鋒相對的手法。而大力頌揚民間文化的「人民性」、反抗性，則是「即以其人之道，還治其人之身」的策略。史達林時代大力推崇來自社會下層的工人和集體農莊農民的英雄形象，以反對「官僚主義」。巴赫汀則提倡「上下倒錯」和「卑賤化」。表面上看起來與史達林主義文化邏輯有相通之處，但實質上，兩者意義完全相反。史達林主義文化推崇的斯達漢諾夫式的勞動模範意在揭露、鞭斥官僚主義者們對黨的事業三心二意，表達出無產階級平民大眾對布爾什維克的更高的忠誠。而巴赫汀的「卑賤化」與毛澤東的「卑賤者最聰明，高貴者最愚蠢」的說法也僅僅有表面的相似。「卑賤化」是指將一切崇高、偉大的精神與理想統統從高位降低到低位，這種降位是指人的肉體部位。而在「社會主義現實主義」的文化邏輯中，人的肉體是受排斥的，一切與肉體有關的感官慾望，都是「自然主義」的，不是一點也不允許在文藝作品中出現，就是被革命的崇高理想所昇華。「狂歡節」的「卑賤化」和「上下倒錯」，顯然是讓「社會主義現實主義」尷尬的策略。

「狂歡節」在另一方面的確蘊含著巴赫汀的政治烏托邦理想。他在史達林專制主義肆虐的時代，嚮往、憧憬著人人自發自願、全民參與的自由平等的狂歡節，是可以理解的。特別是巴赫汀關於公眾廣場和公共空間的論述，更是充滿了真知灼見。蘇聯社會主義制度七十餘載的經驗教訓中，公眾廣場的匱乏是一個重要方面。大眾文化在專制主義封閉保守的政策壓制下，從未在前蘇聯得以廣泛的傳播與發展。但從歷史的角度出發，狂歡節概念的確有過於浪漫和理想主義的弊病。不少西方馬克思主義文化批評者都指出，縱覽幾千年的文明史，狂歡的場面往往只是一瞬間，過眼雲煙。歷史上更多的是暴力、戰爭和流血⓮。從政治意義上講，狂歡節是一個無法取得勝利的烏托邦。狂歡節必須持續不斷地用公眾廣場的狂歡和宣洩來打斷現存的政治與權力秩序，而這種打斷僅僅是暫時的，而且證明了現存權力秩序的強大⓯。的確，作爲一個平民大眾、自發自願的節日，狂歡節缺乏一種具有強大凝聚力和向心力的政治目標。實際上，狂歡節正代表了離心力——向心力政治訴求的反面。希望通過群眾性的盛大節日慶典和聚會來取得直接的政治勝利，是十分不現實的。一九八九年六月的天安門廣場，曾出現過巴赫汀所構想的「狂歡節」。國際媒體亦大肆渲染，推波助瀾，製造出一幕盛大的場景。「六四狂歡節」以坦克和彈壓而告終，並未取得政治意義上的成功。

作爲一種政治烏托邦理想，狂歡節還可能導向違背歷史的激進主義。其概念本身，也會引起歷史的誤讀。這一點，我們中國讀者應有較深的感受。一些批評家看到了巴赫汀的狂歡節理論中含有的民粹主義和無政府主義傾向⓰。就中國的歷史經驗而論，中國現代革命史上的確存在著民粹主義、無政府主義和烏托邦主義與共產主義革命的互相影響、交叉，給中國現代革命染上了激進主義的色彩。作爲一場以農民造反爲主導的革命，與民粹主義的觀念常常不謀而合。如果我們將巴赫汀關於拉伯雷的狂歡節與「革命」的論述借用，來審視中國現代革命，表面上看來似乎頗爲相近。如果我們更走近一步，回顧六〇到七〇年代在中國大地上轟轟烈烈開展的那場「史無前例的無產階級文化大革命」，我們很可能觀察到許多具有狂歡節色彩的現象。那時候，到處紅旗招展，鑼鼓喧天。語錄歌響徹雲霄，忠字舞舞遍全國，紅海洋鋪天蓋地，眞是一個盛大的節日。「四海翻騰雲水怒，五洲震盪風雷激」、「人民大眾開心之日，就是階級敵人滅亡之時」、「人民是眞正的英雄」、「人民萬歲！」……誇張、熱烈、極富煽動性的話語，從偉大領袖口中傳出，瞬息之間就傳遍了大江南北，成爲億萬軍民萬口傳誦的聖諭，使得他們爲文化大革命這個人類劃時代的節日獻身的精神更加狂熱，更加堅定。

中國的文化大革命是一場巴赫汀所構想、描述的狂歡節嗎？從根本上講，當然可以說：不是，完全不是。中國的文革是毛澤東這個中國政治的**最高權威所親自發動和領導**的一場政治運動，與巴赫汀所說的**平民大眾**、**自發自願**的狂歡節完全是南轅北轍。不過，毛澤東的政治生命中，最成功的策略就是「發動群眾」，他不愧爲歷史上最善於利用平民大眾而達到政治目標的大師。就文革的平民大眾性和人人參與性來講，的確有相當的狂歡節成分。文革早期爲「走資派」、「黑幫們」戴上高帽子遊街，在公眾廣場上大眾對官僚們進行公開的羞辱，不是頗爲類似狂歡節中的「脫冕」、「加冕」場景嗎？……我們能否對文革十年的是是非非，籠而統之的一概而論，把罪惡統統推到「四人幫」身上或「犯了嚴重錯誤的晚年毛澤東」身上？是否在反思文革時，都像巴金那樣，懺悔自己「昧著良心」，不敢反叛，或順著潮流跟著幹？文革中有多少是「平民大眾、自發自願」的行爲，無論最終是否被官方所利用，其初衷卻不可否認地帶有反叛中心和權威的特色？……文革是非常錯綜複雜的事件。從政治意義上、文化審美意義上和語言變遷意義上，對之進行多層次的反思，還是個剛剛開始，或尚未開始的巨大工程。由巴赫汀的狂歡節概念聯想到文革，本身很可能是一種歷史的誤讀，很可能將我們引向難以回歸的迷宮。畢竟，狂歡節作爲一種直接的政治概念，局限太大。

因此，還是讓我們放長眼光，從歷史長河的畫卷中，俯瞰人類文明在轉型期的激烈震盪、斷裂、變遷，而不拘泥於直接的政治社會事件，或許能夠對狂歡節概念產生新的理解。巴赫汀的文化轉型理論中，衆聲喧嘩論是核心，狂歡節是衆聲喧嘩的特例。把握了這個關鍵，就可以跳出直接政治烏托邦的圈圈。

衆聲喧嘩理論的政治意義，主要有四點：㈠語言內部的離心力與向心力兩種力量的抗衡，表現了政治與意識型態衝突，文化、語言與政治、意識的關係緊密相關，不可分割。㈡文化轉型時代的語言、文化離心力造成了向心力和權威神話的解體，同時，這也是政治意識型態中心解體的時代。㈢衆聲喧嘩局面標誌著向心力與離心力、中心話語和非中心話語的**同時共存、多元共生**，而不是新的向心力和中心話語的獨白。㈣文化轉型時代的任何一個話語中，都包含著衆聲喧嘩，即向心力與離心力、中心與非中心話語之間的對話、抗衡。衆聲喧嘩的這種「內化」(internalization)，使二元對立的思維方式陷入困境。以上四點中，第四點最重要，因爲它強調了對話性和衆聲喧嘩的內在性的根本特徵。我們對於狂歡節概念的政治內涵，也應當從這個意義上來把握，公眾廣場和大眾文化這兩大狂歡節特徵，便具有了突出的政治意義。

公眾廣場就如同眾聲喧嘩時代的離心力和非中心力量，在向心力量尙佔支配地位的時候，就爲自己劃出了一塊空間，向向心力量挑戰。到了文化轉型的文藝復興時代，公眾廣場又成爲眾聲喧嘩、對話的最佳場所。狂歡節中的加冕脫冕、反叛、顚覆、懸置、解構一切等級制度，讓一切人在平等地位上對話、歡宴，一方面體現了離心力量對向心力量的強大挑戰和摧毀，另一方面又表現出一種同時共存、兼容並蓄的精神，並非在「推翻」現制度、「摧毀」現秩序的同時，急急忙忙地又推出一個新的制度和秩序。巴赫汀反反覆覆強調，狂歡節呈現了一種曖昧與開放、未完成精神。在直接的政治鬥爭意義上講，這也許是狂歡節永遠不能取得政治勝利的原因；從更廣泛的歷史發展意義上講，這正是公眾廣場或公共空間的存在價值。公共空間一直是文化與政治離心力和非中心力量的聚集地，它一旦成爲向心力量塑造新的中心神話與政治權威的戰場，便失去了其自身的價値和意義。因此，公眾廣場不應以政治目標爲最終訴求和關懷，而以狂歡節所追求的生命的創造力、肉體感官慾望的實現爲目的。

對生命力的原始性、赤裸裸的歌頌和對肉體感官慾望的縱情讚美，是民間文化藝術的源泉。民間文化帶有濃厚的鄉土色彩和農村色彩，與農業文明血肉相連，休戚相關。狂歡節的慶典的確有著與農業文明割不斷的血脈相承關係。不過，在文化轉型時期，民間文化以其土、俗、誇張、變形，以其強大的激情和生命力，紛紛進入文化的主要場景——公眾廣場，成爲城鄉之間、雅俗之間、官民之間老少咸宜、雅俗共賞的文化主導，並成爲大眾文化的主要成分。狂歡節與民間文化、大眾文化的關係，下面還要細論。在這裡，我想指出的是：公共空間、公眾廣場是一個健全的社會所不可缺少的文化構成部分，在文化轉型期的作用更爲重要。大眾文化作爲公眾廣場和公共空間的主導文化型態，更具有創新、求變的先鋒性。

三、狂歡節與大眾文化

狂歡節概念的文化審美意義明顯大於其政治意識，這點我們已經在前一部分指出了。作爲一種文化和審美的概念，**大眾文化的訴求**是狂歡節概念的核心。這裡有兩個相關的概念要澄清，一個是「民間文化」，一個是「大眾文化」。巴赫汀在《拉伯雷論》一書中，提到「民間文化」(folk culture) 的地方很多，卻很少言及「大眾文化」。民間文化的意義較明確，指與農業文明有血緣關係的鄉土文化、地方色彩、民俗等等。少數民族文化亦常常被籠統地歸結到民間文化的範疇中去，雖然這種歸結往往是主觀任意的，對少數民族文化內部的精英與通俗、官方與民眾文化的區別視而不見，表現出民族沙文主義中心論的心態。不少論者指出，巴赫汀在《拉伯雷論》一書中不斷提到「民間文化」、「人民性」等，與當時的歷史氛圍與語境有關。一九三四年，高爾基將拉伯雷《巨人傳》的主角高康大與龐大個兒讚揚爲「口頭民間文學」影響書面文字的例子。高爾基希望這種影響能更多表現在社會主義現實主義的創作中。當時，蘇聯官方文學史中充滿了對民間文學「人民性」的溢美之聲。巴赫汀強調高爾基的民間文化特徵和「人民性」，顯然是受到流行話語的影響⑰。

至於「大眾文化」(popular culture) 一詞，在巴赫汀的時代尚未流行，巴赫汀亦很少用起。大眾文化這個概念，在西文中有 popular culture (流行文化或通俗文化) 與 mass culture (大眾文化) 兩種說法。這兩種說法，均指資本主義的商品化社會中的**市民文化**。法蘭克福學派的班雅明、阿多諾等稱之爲「文化工業」(culture industry)，對之有嚴厲的批判。現代大眾文化與資本主義城市文化與工業文明關係極爲密切，具有突出的商品化特徵。大眾文化範圍廣泛，包括了電視、電影、流行音樂、通俗文學、廣告、時裝、體育等各文化範疇。在當代所謂的「後工業社會」或「後現代社會」，大眾文化與傳統的精英文化（嚴肅音樂、古典文學、博物館藏藝術品等）的界線日漸模糊，兩者相互滲透。在商品規律的支配之下，大眾文化與精英文化的鴻溝被填平。這乃是當代西方社會**文化商品化**、**商品文化化**的突出現象。一切都是商品，一切都是文化。人們喝的是可口可樂，開的是賓士五〇〇，但消費的卻不僅僅是飲料和豪華車，而是商品背後巨大、輝煌的廣告中美麗動人的性感女郎與浪漫瀟灑的生活方式。這便是大眾文化的魅力所在。

巴赫汀生活的那個時代，沒有搖滾樂，沒有可口可樂廣告，是一個史達林主義文化沉悶、枯燥無聊的時代。所以，他不可能爲大眾文化的千姿百態作精確的描述，也不會像法蘭克福學派那樣，對文化工業作嚴厲的鞭笞。這一方面是因爲蘇聯社會的文化當時並不受商品規律支配，另一方面，則因爲巴赫汀根本上是一個**反精英文化**的理論家，一個讚美大眾文化語言離心、眾聲喧嘩的平民詩人，與阿多諾等的現代主義貴族氣派截然相反。巴赫汀如果能夠生活在今天的「後現代社會」，他很可能會爲大眾文化擊節稱賞。在大眾文化的俚俗、市井、訴諸感官愉悅的審美趣味中，巴赫汀不僅僅發現了蓬蓬勃勃的生命創造力，而且聽到了精英文化中他者的聲音。杜斯妥也夫斯基小說可謂西方文學中的經典，文藝復興時代的拉伯雷、莎士比亞，如今都是西方精英文化中的精萃。現代主義文藝多年來以誨淫誨道、下流淫靡而爲精英文化所不恥，終於從離經叛道的牛鬼蛇神搖身一變爲貴族和精英文化中炙手可熱的新貴。。巴赫汀在這些赫赫經典中，發掘的卻是民間文化、大眾文化的狂歡節淵源。因此，我們必須修正我們的說法。巴赫汀並非**反精英文化**的幹將，而是一位**精英文化與大眾文化對話**的大師。在這個意義上，似乎可將巴赫汀稱之爲「後現代主義理論家」。他的對話主義理論中所蘊含的許多「後現代主義」特徵，的確令時下文論界的一大批人所傾倒。

除了從「六經註我」式的推衍中得到的以上「後現代主義」的巴赫汀形象，更爲實在的依據尚須從巴赫汀的文本中去找尋。首先，狂歡節的主要場所是城市中的公眾廣場，文藝復興時代的公眾廣場更是巴赫汀心目中狂歡節的理想場景。從中世紀向文藝復興過渡的這個西方文化轉型期，農業文化仍然是佔支配地位的。民間文化的色彩強烈，具有濃厚的「鄉土」氣息，這是合乎歷史事實的。但公眾廣場卻是市民社會和現代資本主義文明的重要標誌，公眾廣場上所開闢的公共空間，亦是現代市民社會反叛、顛覆封建貴族與天主教僧侶統治的重要場所。從這個意義上講，狂歡節的民間文化「鄉土性」已不可避免地染上了現代市民社會的色彩，也即向市民社會的大眾文化邁進了一大步。再者，如果我們從具體的歷史描述更上一步，站到更具普遍性的**文化轉型期文化特徵**的高度來理解狂歡節的基本特徵，則能夠從新的角度把握狂歡節與大眾文化的關係。文化轉型期，各種向心力獨白話語所塑造的偉大、崇高、英雄、理想的神話分崩離析，傳統的道德、倫理觀念也紛紛產生巨大變化。文化賴以支撐的基石——人的個體感性存在，則在這樣一個大轉變、大斷裂的時代，頑強地、赤身裸體地浮出地表，呼嘯山林，叱吒風雲，吹起一股強大的十二級颶風。

笑傲江湖的廣場話語

「狂歡」是公眾廣場上的節日的主要特徵，狂歡節的笑話即是廣場上的主導話語。巴赫汀寫道：

「狂歡節的笑話首先是節日的笑話。因此它不是個別人對某種孤立的『喜劇性』事件的反映。狂歡節的笑是全民的笑。第二，它包羅萬象，對象包括了所有的人，狂歡節參加者也在內。整個世界呈現了輕鬆愉悦的一面，實現了歡樂的相對性。第三，狂歡節的笑是曖昧的。它歡樂輕鬆，從容自得，同時又諷刺挖苦，嘲弄戲謔。它既褒又貶，埋葬死亡又復活新生。這就是狂歡節的笑話。」⓲

巴赫汀把狂歡節中的演出和說笑藝術、詛咒視爲三種民間幽默的主要形式，並別出心裁地把詛咒、罵人歸結爲狂歡節笑話之中。這是因爲巴赫汀強調的是狂歡節笑話的曖昧性、雙重性，即又有讚美又有詛咒，既褒又貶。說笑藝術在中世紀民間文化中是雙語藝術，又用拉丁官話，又用民間方言白話。這使得說笑藝術具有戲擬的特點。文藝復興時期埃拉斯莫斯的《愚人頌》，便是拉丁文說笑藝術的典範。民間方言白話的說笑藝術往往以中世紀的封建騎士文學爲嘲諷、戲擬的對象。這種戲擬給了文藝復興時代的喬叟（《坎特伯雷故事集》）和賽凡提（《唐·吉訶德》）很大靈感。

詛咒罵人是廣場話語中的親暱交談形式，當人們一旦變得十分親暱熟悉，不知不覺間口中就帶「粗」。反言之，「粗口」也使得談話者的距離消失，在「哥兒們弟兄媽拉巴子」的粗話髒話中大家相聚一團，成爲知心換命的知交。所以，詛咒不僅僅是宗教和迷信意義上對魔鬼的詛咒，同時也包括了十分親暱的笑罵。巴赫汀對廣場話語中的粗話髒話下流話特別感興趣，詳盡分析了拉伯雷作品中描述的公眾廣場上的這種「狂歡節話語」。

公眾廣場上，充滿著詛咒、狂笑、淫浪、戲謔之聲，夾雜著小販們的叫賣吆喝、乞丐與僧侶們的乞討和傳道的喧囂。這是眾聲喧嘩的佳境，它首先製造了一個與官方正統意識型態完全背離的世界。「這個廣場上所有的表演，從狂呼亂吼到專場演出，都有某種共同之處，洋溢著自由、開放、親暱的氣氛。……廣場是一切非官方活動的中心，在官方秩序與官方意識型態內，廣場保留了某種『治外法權』。廣場永遠與人民同在。」⑲廣場上的語言是與官方語言涇渭分明的。官方語言——封建君主、皇宮貴族、天主教僧侶和市民社會的上層人物所使用的語言，總是一本正經，矯揉造作，擺出一付高貴典雅和盛氣凌人的氣勢。而廣場上的語言卻是親暱的、淫猥的、粗鄙的、直率的，不登大雅之堂的。不過，實際上在狂歡節的氣氛中，正是這種不登大雅之堂的廣場話語、下流笑話，流傳得最為廣泛，無孔不入，無縫不鑽。所謂上流社會的高官顯貴、紳士淑女們，未嘗不為市井俚語和「淫詞浪調」所津津樂道。狂歡節中甚至連最為莊重凜然的天主教會也被廣場話語所包圍，成為「愚人宴」的嘲諷對象和座上賓。

廣場上的親暱笑罵的另一特徵是讚美與詛咒同時並舉。當教會持事和僧侶們一旦被「請」入狂歡節的「愚人宴」，劈頭蓋臉就得受一頓臭罵。最粗俗、不堪入耳的「髒話」會把僧侶們攻擊的體無完膚。但同時，這些詛咒和髒話又是在哄堂大笑的歡樂氣氛中出口的，一邊笑罵，一邊又在竭盡誇張之能事地讚美來參加盛宴的貴賓，即被罵得狗血噴頭的僧侶們。僧侶一會兒被加冕，一會兒又被脫冕，在狂歡之中被折騰得一點兒正經也沒有。他們雖然玩兒的就是心跳，但卻欲罷不能，想過把癮就死也辦不到。巴赫汀十分欣賞這種笑罵並重、讚美詛咒共舉的語言，認爲它的基礎是「世界是永遠卻未完成的概念：世界上總是生生死死，死死生生，彷彿同時具有生死兩付肉體。讚美與詛咒混雜的雙重形象正是要把握住這一變遷的動勢，把握由古老向新鮮，由死亡向新生的過渡時刻。」[20]惟有公眾廣場上的大眾文化才能夠把握和充分表達生命的蓬勃變化和轉型過渡，因爲廣場上的話語是充分開放的，未完成的，與生活的未完成性相吻合。而官方的中心話語卻無法表現這種變遷，因爲中心話語時刻要用封閉、完成與獨白的話語形式，來鞏固和加強自身的權威性神話。「官方話語中讚美與詛咒涇渭分明，不可混雜、轉換。這是因爲官方文化的基礎是不可逆轉和改變的等級制度，這個制度中的上下君臣之分從不混淆。」[21]

廣場話語的笑罵總離不開一個「髒」字。巴赫汀對這種文化現象作了獨到的解釋。在狂歡節中的「愚人宴」上，排泄糞便是一個重要的主題。大主教在宣布神聖的經文時，糞便代替了聖香在祈禱儀式上點燃。隨後的遊行盛典中，僧侶們坐在糞堆上，用大糞爲信徒們作「洗禮」。拉伯雷的《巨人傳》中，在尿中浸泡和淹沒的場景頻頻出現。高康大首次出現在巴黎的市民面前時，就栽倒在尿海中，同時他亦以牙還牙，大撒其尿，引起了一陣恐慌和一片詛咒：

「『老天在上，我想這群狗娘養的們要老子爲這場歡迎儀式付點兒報酬，並給主教大人留下些奉獻。好極啦！看我的！得讓他們好好喝它一壺！……』他面帶微笑，解開他那高貴的褲帶，捧出玉莖，嘩嘩大尿一場，淹沒了兩萬六千四百一十八條好漢。當然囉，婦孺兒童均毫毛無損。……有些人倉皇逃到了聖日内瓦高地上，驚惶未定，狼狽不堪，氣喘咻咻，大呼小叫。有的開始大罵，咬牙切齒，有的卻嘻皮笑臉：『讓上帝把災難和天花帶給你，要不我就宰了上帝老兒……』『臭血！』『基督啊，看吧，這臭狗屎，操你上帝的娘！』……」㉒

髒物和汚穢總是伴隨著笑罵和粗話，而且是狂歡節廣場話語的重要形象。巴赫汀認爲這與農業文化一脈相承。糞尿總是意謂著肥沃的土地，與之緊密相連的，是再生、豐產與生機勃勃的生命形象。高康大的尿孕育了法國和義大利的全部礦泉。髒物和汚穢的糞尿形象是曖昧和雙重的，「它們製造下賤，製造毀滅，同時又孕育新生，再創生命。它們既是祝福，又是羞辱。死亡，死的悸動與生的顫抖，生命的誕生緊密相連。同時，這些形象又總是同笑話連在一起。」㉓排泄與汚穢，毀滅與羞辱，這些與糞尿幾乎「同構」的文化聯想往往忽視了其自然生態環境中的重要鏈節，即與肥沃、豐產、再生、創造不可分割的關係。狂歡節上的笑罵則將這種自然的生態鏈重新恢復。巴赫汀對這種農業文明的「自然人性」當然抱著讚賞的態度，這種態度裡蘊含著某種浪漫主義和現代主義對農業文明的憧憬。不過，他更關心的不僅僅是「自然人性」而已，而是「自然人性」在文化轉型和變遷的時期所造成的衝擊力。因此，巴赫汀把「肉體的低下部位」和「肉體的物質性原則」提得很高，提到了狂歡節的文化審美的核心位置。

肉體的低下部位

巴赫汀的「狂歡節」是一個對變化、轉型和生成的歡宴與慶典。他在把握變化與轉型的時候，不是從抽象的理性和形而上學的思辨出發，而是從與農業文明一脈相承的、自然人性色彩濃厚的民間文化出發。這樣，他就發現在轉型時期，人們對於大變化的感受往往是十分直觀的、感性的，與身體的變化，與肉體的感官慾望有直接的關聯。轉型期的時空型亦與肉體感官慾望相連，這是合乎自然人性的邏輯的。在《拉伯雷論》中，巴赫汀把狂歡節時間觀念與曖昧性視爲狂歡節的兩大文化特徵。他指出，民間文化的傳統時間觀是一種農業文化的自然時間觀、生物時間觀。狂歡節的時間觀中滲透了一種傳統自然時間觀中不具備的**歷史時間因素**，即人類與世界共同變化、生成的觀念。但這種時間觀仍然與自然時間觀有血緣關係：

「新的歷史觀滲進了拉伯雷的形象中，賦予新的意義，但仍保持著傳統的內容：交媾、懷孕、生產、成長、衰老、解體、消散。」—㉔總之，狂歡節的時間觀仍然是與人的肉體生長的自然生物性一面或物質性一面聯繫在一起的。巴赫汀實際上並沒有眞正解決他的理論中的矛盾：自然時間與歷史時間究竟是誰支配誰？狂歡節中的時間斷裂表明了一種什麼性質的時間意識？他有時候強調狂歡節的大眾**集體**對時間意識的統一性，認爲大眾所擁有的**集體連續性與變易性**是賦予狂歡節時間觀**歷史**意義的關鍵㉕。不過，集體意識並不能等同於歷史感。巴赫汀對此語焉不詳，左右徘徊。在他的「肉體的物質性原則」和「肉體的低下部位」等命題中，也能夠發現這種歷史與自然觀之間的矛盾。

「肉體的低下部位」和「肉體的物質性原則」是巴赫汀對拉伯雷創造的狂歡節世界的美學特徵的概括。巴赫汀又把拉伯雷的美學特徵稱爲「怪誕現實主義」。因此，這三個概念大致上是相通的；前兩者較強調文化審美特徵，後者更注重形式和語言。

「肉體的物質性原則」是指拉伯雷的狂歡節世界中「與食品、飲料、排泄與性交相連的人類的肉體形象」，這在狂歡節中是佔支配地位的形象㉖。這個形象具有以下幾個特點：㈠這是一個完全具有正面和積極意義的形象；㈡這個形象不是個體和私人性的，而是群體的、「人民性」的廣場形象；㈢這個形象具有公開性和開放性；㈣這個形象的基本原則是「卑賤化」，上下顚倒，以下部反叛上部，以低下部位顚覆高尚部位。因此，巴赫汀專章討論了「肉體的低下部位」，對此大書特書，作了淋漓盡致的發揮。

肉體的形象一掃基督教神學所抹上的罪惡與下賤的黑影，在拉伯雷的狂歡節世界中赤身裸體，堂而皇之地邁入廣場中央狂舞。這是一個散發著蓬勃生機和無限魅力的積極的形象，充滿青春活力，令人遐想。它蘊含著「肥沃與豐產，成長與繁盛」[27]。這又是一個狂放不羈、自由灑脫、歡樂奔騰的形象，只存在歡樂的節日狂歡中才能出現，因此又帶著濃厚的烏托邦色彩。它無所不在，無孔不入，具有普遍意義，並且代表著全體人民：「它不存在於生物的個人之內，不存在於資產階級的私人性之中，而存在於人民之間，存在於不斷成長，不斷再生的人民大眾中。」[28]肉體形象的「人民性」在文藝復興時代的狂歡節中最突出，因爲文藝復興時代的公眾廣場是狂歡節的基本場地。但文藝復興後期的《唐・吉訶德》中，肉體卻開始帶有更多的私人性，並且逐漸從粗鄙、誇張的「怪誕」形象轉換爲溫文爾雅的君子淑女形象，從廣場上退入閨房之內，成爲個人私慾的佔有物。「這不再是積極的、創造力旺盛的與再生的低下部位，而是理想與憧憬的嚴酷和置人死地的孽障。」[29]

狂歡節的肉體形象富有生機，積極向上，這與它的大眾性或「人民性」是分不開的。一旦失去了公眾廣場的集體狂歡氣氛而進入「私慾佔有物」的溫柔鄉和閨房之中，肉體形象就發生了蛻變。這種蛻變在賽凡提的小說中已露出端倪，到後來浪漫主義時代有了新的發展。巴赫汀認爲，浪漫主義時代又一次出現了對肉體形象的描繪與歌頌，這是爲了反叛啓蒙運動的過分「冷漠的理性主義、官方的、形式主義的和邏輯的權威主義」以及新古典主義的審美趣味㉚。不過，浪漫主義的肉體形象失去了文藝復興時代的公眾廣場「公開性」，而具有更多的隱私性。因此，浪漫主義的狂歡節是一種「個人的狂歡節，其鮮明特點爲孤芳自賞。狂歡精神轉變爲主觀主義和唯心主義的哲學觀念」㉛。

公開性與開放性是狂歡節的肉體形象的主要標誌，這也是與私人性的、孤芳自賞式的浪漫主義狂歡節的分界線。更重要的是，肉體形象在巴赫汀看來是**自我與他者對話與交流**的基本方式。巴赫汀將人與人的對話與交流看成爲生命存在的根本條件，他不遺餘力地宣揚自我與他者之間的積極的、創造性的對話。他特別重視語言，尤其是與個體感性存在和具體歷史事件密切相連的言談。在《拉伯雷論》中，巴赫汀又獨具一格地把眼光放在對話的另一重要部位，即**肉體的開放性部位**。他寫道：

「與現代的經典相反，怪誕的肉體絕不是與世界相隔離的。它不是一個封閉、完成了的單元。它是未完成的，不斷長大，超越自己的界限。應該強調的，是肉體的對外部世界開放的部位。世界通過這些部位而進入肉體，或者從肉體中浮現。肉體也通過這些部位走向世界，迎接世界。這意味著受重視的部位是凸出的部分和孔道、穴口，或各種關聯的分枝：嘴巴與生殖器、乳房、陽具、腹部和鼻子。肉體在性交、懷孕、生產的時候，在死亡的悸動中，在吃喝拉撒過程中，超越了它自身，揭示了它的生長的本質特徵。這是一個永未完成的肉體，一個永遠創造的肉體。它是生命遺傳鏈中的一個環節。更確切地說，是交接點的兩個鏈環，使肉體與世界彼此互相進入。」㉜

狂歡節的肉體形象是開放性的和生成性的，從物質直觀的意義上講是這樣，從社會交往的意義上講也同樣如此。巴赫汀將社會對話與交流的本質與肉體的開放性和生成性聯繫起來，不僅僅是肯定一種直觀和樸素的唯物主義而已。他強調的是肉體形象的兩個主要方面，即**飲食與性愛的文化功能**。飲食與性愛與肉體的開放部分——嘴和生殖器官——不可分割，因此具有與世界溝通與交流的重要文化作用，而不僅僅局限於生命的自我繁衍的生物和自然功能。狂歡節上的盛宴和交媾，均有著全面開放、凱旋狂歡的特色：「在吃的活動中，人與世界的相逢是歡樂的、凱旋式的：他戰勝了世界，呑食了它，而沒有被呑食。」㉝但在另一方面，「呑食」又是互相的。人與世界總是互相「呑食」，人的排泄與死亡是回歸大地，被世界所呑食的表現。性愛也同樣傳遞著生命歡樂的信息，是人與人對話與交流的基本形式。以性器官爲主的「肉體的低下部位」，即凸出和凹入的男女生殖器，均有共同的特徵：「在它們之間，肉體與肉體、肉體與世界的障礙被打開了，產生了相互交換與相互引導。怪誕肉體的主要事件，生命的血與肉的戲劇，均在這些地方上演。吃、喝、排泄……和交媾、懷孕、肢解、被另一肉體吞食——這一切活動都在肉體與世界間的交接處，在新與舊的肉體交接處進行。在所有這一切活動中，生命的開端與終結都極其緊密地相互連結著。」[34]

作爲生命的創造與繁衍的主要部位，人體的開放性器官從來就扮演著人間戲劇中的關鍵角色。巴赫汀爲什麼要一再強調這些器官的「怪誕」性，即狂歡節的誇張、放大與變形的肉體形象呢？這是因爲，在文化的發展中，社會總是要有種種道德倫理規範、種種文明的禁忌，來制約和壓抑人的肉體感官慾望。這是人類文明文化的必然，但未必是爲人類造福和帶來歡樂的源泉。巴赫汀構想了一種狂歡節的文化烏托邦，作爲文明的壓抑與禁忌的抗衡。他的立論角度不同於佛洛伊德（巴赫汀對佛洛伊德主義作過深刻獨到的批判），他主張飲食與男女性愛的社會交流與對話性。所以，他特別重視「肉體的低下部位」，將之視爲「上下對話」的關鍵。這種「上下對話」針對著官方的權威話語和精英文化，又是一種本末倒置、頭尾顛倒的「墮落」或「卑賤化」的行爲。

「卑賤化」是將一切高尚的、精神的、理念與抽象的東西降落到「肉體的低下部位」，轉移到物質的水平線上，轉移到大地與肉體的不可分割的統一體中。簡言之，卑賤化是一個顛倒上下位置的過程。所謂上下，指的是天與地之分和人體的上部下部之分。巴赫汀認爲，下部與土地的含義最豐富。土地是吞食生命的場所（墳墓），又是孕育生命的場所（沃土）。人體的上部是頭腦，是臉孔，下部則是生殖器，是腹部和臀部。這些便是狂歡節和中世紀戲擬中出現的上部和下部的形象。而卑賤化指的是將注意力集中在肉體的低下部位，即生殖與消化器官，以及與之相關的排泄、交媾、受精、懷孕與生產過程。卑賤化是讓人的肉體感性慾望在文明的壓抑與禁忌裡重新樹立起自己的正面形象。我們知道，不同文化在不同程度上都把人的肉體感性慾望視為卑賤、低下、淫猥和不道德的。而卑賤化則要反其道而行之，將肉體的低下部位官冕堂皇地推崇到文化的中心。

總之，巴赫汀認為狂歡節的卑賤化和對肉體的低下部位的弘揚，體現了生命強大的創造力和開放性，是大眾文化之中的精華而不是糟粕。這是巴赫汀對大眾文化的高度肯定和讚揚。要理解巴赫汀這種雖然有過分理想化傾向，但立論大膽新穎、氣勢恢宏的觀點，就必須把握住他的理論核心，即文化轉型期的眾聲喧嘩、多元對話。他從小說的話語理論、語言學理論和文藝理論等多重的理論視角，闡述了文化轉型的理論。文藝復興時代的狂歡節則為巴赫汀提供了一個文化與審美的新角度，使他的闡述能夠從生動活潑、有血有肉的現實中，獲得更多鮮明具體的證據。在狂歡節理論中，巴赫汀的側重點是大眾文化的審美趣味，即對肉體感官慾望的大膽追求。這種追求在巴赫汀眼中並不具有鄙俗、低級、下流和淫靡的特點，而是積極向上、富有生機的，表現了文化轉型時期的文化離心力的強大而健康的主導力量。大眾文化的審美趣味如同轉型典的眾聲喧嘩，也如同開放和未完成的狂歡節的肉體：

「未完成與開放的肉體（死亡、受孕、降生）與世界並沒有明確的分界線，將二者截然分離；它與世界上的事物，與動物和其他事物融匯在一起。它是宇宙性的，代表著肉體的物質世界的一切因素。它是這個世界的絕對低下部位的化身。它是吞食與生產的原則，是肉體的墳墓與胸脯，是一片播撒了種子的田野，在田野上新生的幼芽正要萌發。」㉟

四、狂歡節的語言革命

文藝復興時代是偉大的文化革命與語言革命的時代，狂歡節的語言最鮮明生動地表現了這一時代語言革命的特徵。巴赫汀在《拉伯雷論》一書中，分析了狂歡節的語言，將之概括爲㈠公眾廣場上的大眾語言；㈡讚美與詛咒同時並舉的雙聲語或複調；㈢弘揚「肉體的低下部位」的親暱、粗俗、「骯髒」和「卑賤化」的語言。這幾項狂歡節語言的特徵構成了拉伯雷文學創作的獨特的「怪誕現實主義」。歸根結蒂，狂歡節的語言是歡樂笑謔、充滿幽默感的大眾語言，是大眾文化的化身，與精英文化與官方文化的嚴肅、莊重、崇高、典雅、保守、僵化、封閉的特徵針鋒相對，涇渭分明。拉伯雷創造了一個狂歡節的眾聲喧嘩世界，以對肉體感官慾望的誇張、大膽、赤裸裸的謳歌，造成了對封閉、僵化的封建等級與神權文化的強大衝擊。在《杜斯妥也夫斯基詩學問題》一書中，巴赫汀則追溯到狂歡節語言在西方文化史上更久遠的源流，即古羅馬時代的梅尼普諷刺。拉伯雷的公眾廣場語言與杜斯妥也夫斯基的梅尼普諷刺構成了巴赫汀對狂歡節語言的理論概括的兩面。

公眾廣場上的大眾語言

拉伯雷的狂歡節世界是由公眾廣場上的大眾語言所創造。大眾語言是文藝復興時代各民族所使用的方言、俚語和口語，拉伯雷就是使用法語方言和口語來創作《巨人傳》的。方言與口語與官方和天主教神權使用的拉丁文有著激烈的衝突與對立，在文藝復興時代，這種衝突與對立達到了高潮。巴赫汀寫道：

> 「兩種文化——官方文化與大衆文化——的分界線是沿著拉丁語與方言的界線展開的。方言侵入了意識型態的一切領域，並且排斥了拉丁語。方言帶來了新的思想形式（曖昧性）和新的價值觀。這是生活的話語，是物質勞動和辛苦的語言，是「低級」的和大部分幽默可笑的語言。這是公衆廣場上的自由的語言（當然，大衆的語言不是單一和純粹的，它也包含著官方語言的成分）。在另一方面，拉丁語是中世紀官方世界的媒介。它

對於大衆文化的反映是很微不足道的，而且是歪曲的。」[36]

巴赫汀在這裡對眾聲喧嘩、語言雜多作了一個歷史的描述：大眾文化的方言俚語以強大的離心力量包圍、侵入了一元統一的中心權威語言——拉丁語，及其代表的官方意識型態。這是文藝復興這個文化轉型期的突出文化現象。巴赫汀對於大眾文化與方言的評價極高，他認為「方言最充分地表達了新的社會力量」[37]。他把大眾文化和方言看成是轉型期積極革命力量，是轉型期的文化主導和先鋒。這並不是因為大眾文化與方言創造了新的向心力和文化權威，確立了新的文化中心。正相反，文化轉型期的根本特徵是眾聲喧嘩和非中心、多元，只有推動這種眾聲喧嘩傾向的力量，才能成為文化的主導和先鋒。

大眾文化與方言對拉丁語的侵入、滲透和包圍，沖垮了一元統一的中心權威話語，產生了新的文化自覺意識。對此，巴赫汀一向是非常重視的。在《杜斯妥也夫斯基詩學問題》中，他提出了小說的複調理論，用以強調杜斯妥也夫斯基小說創造的主體的自覺意識。在論及文藝復興和拉伯雷時，他又對這個問題作了新的闡述：

「在這種相互闡明的過程中，一種前所未有的自覺意識發展起來。這是由活生生的現實所造就，新的、過去所不曾有過的一切：新的事物、新的概念、新的觀點。時代的界線和哲學的界線被清醒地感知著。在一個單一而逐漸演化著的語言體系內部，時間的流逝還從未如此清晰明白地被感知過。在中世紀拉丁語中，一切都被抹平了，時間的印記幾乎全部被抹煞了。意識似乎存在於一個永恆不變的世界。在這樣的系統中，要想對自己的民族和祖國的特點有所理解，是極爲困難的。但是在三種語言（方言、口頭拉丁語與經典拉丁語）的混雜之中，自覺意識卻變得空前的清晰、敏銳和多樣化。自覺意識發現了時代之間與哲學之間的界線，而且破天荒地擁抱了時間的流逝與空間的悠遠；它能夠意識到了現在，它將『今天』與『昨天』相對比。這種相互引導和相互闡明突然向我們昭示：舊的已經死亡，新的正在降生。現代開始意識到它自身。它同樣可以在『喜劇的鏡子』裡發現自己。」[38]

巴赫汀從大眾語言和狂歡節中挖掘了很深刻的蘊含，即**現代性**的特徵——文化的自覺意識。這是一個把握巴赫汀文化理論的關鍵。一個文化，就如同一個主體，要充分實現自我，就必須在與他者的對話中，努力發現自己，努力發展自覺意識。巴赫汀從各種角度闡明了自覺意識產生的必要歷史條件，即文化轉型時期各語言、文化、價值體系的衝撞、衝突、對話、交流。人們現在往往傾向於對「自覺意識」作「後現代性」的解釋，以爲自覺意識或後設批評意識是「後現代性」的專利。巴赫汀則跳出了「前現代」、「現代」、「後現代」的歷史斷代觀念，從文化轉型的高度來把握自覺意識的形成及其與大眾文化與方言的關係。站在文化轉型的高度上，巴赫汀就可以對眾聲喧嘩現象作普遍性的概括而不至於失去了歷史的眞實感和具體感。

除了強調大眾文化與語言同文化轉型期自覺意識的關係之外，巴赫汀還著重討論了大眾語言弘揚肉體感官慾望的特徵。他指出，狂歡節語言中的雙重性，即讚美與詛咒同時並舉，是與肉體形象的雙重性分不開的。而肉體形象的雙重性，則充分揭示了人類主體在文化轉型時期對**變化和轉型的自覺意識**。巴赫汀認為拉伯雷塑造的肉體形象和肢體語言，均有著深刻的歷史內涵。「在拉伯雷的世界中，雙重的肉體（指肉體上下部分的對話，尤其是肉體的低下部位。——譯者）成為雙重的世界。過去與未來在一個人的死亡和另一個人的降生的同時性中融為一體，在生成與更新的怪誕的歷史世界中融為一體。時間自身又讚美又詛咒，又打擊又裝扮，又扼殺又創造；時間同時是反諷的和快樂的。」㊴

總之，拉伯雷的狂歡節語言的革命性，就在於「撥亂反正」，將一元統一的官方語言所掩蓋和壓制的眾聲喧嘩現象昭然於眾。這種語言雜多、眾聲喧嘩的現象又是有血有肉、有聲有色的，它與大眾的直截了當、無遮無擋、「下流猥褻」的「肢體」語言和「肉體的低下部位」聯繫在一起。不僅僅讓溫文爾雅、矯揉造作的官方和精英文化尷尬，而且更為準確地把握著時代變遷的脈搏。無論官方文化與精英文化如何對大眾文化嗤之以鼻，都難以抵抗後者強大離心力的衝擊波。大眾文化泥沙俱下，瑕瑜共存，與精英文化和官方文化互相衝突又互相滲透融合。對之保持清醒的批判立場是很重要的，但首先必須肯定大眾文化的革命性。在文化轉型時期和語言革命中，大眾的方言白話、俚俗土語均是革命的主體用來顛覆權威和中心語言的強有力武器。

梅尼普諷刺——精英文化內部的複調

杜斯妥也夫斯基被公認爲一位轉型期承前啓後的藝術巨匠。他自己堅持認爲他是一位「現實主義者」，但他的創作，卻爲現代主義文學潮流開了先河。杜斯妥也夫斯基與契訶夫、果戈里、托瑪斯·曼、卡夫卡、勞倫斯、喬哀斯、普魯斯特……並列齊驅，是西方精英文化中的現代經典作家之一。對於這樣一位經典作家，巴赫汀的研究思路是十分獨特的。除了「複調小說理論」之外，巴赫汀努力發掘杜斯妥也夫斯基創作中的民間文化、大眾文化的淵源，並且將之提高到杜氏美學原則的核心地位。他在西方精英文化的內部捕捉民間文化、大眾文化的「他者」的聲音，爲理解西方現代主義文化打開了一個新視野。

如果說公眾廣場上的大眾語言是拉伯雷式的大眾文化「他者」之聲向精英文化的公開挑戰，梅尼普諷刺則是杜斯妥也夫斯基小說中所呈現的精英文化內部的大眾文化、反文化的「複調」。作爲精英文化內部的「他者」聲音，梅尼普諷刺的形式較拉伯雷的怪誕現實主義更爲複雜。首先，梅尼普諷刺本身乃是西方文明的祖宗——古希臘羅馬文化內部的「他者」之聲，是羅馬俗文化對希臘古典文化的戲擬與諷刺。第二，梅尼普諷刺作爲古希臘羅馬的文化遺產，經過了數千年的變遷，又在十九世紀末的杜斯妥也夫斯基小說中出現，這時間與空間的距離造成了「影響」與「接受」二者之間錯綜複雜的關係。第三，梅尼普諷刺產生於古羅馬時代，在當時並未出現精英與民間文化的巨大鴻溝。但到了中世紀和文藝復興時代，這種距離日益變大。巴赫汀將梅尼普諷刺與文藝復興時代的大眾文化狂歡節聯繫甚至等同起來，這是非常富於啓發性的思路，但也造成了許多難以解釋清楚的問題和矛盾。第四，巴赫汀認定梅尼普諷刺是大眾文化狂歡節的前驅，並認爲它是杜斯妥也夫斯基創作的主導，這也引起了許多問題，如：爲什麼在杜斯妥也夫斯基創作中不會出現大眾文化直接了當的公眾廣場語言，而是以梅尼普諷刺這種複雜曲折的形式來表現狂歡節意識呢？

下面，分別就以上四點簡論之：

第一，梅尼普諷刺是羅馬文化的「他者」對希臘文化的「自我」的戲擬。巴赫汀首先分析了希臘文化內部的眾聲喧嘩現象，挑出蘇格拉底對話作爲「對話式話語」的例子。他認爲蘇格拉底的對話乃是希臘文化體裁中的「莊諧體」典型。巴赫汀大膽地將莊諧體話語同狂歡節風格聯繫起來，認爲它們的共同點是對「世界感受具有**相對性**，造成**戲謔的氣氛**」[40]。莊諧體有三大特點：第一是鮮明的時代性；第二是依靠經驗和自由的虛構；第三是有意經營的眾聲喧嘩與複調。第三個特點最重要，體現了巴赫汀眾聲喧嘩的理想。他指出，莊諧體「拒絕史詩、悲劇、莊嚴的雄辯、抒情詩的那種修辭的統一（嚴格說來是拒絕單一體裁）。……敘事常用多種語調，莊諧結合。……除了再現的語言，又有**被再現**的語言，在某些體裁中，雙聲語佔了主導地位。因此，這裡也出現了對文學的根本材料——語言的全新的關係」[41]。

像柏拉圖、色諾芬這樣西方經典的創造者，都寫過具有濃厚的莊諧色彩的蘇格拉底對話。不過，諷刺的是這些經典著作往往被後世所「獨白化」，成為創造一元統一神話的強大武器。這頗像《詩經》中大膽歌頌男歡女愛、感官慾望的民間歌謠，如「關關雎鳩，在河之洲」等，被孔子編作《詩經》後，加上「詩三百首，一言以蔽之，思無邪」的「獨白式」闡釋，就成為教化封建倫理道德的「神話」或「大說」。然而，「獨白式」批評和闡釋終究不能遮掩「對話式」的聲音或眾聲喧嘩。《牡丹亭》中，春香和杜麗娘嘲諷、捉弄冬烘的教書先生對「關關雎鳩」的腐朽、假正經的「獨白式」解釋，便是一種新的戲擬。蘇格拉底對話作為一種莊諧體，在西方文化史上也有過不斷被「獨白化」，又不斷被「狂歡化」的經歷。巴赫汀認為，梅尼普諷刺便是一種將希臘文化中原本是狂歡化的語言，如蘇格拉底對話等，再作還原和狂歡化的體裁。

巴赫汀概括了梅尼普諷刺的如下幾個特點：㈠梅尼普諷刺的名字取自公元前三世紀加達拉的哲學家梅尼普，但作為一種體裁，則是公元前一世紀的羅馬學者發祿首先採用的。這種體裁歷史相當悠久，從塞涅卡的《阿波克羅辛托西斯》到彼特紐斯的《薩蒂里康》，直到中世紀的基督教文學，都受到梅尼普體裁的影響。㈡梅尼普諷刺較之蘇格拉底對話，更加強了「笑的成分」。㈢梅尼普諷刺有極大的自由，作情節與哲理上的虛構，而不受蘇格拉底對話史實和回憶的限制。㈣梅尼普創造的不僅僅是個人的冒險和奇遇，而是思想的經歷與冒險。㈤它是與平民大眾的日常生活結合在一起的。梅尼普諷刺的探險與所謂「貧民窟自然主義」的粗鄙、俚俗結合在一起。㈥梅尼普諷刺的文體內容豐富複雜，包括「邊緣的對話」、「死人的談話」、「實驗式的幻想」等等。㈦梅尼普諷刺中出現了對精神失常的描寫。這點很接近杜斯妥也夫斯基的創作，杜斯妥也夫斯基最擅長描寫精神錯亂、個性分裂、耽於幻想與夢境、近乎瘋狂的慾念等等。㈧梅尼普諷刺的典型場景是鬧劇、古怪行徑。巴赫汀總結了十四條，我們大致上歸結為上述八條。總之，巴赫汀十分重視梅尼普諷刺在西方精英文化中的**異端性**和**內在性**。從莊諧體到梅尼普諷刺，從貧民窟自然主義到中世紀基督教文學與拜占庭文學，巴赫汀看到的是梅尼普諷刺對西方精英文化的深遠影響和巨大衝擊。

梅尼普諷刺作為狂歡化文體的第二個問題是它與杜斯妥也夫斯基創作的關係。杜斯妥也夫斯基從來就不是一個通俗小說家，他的作品也從未以故事性、通俗性和幽默感取勝。正相反，他的小說哲理性、思想性很強，故事性較弱，主要描寫人物的精神面貌與內心的情感與心理活動。這樣一位現代主義色彩極為濃厚的「心理小說」大師，又是怎樣把大眾文化與民間文化的狂歡意識作爲自己創作的藝術主導的呢？巴赫汀對這個問題的解答是很有意思的。他首先用了很大篇幅討論梅尼普諷刺與狂歡節的關係問題，然後又對杜斯妥也夫斯基受「狂歡化」文學的影響作了追溯。他認爲，杜斯妥也夫斯基受到啓蒙運動時代的伏爾泰、狄德羅的影響很深，因爲這兩位思想家同時又是將「狂歡化與理性的哲學思想、部分地連同社會題材的有機的結合」[42]。後來，巴爾札克、喬治桑、雨果、果戈里、普希金等作家，都通過他們作品中「深刻的狂歡化」給了杜斯妥也夫斯基巨大的創作靈感。這樣一來，巴赫汀幾乎將西方近現代文學傳統的經典作家與作品看成爲狂歡節與狂歡化的直接繼承者。不過，巴赫汀又指出，杜斯妥也夫斯基對狂歡節和狂歡化文學的理解不僅僅是杜氏對文學傳統的了解或「主觀記憶」，而來自於「他所採用的這一體裁本身的客觀記憶」[43]。他似乎認爲，狂歡化的梅尼普諷刺已經滲透到文化的深層，成爲某種客觀的實在。

在論及杜斯妥也夫斯基的梅尼普諷刺和狂歡化風格時，巴赫汀一再強調的，正是這種狂歡化的客觀實在性。他舉了杜氏作品的許多例子，來闡明杜斯妥也夫斯基創作的狂歡化。不過，巴赫汀所舉的這些例子，多半具有他所總結的梅尼普諷刺的「哲理性」、「心理性」特徵，而鮮有文藝復興時代拉伯雷式的、大眾文化的歡聲笑語、對感官慾望的大膽而直接的謳歌。巴赫汀在杜斯妥也夫斯基的一些非常凝重和悲劇性的作品中，也竭力發掘「狂歡化」。他將之稱爲「弱化的笑聲」。這與他對狂歡化的客觀實在性觀念相一致，他認爲，即便在笑聲最弱化的悲劇式作品中(如《罪與罰》),笑聲依然是一種藝術的主導,因爲它代表了狂歡節精神,即世界的未完成性:「狂歡節的世界感受是沒有終結的,用任何的**最終結局都格格不入**。」㊹巴赫汀企圖在最黑暗、沉重、嚴肅和悲劇式的時代捕捉到大眾文化狂歡節的歡聲笑語,這也許便是他竭力發掘杜斯妥也夫斯基作品中梅尼普諷刺和「弱化的笑聲」的良苦用心。

第三,梅尼普諷刺是狂歡化的典型文體;梅尼普諷刺體現了狂歡節精神與文化風格。巴赫汀在描述古希臘羅馬時代的梅尼普諷刺時,尤爲重視它與平民大眾的日常生活的關係和文體的語言混雜這兩個特徵。巴赫汀認爲這些特徵是狂歡節風格的最好體現。這樣,他便把古希臘羅馬的文體與文藝復興時代的節日聯繫在一起。這種聯繫揭示了精英文化與民間文化的一脈相承的關係。特別有啓發性的觀點,是巴赫汀對於梅尼普諷刺的「哲理核心」的狂歡化的描述。顯然,梅尼普諷刺的內容很多是哲學的對話,是思辨、抽象色彩很濃的東西。這些也是杜斯妥也夫斯基創作所表現的。實際上,構成西方精英文化的經典著作,基本上都是這種形而上的思辨和哲理、精神的探討。巴赫汀在西方形而上學的思辨傳統中,努力尋找「他者」的聲音,找到了梅尼普諷刺這個形式和文體。他把這一形式與民間文化、大眾文化聯繫起來,認爲這一形式蘊含了民間文化的狂歡節精神。梅尼普諷刺的表現內容與對象基本上是關於生與死的哲理思辨。狂歡式的思想也關心生死存亡的哲理問題、宗教問題,它的思路「是通過狂歡儀式和形象的具體感性形式」,「把最終的問題,從抽象的哲學領域通過狂歡節的世界的感受，轉移到形象與事件的具體、感性的層面。這個具體的感性層面富有狂歡節精神，生機勃勃，五彩繽紛。狂歡節的世界感受使人們能夠『爲思想哲學穿上藝妓的五光十色的服裝』。」❹❺具體感性的、五光十色的「藝妓服裝」正是狂歡節的公眾廣場上的形象。梅尼普諷刺用這樣的服裝與形象來打扮和宣揚思想與哲學，不啻是狂歡節「卑賤化」的一個絕佳的例證。

巴赫汀涉及到了一個美學與文化史中非常關鍵的問題。美的原則、文學藝術的原則根本上是一個**具體的感性形象**的原則。美學說到底是一門關於感性的學問。巴赫汀對這個問題的解答是：具體感性形象正是大眾文化與民間文化的最高審美原則，是狂歡節這個平民大眾、自發自願的節日的核心。狂歡節的感性形象是直接、樸素的，是赤裸裸的，弘揚的是「肉體的低下部位」和「肉體的物質性原則」。梅尼普諷刺似乎起了一個橋樑和中介作用，通過把哲學與思辨作「五光十色」的藝妓般的打扮，賦予了精英文化的「終極關懷」鮮明生動、有血有肉的感性形象。巴赫汀的這種觀點包含著許多眞知灼見，同時也有許多令人困惑的問題。最大的一個問題是：哲學和思想除了「穿上五光十色的藝妓服裝」這一面，對於大眾的「肉體的物質性原則」還有沒有教化、疏導、壓抑的另一面？顯然這另一面的問題是佛洛依德主義關心的焦點，也是文化中不可忽視的重要方面。巴赫汀對此總是語焉不詳。他強調感性慾望的集體性、社會性，來對抗心理主義的私人性、個體性。這樣，他又忽略了問題的另一面，即肉體感性慾望、大眾文化與私人性、個體性的關係問題。在狂歡節盛行的文藝復興時代，這個問題尚未成爲突出的問題。巴赫汀雖然注意到了賽凡提小說中的「私人性」萌芽，以及浪漫主義時代的「私人性」的膨脹，但是他並未涉及現代資本主義社會中肉體感性慾望與商品化的關係問題。在研究現代主義精英文化時這個問題已經十分突出，到了當代的「後現代主義」時代，更成爲最關鍵的問題。巴赫汀只是提出了問題並提供了思考問題的途徑，或者說他僅僅推出了一個理論的開放性文本，要靠我們去運用我們自己的智慧和我們自己獨特的聲音與之對話和呼應。

最後一個問題仍然是關於杜斯妥也夫斯基創作的，在更廣泛的意義上，與現代主義的精英文化有很大的關係。巴赫汀認爲梅尼普諷刺是大眾文化狂歡節的化身，同時又是杜斯妥也夫斯基詩學的核心。巴赫汀把杜斯妥也夫斯基的小說稱爲「思想的小說」，因此，他所謂的杜氏創作的狂歡，應當看成爲「思想的狂歡」。他對杜斯妥也夫斯基小說「狂歡化」的分析，主要亦集中在杜對人物的思想、精神活動、心理狀態的「狂歡化」描述上面。這同拉伯雷縱情聲色、酒山肉林式的「怪誕現實主義」形成了鮮明的對照。杜氏的強烈的「內心化」傾向和心理描寫特徵正是現化主義文藝的主要幟幟。巴赫汀發掘了杜氏爲代表的「思想的狂歡」，爲理解現代主義文藝的內省性、心理內在性提供了一把鑰匙。其實，現代主義文學中除了有不少類似杜斯妥也夫斯基的「思想狂歡」作品，如托瑪斯・曼的《魔山》之外，更有把「思想狂歡」、梅尼普諷刺、大眾文化的公眾廣場語言與精英文化的經典混雜的「多重狂歡體」，如喬哀斯的《尤里西斯》。此外，六、七〇年代在拉丁美洲盛行的所謂「魔幻現實主義」，與文藝復興時代的拉伯雷「怪誕現實主義」在刻畫渲染「肉體的物質性原則」方面，有著驚人的相似。

精英文化與大眾文化在當代這個後現代社會，均成爲商品化規律之下的開放性、未完成與對話式的文本，呈現出眾聲喧嘩與狂歡化的新局面。巴赫汀關於梅尼普諷刺、戲擬、怪誕現實主義等形式中介的理論概括，在分析當代文化時，已顯得陳舊，捉襟見肘。我們所能夠作的，是循著巴赫汀的文化轉型時代眾聲喧嘩的文化邏輯，作新的開拓與延展。也許只有在文化轉型這個理論框架的基礎上，我們才能較全面地把握巴赫汀的概括，包括梅尼普諷刺。如霍奎斯特所言，「梅尼普體發展的時期正值古典時代面臨重大危機，民族傳統正在衰微，尊嚴和適度的古代理想正在瓦解，這是各個哲學和宗教體系之間激烈抗衡的時代，終極問題不再局限於學院，而是在市場、客棧、小酒館和澡堂內展開熱烈的辯論。」[46]梅尼普諷刺、狂歡節、杜斯妥也夫斯基均是文化轉型期的產物。

五、狂歡節與中國現代文化轉型

狂歡節體現了一種深刻的「文化革命」精神，這正是巴赫汀將拉伯雷和杜斯妥也夫斯基的「狂歡化」美學原則作了高度讚美的主旨。巴赫汀生活的時代正如列寧所說，是一個「文化革命」的時代，是一個文化斷裂、變遷、動盪與轉型的時代。文化革命、文化轉型這兩大主題，構成了狂歡節交響樂中的主旋律。它不僅僅是對俄國與蘇聯由上世紀中期到本世紀這一百多年文化的概括，而且是巴赫汀對不同文化在不同歷史轉型時期所表現出來的普遍性和規律性的東西所作的理論抽象。狂歡節理論對於理解中國近現代文化的歷史變遷與轉型是非常有啓發意義的。「文化革命」與社會革命是中國自上世紀四〇年代以來迄今爲止的一個歷史主旋律，伴隨著革命的是中國文化的激烈斷裂、動盪、分離與轉型。「革命」所具有的暴烈、激昂、狂熱與振奮的氣氛和情緒，有著狂歡節的戲劇性效果和場景。而文化轉型卻時而跌宕起伏，時而徐緩停滯，波詭雲譎，變幻多端，是一個持續漫長的過程，一個至今爲止尚未完成，尚在不斷發展和變化的開放性文本。文化轉型中所透露出的狂歡節精神，更側重於眾聲喧嘩、開放多元、未完成性這些方面，較之「革命」的狂熱場面，有著更爲複雜和多面的特點。

從文化革命與文化轉型兩方面來看，我們都可以認爲中國近現代文化史中蘊含著巴赫汀所說的狂歡節因素。不過，我們在運用狂歡節的概括及其文化邏輯來思考中國問題的時候，首先面臨的困難就是如何從政治、歷史、社會與意識型態的層面來把握中國現代文化「狂歡節因素」的問題。我們已經指出了至少兩點。首先，狂歡節與眞正的社會革命有本質的區別。狂歡節是一個無法取得勝利的烏托邦，它作爲平民大眾、自發自願的節日，缺乏嚴明的組織和確定的政治目標。第二，作爲一種政治烏托邦理想，狂歡節往往導致政治上的急進主義和民粹主義。它雖然與中國大陸當年那場有組織、有目的的「無產階級文化大革命」有本質的區別，但「文革」中的平民大眾、自發自願的急進主義狂熱行爲不是沒有狂歡節的影子。將狂歡節概念引入對中國現代文化的分析中，很可能是一種歷史的誤讀。但這種誤讀又將是創造性的、啓發性的，因此是很值得嘗試的。

中國現代文化與狂歡節的關係可以從兩方面入手。第一是中國現代文化的「革命性」與狂歡節關係。巴赫汀一向認爲拉伯雷的狂歡節世界是一個革命的世界，狂歡節的時代是一個革命的時代。革命中的暴力、流血、死亡在狂歡節中有著積極、正面的意義，體現了創造的曖昧與生命的未完成性和開放性。此外，巴赫汀認爲文藝復興時代的狂歡節革命精神是一種充滿著現代意義的精神，他力圖從中世紀和文藝復興時代的文化現象中追溯到現代文化的歷史溯源。就狂歡節的「革命性」、「現代性」這兩大特徵而言，對了解、分析中國現代文化史是相當貼切的。第二方面的問題是狂歡節與大眾文化和公共空間的關係問題。這是一個文化轉型時期突出的問題，在中國近現代史上當然有重要的意義。不過，中國近現代文化史上，「革命性」、「現代性」的「偉大敍事」或「大說」一直獨佔鰲頭，文化啓蒙、民族救亡的「雙重變奏」由上世紀末鳴響，到本世紀八〇年代大陸的「文化反思」還在發散出強大的回聲。然而，狂歡節上平民大眾那種縱情謳歌「肉體的物質性原則」的歡樂相對性，那種對日常生活幸福美滿，感官愉悅充分實現的大眾文化目標的充分肯定，在中國近現代文化史上卻一直被「革命性」所掩蓋。大眾文化及其活動的公眾廣場、公共空間被不斷地納入「革命化」、政治化的軌道，一直成爲「革命狂歡節」的場所。實際上，這是一種「狂歡節精神」的異化。中國九〇年代出現了商品化、市場經濟大潮引導下的大眾文化熱，取代了八〇年代轟轟烈烈的「文化熱」（實際上是「精英文化熱」）。這一現象爲我們提出了很多新的課題。

狂歡節的文化邏輯爲我們打開了一條理解文化轉型期錯綜複雜現象的**亦此亦彼、你中有我、我中有你**的新思路。這個思路，對於分析和重寫中國現代文化史，以及審視、評價中國當代文化發展，均有啓發性。下面，讓我們順著巴赫汀的思路，先粗淺疏漏地對中國現代文化的「革命性」和大眾文化崛起這兩個方面作一個簡述。

「革命」與狂歡節

「五四」新文學傳統是中國現代文化史上「革命性」、「現代性」的藝術表現。對於這個傳統，一般均圍繞著「革命」與「現代化」這兩個大題目來展開分析和解讀。八〇年代「文化反思」中，對於新文學史本身進行了反思。有了「二十世紀文學」和「重寫文學史」的新的歷史自覺。李澤厚提出了著名的「啓蒙與救亡的雙重變奏」論，從思想史、文化史的宏觀角度，對「五四」新文學與新文化傳統作了理論的高度概括。李澤厚認爲，以個體解放爲主要訴求的「啓蒙」話語或主題逐漸讓位於以民族國家的存亡爲目的的「救亡」話語或主題，「啓蒙」話語所具有的「現代性」目標與「救亡」話語的「革命性」目標產生了衝突和對立，啓蒙的任務在革命的炮火與硝煙中未能完成。八〇年代文化反思的主要任務，就在於把五四新傳統的「啓蒙斷裂」重新連結、繼續、發展下去，進行「新的啓蒙」。

學者們就「啓蒙」與「救亡」的二元對立主題進行了熱烈的辯論，並在這種思維框架之內對新文學傳統、新文化傳統作了重寫、重評。有些從「革命」文學內部尋找「啓蒙」與「現代性」話語的縫隙，有些則在五四新文學傳統主流之外，找尋與革命主題相對立的聲音。魯迅的小說與散文被解讀爲充滿著解構主義「可寫性」、能指游移不定、徘徊飄忽的「革命」與「現代性」的分裂文本，茅盾的作品亦蘊含著「革命」寓言性與感性體驗私人性的深刻鴻溝和矛盾。「海派文學」、鴛鴦蝴蝶派、林語堂、張愛玲、「新感覺派」等非主流、非左翼文學現象被「重新發現」，並且抬到了「革命性」與「現代性」衝突的主戰場上。

「革命文學」主流的「革命性」話語**內部**所蘊含的「現代性」內涵卻被冷落了。非左翼文學畢竟表現了鮮明的「他性」。而革命文學傳統中的二元對立傾向的確比「革命」與「現代的融匯、交叉、對話的**內在複調**和**內在眾聲喧嘩**要更爲鮮明突出。然而，革命文學的「革命」

本身並不是一元統一的獨白式神話。作為中國現代文化中的一個主導話語，它的內部包含著極爲豐富多彩的歷史內容。狂歡節概括也許可以幫助我們理解「革命」的開放性與未完成性一面，在生命的創造與生成這一層面，把握以民族、國家、個人的**發展與進步**爲主要訴求的「現代性」特徵。

「革命」是對生命的暴力毀滅，伴隨著革命的是被壓抑的慾望的暴發與陶醉。革命是佔有自身所匱乏的，是剝奪他者所擁有的，是將整個世界顛倒過來。革命與「肉體的物質性原則」，與「卑賤化」有著千絲萬縷的聯繫。革命意謂著暴力、死亡、流血，意謂著肉體的摧殘和肢解。肉體的感性慾望與革命息息相關，用胡風的話來講是「血與肉的人生搏鬥」，用巴赫汀的語言是「狂歡節的暴力與死亡的曖昧」，是「肉體的物質性原則」的另一面。中國新文學傳統充滿著對革命和肉體肢解、毀滅、肉體慾望的爆發與迷狂的描寫。肉體形象是中國新文學傳統的一個主要形象——渾渾噩噩，只有身軀，沒有靈魂的肉體，被侮辱、被摧殘的女性的肉體，「拋頭顱、灑熱血」、戰死疆場、或慘遭殺害的壯士的肉體，無辜平民的肉體。魯迅的小說裡，不乏砍頭的場景：阿Q的大團圓，示眾的人群，幻燈片中被當成奸細的中國人被殘殺。郁達夫的小說則從傳統倫理道德、現代民族危機、肉體感性慾望的互相影響中，抒發他的困惑與沉淪。他的小說的連貫的主題，是變態的肉體感性慾望、自殘身體的負罪感、民族屈辱感的多聲部或語言雜多。茅盾的小說有一個基本特徵，就是將社會革命、政治與文化變遷的外在世界與人物的內心感情世界，尤其是肉體感性慾望相互交織在一起。他對肉慾、對青年女性的肉體與感官慾望有十分細緻入微的刻畫。這種對肉體感性慾望的關注，往往成爲茅盾面對社會政治的外部世界所感到的失望與幻滅的宣洩口[47]。沈從文是一個最擅長將人的感性慾望和本能抒情化的作家。在革命與暴力的背景之中，沈從文那田園詩般的象徵世界裡的美好的肉體形象和感官慾望，構成了強烈的對現實世界的反諷和批判[48]。作爲女性作家，丁玲的早期作品大膽描寫青年女性的肉體感性慾望，作爲女性主體意識的覺醒和對傳統倫理道德的批判。

當然，中國現代文學對肉體形象和肉體感性慾望的描寫大多是寓言性的。肉體形象主要是一種借喻，用於表現現代作家對傳統的批判和對社會革命的希冀。因此，中國現代文學中的狂歡節風格一般說來不甚強烈，因爲巴赫汀所說的「肉體的物質性原則」很少成爲中國現代作家的美學核心。魯迅的小說在處理革命的主題時，呈現出狂歡節的「卑賤化」與諷刺的特徵，有著開放性的曖昧。不過在左翼作家的大部分作品裡，肉體形象和慾望都作了昇華式的處理，使之更接近於崇高的美學範疇（崇高與慾望的昇華本屬相同的範疇。按佛洛伊德的學說，「崇高」sublime 是慾望昇華 sublimation 的直接體現）。肉體慾望的狂歡化語言往往爲革命的崇高風格及形式所置換和掩飾。只是在抗日戰爭這個充滿了流血和暴力的時代，「東北作家群」中和「七月派作家」中才出現了蕭紅和路翎這樣的作家，重新將肉體感性慾望和「肉體的物質原則」推向作品的美學中心。

《阿Q正傳》被解讀爲魯迅批判中國「國民性」最尖銳深刻的作品，阿Q則成了一個落後、愚昧、自欺欺人的「國民性」典型。其實，作爲轉型期中國現代文學中最複雜和豐富的魯迅的作品，是轉型期眾聲喧嘩的縮影。雖然我們未必要將魯迅的文本作解構主義的肢解，但對其中蘊含的多層次的眾聲喧嘩內涵，卻需要作相應的多角度的把握。《阿Q正傳》裡關於革命的描寫，就可以作爲一個具有狂歡化特徵的話語主題重新解讀，阿Q的「革命性」，亦可以作非本質主義的重新界定（也即是說，不把他的「革命性」僅僅看成爲某種「典型」的整體或本質的一種表現，而是抽出來專門分析）。

阿Q的「革命性」有兩點值得注意。首先是其革命的語言，再就是其革命要求中的肉體慾望。阿Q的語言，大致上包括了對傳統孔孟之道的統治者話語的仿效，民間的市井俚語，以及對民間戲曲語言的模擬。阿Q習慣於使用統治者的話語口吻，如「我們先前——比你闊的多啦！你算是什麼東西！」以及對「光」、「亮」之類的語言忌諱等。這自然構成了與其身分強烈反差所造成的反諷，同時也恰如其分地展示了統治階級文化霸權對社會文化意識的滲透。阿Q的口頭語「媽媽的」之類則是合乎其實際身分的市井俚語。不過，他從民間戲曲裡吸收的話語習慣，卻更有意義。尤其是在阿Q的革命階段，民間戲曲語言幾乎成爲他的主導話語：

「『革命也好罷，』阿Q想，『革這伙媽媽的命，太可惡！太可恨！……便是我，也要投降革命黨了。』……他得意之餘，禁不住大聲的嚷道：『造反了！造反了！』……他更加高興的走而且喊道：

『好，……我要什麼就是什麼，我歡喜誰就是誰。

得得，鏘鏘！

悔不該，酒醉錯斬了鄭賢弟，

悔不該，呀呀呀……

得得，鏘鏘，得，鏘令鏘！

我手執鋼鞭將你打……』」

民間戲曲是魯迅十分喜愛的民間文化形式，對他的創作有深刻的影響。在某種程度上，不登大雅之堂的「社戲」之類，是魯迅童年時代民間社會的最重要的「廣場話語」，是大眾文化、民間文化自由開放的基本形式。他將這種狂歡化的戲劇語言作爲阿Q革命的主導話語，正體現了魯迅對革命的「狂歡節」特徵的認同。

阿Q的革命戲劇性語言的一個主題便是肉體慾望的宣洩，而肉體慾望本身，與革命的主題和狂歡化的戲劇語言相互作用，產生了阿Q的獨特的革命話語：

「造反？有趣……來了一陣白盔白甲的革命黨，都拿著板刀，鋼鞭，炸彈，三尖兩刃刀，鈎鐮槍，走過土谷祠，叫道，『阿Q！同去同去！』於是一同去。……

『趙司晨的妹子眞醜。鄒七嫂的女兒過幾年再說。僞洋鬼子的老婆會和沒有辮子的男人睡覺，嚇，不是好東西！秀才的老婆是眼胞上有疤的。……吳媽長久不見了，不知道在哪裡——可惜腳太大。』」

魯迅戲劇性地再現了阿Q革命的狂歡節戲劇效果，並不加掩飾地將革命與肉慾的直接聯繫用民間文化的戲曲語言淋漓盡致地表現出來。魯迅的「革命再現」有許多笑謔和諷刺的成分。其嘲笑、諷刺的對象，既包括革命與反革命的主體——阿Q及趙太爺、秀才、僞洋鬼子等等，亦包括了革命及其革命話語本身。魯迅揭示了革命的相對性，提供了懸置、顚覆、消解等級和權威的可能性。但這畢竟只是短暫的瞬間。阿Q的革命以被斬首示眾而匆忙收場，狂歡化在魯迅的小說創作中也只有短暫的閃爍和片段。

在抗戰烽火席捲中國大地的四〇年代，革命與肉體慾望的審美主題又在蕭紅和路翎的創作中有新的發展。蕭紅的《生死場》不僅僅是一部以民族救亡爲主導的愛國主義小說，而且是一曲讚美肉體物質性原則和謳歌生與死的狂歡節之歌。在戰爭與流血、屈辱和反抗的特定環境下，《生死場》充滿了悲壯淒涼的情調。但蕭紅對生與死、肉體慾望的執著，卻時時透過沉重悲慘的主旋律，鳴響著感性自由和慾望追求的狂歡之音。巴赫汀認爲，流血、肢解、死亡、詛咒……在拉伯雷的狂歡世界中均有著積極的意義。因爲它們意謂著變革，意謂著新生㊾。在蕭紅的《生死場》中，生的痛苦與歡樂與死亡的恐懼與悲慘，通過女性主體肉體感官的直接體驗而構成了生生死死的「廣場」。蕭紅用狂歡化語言構成了這個想像的廣場，與帝國主義的侵略、傳統文化中的父權等勢力作抗爭㊿。

路翎的《飢餓的郭素娥》亦是以女性的肉體感性慾望的敍述主體，展現了與《生死場》相似的革命與肉體慾望的狂歡化主題。路翎小說的中心形象是肉體感性慾望的爆發，是「原始的強力」的宣洩。在狂暴的愛與慾、反抗與掙扎、期望與幻滅、變形與肢解過程中，肉體形象體現了「卑賤化」的美學原則，一再打破了使慾望、肉體和階級意識崇高化和革命昇華的話語程式。肉體形象還有另外兩個功用：首先，它將感性體驗回歸到美的本源。這與巴赫汀所強調的狂歡節美學原則是一致的，所讚美的是「肉體的物質性原則」。這種對肉體慾望的正面肯定，批駁了把女性視爲肉慾誘惑、罪惡淵藪的傳統道德倫理。另一方面，路翎通過對郭素娥的肉體感性慾望的描述，樹立了她的女性主體意識。郭素娥的主體意識，正是在她的被壓抑的性飢餓的釋放與宣洩中而產生的。小說中的男性主人公張振山，是郭素娥性意識的覺醒與成熟中不可缺少的他者，但卻不是革命現實主義創作模式中的救世主。他的確是位革命家，但最終卻拋棄了渴望中的郭素娥，倉惶逃脫。路翎正面肯定的，是張振山的「原始的強力」，即他的肉體感性慾望，而不是他的革命家「典型形象」。他描寫郭素娥與張振山的關係，主要側重兩者的性本能。這種描寫，具有拉伯雷式的怪誕現實主義的誇張、變形的特徵：

「郭素娥睜大修長疲倦的眼睛望著他，彷彿他是一個陌生人似的。但是當她擲一擲頭髮，把手下意識地抬到臉上去時，這眼睛就一瞬間被一種苦悶而又歡樂的強烈火焰所燃亮。她迅速地站起來，走到門邊，扯起敞開一半的上衣底裡幅擤鼻涕，然後又用手揩掉，一面向外探望著。

「張振山露出潔白的大牙齒，以彷彿濛著煙火的眼睛貪婪地瞧著女人底露出在衣幅裡的，褐色的大而堅實的乳房。」

……

「現在，郭素娥熱切地把她鼻子埋在這男人強壯的，濡著汗液的胸膛裡，狂嗅著從男人底胳肢窩裡噴出來的酸辣而悶苦的熱氣。她底赤裸裸的腿蜷曲地在對方底多毛的腿邊，抽搐著；她底心房一瞬間沉在一種半睡眠的夢幻的安寧裡，一瞬間又狂熱地搏動，使她底身體顫抖，彷彿她只有在這一瞬間才得到生活——彷彿她底生活以前是沒有想到會被激發的黑暗的昏睡，以後則是不可避免的破裂與熄滅似的。」

路翎的敍述風格是各種語言立場變錯蕪雜的「複調」或「雙聲語」風格。以上兩段引文中，既有對肉體形象和性愛的赤裸裸的描寫，其意象含有明顯的動物性；又有敍述角度的多面微妙變換，用數次眼睛的互相凝視和「彷彿」，將情慾之火通過眼神的傳遞來表達。敍事者話語在描寫性交場面時，交替與女主角的內心獨白話語對肉慾的激情迸發作細膩的描述。

在《飢餓的郭素娥》尾聲部分，路翎更直接訴諸於民間文化的舞龍歡狂場面，來營造肉體感性慾望的激情與宣洩的氣氛。小說的結尾在故事上是悲劇性的。郭素娥慘死，張振山逃亡，爲了替郭素娥復仇的魏海清，在鬥毆中被殺。而狂歡的廣場節日氣氛，卻爲路翎所竭力發掘的大眾中的自發本能和「原始的強力」作了有力的烘托：

「龍出現了。它在人群中顛簸，搖擺著它底已經被擠毀一半的巨大的頭。……龍旋舞了起來，火花嘶嘶發響，向街心美麗地迸射了過去，人群被衝擊到屋檐下，……那些年輕人，他們底心就像他們赤裸裸的胸膛一樣，卻不曾注意到這個。他們只是注意自己逐漸陶醉。以一種昂奮的，不知疲倦的大力，他們便自己底龍迎著另一條在身邊的空中瘋狂的旋繞。他們高叫，善意地咒罵，在地上跳脚抖落灼人的火星。於是，在火花底狂舌交織的白色的壯麗的光焰裡，龍底大破布條帶著醉人的，令人拋擲自己的轟響急速地狂舞起來了。那殘破的龍頭奮迅地升上去，似乎帶著一種巨大的焦渴，一種甜蜜的狂喜在沉默地發笑！哦，它似乎就要突然脫離木杆，脫離白色的焰火和群衆底轟鬧，飛升到黑暗而深邃的高空裡去，把自己舞得迸裂！」

中國八〇年代興起的「尋根小說」之中，莫言的作品可以說重現了抗戰時期蕭紅、路翎等的狂歡化風格。莫言雖然不像路翎那樣，直接置身於戰火硝煙的歲月中，是透過歷史的距離，來回溯戰爭、革命、暴力中的生命力。但我們仍然可以從抗戰時期的蕭紅、路翎到八〇年代莫言作品的語言的嬗變與繼承之中，看出狂歡化語言的「客觀記憶」，恰如巴赫汀所述的杜斯妥也夫斯基語言的梅尼普諷刺。莫言文字的狂歡化特徵，已有許多分析和批評，並有理論上的概括51。不過，值得強調的，是莫言對革命與暴力、「肉體的物質性原則」、「卑賤化」主題的聯繫和把握，突出體現了文化轉型期的多面性。蕭紅、路翎的作品中面對的是革命與暴力的現實，和現實再現的語言形式中的理想化、崇高化傾向。莫言的作品中所再現的革命與暴力，則更凸顯出歷史的匱缺或不在場。他首先要借助狂歡化的語言來**重建**一個想像的革命與暴力的現實。這需要打破對歷史現實的種種語言神話和再現的樊籬，對於崇高化的「革命現實主義」再現形式，要作更爲激烈的解構。莫言的語言具有拉伯雷怪誕現實主義的極端誇張、變形和卑賤化的特徵，遠超過抗戰時代的蕭紅與路翎。在歷史不在場的背後，又隱含著八〇年代莫言所處的社會現實的在場，即文化轉型的新的高潮，亦即以文化的重新否定和重建爲主要特徵的「文化熱」。莫言和其他尋根派作家和八〇年代作家一道，以弘揚被壓抑和肢解多年的肉體感性慾望的狂歡節語言，來實現文化的批判和重建。以《紅高粱》爲例：

「我曾經對高密東北鄉極端熱愛，曾經對高密東北鄉極端仇恨，長大後努力學習馬克思主義，我終於悟到：高密東北鄉無疑是地球上最美麗最醜陋、最超脱最世俗、最聖潔最齷齪、最英雄好漢最王八蛋最能喝酒最能愛的地方。……八月深秋，天邊天際的高粱紅成洸洋的血海。高粱高密輝煌，高粱淒婉可人，高粱愛情激盪。秋風蒼涼，陽光很旺，瓦藍的天空遊蕩著一朶朶豐滿的白雲，高粱上滑動著一朶朶豐滿白雲的紫紅色影子。一隊隊暗紅色的人在高粱棵子裡穿梭拉網，幾十年如一日。他們殺人越貨，精忠報國，他們演出過一幕幕英勇悲壯的舞劇，使我們這些活著的不肖子孫相形見絀，在進步的同時，我眞切感到種的退化。」

莫言與其說是在寫戰爭，寫革命，寫「精忠報國」的愛國主義悲劇，不如說是在寫肉體感情慾望的勃發和宣洩，在寫肉體的低下部位與生命的創造，寫暴力與流血。他的語言極盡渲染誇張之能事，刻意追求狂放與怪誕的效果。從上段中，還可以看出莫言語言的戲擬性。他大量使用極端的形容詞「最」字，既是對革命現實主義文風的戲擬，又分明表現了與「毛文體」（李陀語）的「家族相似」以及淵源。莫言以革命現實主義和浪漫主義的語言寫赤裸裸的男歡女愛，肉體的激情、慾望的勃發，敍述中充滿著反諷：

「他把我奶奶抱到蓑衣上。奶奶神魂出舍，望著他赤裸裸的胸膛，彷彿看到強勁剽悍的血液在他黝黑的皮膚下竄流不息。……奶奶心頭撞鹿，潛藏了十六年的情慾，迸然炸烈。奶奶在蓑衣上扭動著。余占鰲一截截地矮，雙膝啪噠落下，他跪在奶奶身邊，奶奶渾身發抖，一團黃色的、濃香的火苗，在她面前嗶嗶剝剝地燃燒。余占鰲粗魯地撕開我奶奶的胸衣，讓直瀉下來的光束照耀著奶奶寒冷緊張、密密麻麻起了一層小白疙瘩的雙乳上。在他的剛勁動作下，尖刻銳利的痛楚和幸福磨礪著奶奶的神經，奶奶低沉喑啞地叫了一聲『天哪……』就暈過去了。

「奶奶和爺爺在生機勃勃的高粱地裡相親相愛，兩顆蔑視人間法規的不羈心靈，比他們彼此愉悅的肉體貼得還要緊。他們在高粱地裡耕耘播雨，爲我們高密東北鄉豐富多彩的歷史上，抹上了一道酥紅。我父親可以說是秉領天地精華而孕育，是痛苦與狂歡的結晶。」

莫言的語言之鋪陳、誇張，詞藻之鏗鏘昂奮，具有十足的革命現實主義、革命浪漫主義氣派。在生機勃勃的高粱地裡男歡女愛，「耕耘播雨」(既有食物的生產又有生命的生產創造)，莫言顚覆了革命理想主義話語蘊含的內在秩序和等級，謳歌了「肉體的低下部位」和「肉體的物質性原則」。就他筆下的「我爺爺」、「我奶奶」的形象而言，均是群眾性的、開放性的正面英雄人物，是革命的主角，也是肉體感性慾望的主體。莫言塑造的是一個「革命狂歡節」的形象。通過這個充滿著浪漫情調和反諷張力的「革命狂歡節」的想像現實，莫言努力重構著一個新的神話。在八〇年代，「革命狂歡節」的語言是反叛、顚覆與重建的語言，是中國當代文學中的「先鋒派」。

「革命狂歡節」的先鋒派語言特徵在其他媒體中很快有了很大的反響，特別是在新崛起的張藝謀、陳凱歌等的「第五代導演」的實驗性電影中，掀起了新的波瀾。電影《紅高粱》運用了鋪天蓋地的象徵性色彩——紅色——和誇張、鋪陳肉體形象的視覺語言，創造了電影語言的「革命狂歡節」。張藝謀實驗電影的語言革命與創新，一開始起就以激情蕩漾的肉體感性形象爲主導。他的女主角鞏俐，是「革命狂歡節」風格的電影語言的化身。鞏俐的形象除了引起傳統電影創作與批評界的非議，也招來新潮批評中「女權主義」批評家們的責難。她們認爲張藝謀所塑造的大膽、性感的鞏俐的形象，乃是向商品性大眾文化、西方大眾文化的

「東方主義」情結獻媚的行爲，是將女性肉體「客體化／對象化」的男性中心主義的表現。尤其是張藝謀後來導演的《菊豆》、《大紅燈籠高高掛》，一方面爲中國實驗電影贏得了更多國際聲譽和市場，一方面受到了批評界越來越激烈的批評。從莫言的《紅高粱家族》到張藝謀的實驗電影，可以看出「革命狂歡節」話語的多面性和爭議性，已經深入延伸到多種媒介和文化背景之中。在某種意義上，「革命狂歡節」語言已跨越了歷史與本土的特定涵義和局限，將「革命」、「暴力」、「肉體感性慾望」的歷史主題，融入大眾文化的能指鏈或代碼網絡之中，形成了當代大眾文化中的新的話語。

在巴赫汀看來，狂歡節根本上是大眾文化的產物。它與革命的聯繫即在於此，因爲革命首先是大眾的運動，是文化轉型時期各種矛盾與衝突的爆發。狂歡節與大眾文化的另一個根本聯繫，是對肉體感性慾望的正面肯定和讚美。巴赫汀並未回答當代社會商品化規律支配下的大眾文化問題，這正是我們需要解決的。然而我們從中國現代文學／文化中的「革命狂歡節」語言的演變道路中，能夠感受到巴赫汀的理論啓迪。

「大說」的式微與「小說」的鼎盛

中國大陸八〇年代以莫言—張藝謀爲代表的「革命狂歡節」語言的先鋒性，不僅表現在其對主流意識型態的中心話語和革命現實主義、革命浪漫主義創作模式的挑戰與顚覆，以及語言的革命與創新上面，而且在其積極肯定肉體感性慾望所表現的大眾文化的特徵。八〇年代中國文化整體是一個「啓蒙」、「反思」、「批判」的文化，因此更具有精英文化的特徵。對於大眾文化的意義，尚缺乏自覺和深刻的把握。這點在莫言、蘇童、余華、格非等八〇年代「先鋒文學」作品和第五代導演的「實驗電影」中，均可見出。

大眾文化在中國大陸崛起，並逐漸成爲文化的主導，這是九〇年代的現象。隨著市場經濟在中國的逐步確立，商品化規律推動的大眾文化潮勢不可擋。從港台流行歌曲到MTV，從通俗文學到時裝廣告，中國大陸已形成了大眾文化的廣闊市場。不可避免的是大眾文化潮對中國主流意識型態和精英文化的衝擊所造成的失序與紊亂狀態。作爲八〇年代「文化反思」主導的知識界，在九〇年代大眾文化潮的衝擊下，感到強烈的失落和迷茫。法蘭克福學派對大眾文化和「文化工業」的批判，近來似乎成了知識界唯一有效的理論武器[52]。西方後現代主義文化辯論中的某些理論，亦成爲中國大陸文化界面對大眾文化潮所作理論思考與選擇的熱門話題[53]。對於大眾文化中商品拜物教傾向、媚俗和渲染暴力、色情的非理性傾向的批判固然重要，但作爲一種歷史的必然，恐怕還要有更加全面的把握。巴赫汀的狂歡節理論，爲我們提供了一種從文化轉型歷史角度來思索大眾文化的視界，有助於理解大眾文化在中國大陸九〇年代這個特定歷史時期的**積極與正面意義**。

西方後現代理論家李歐塔(Jean-François Lyotard)的理論近年來受到中國部分文化批

評家的重視。李歐塔認爲後現代社會乃是一個「宏大敍事」(grand recit)或「大說」式微的時代。他所說的「大說」，是指西方啓蒙運動以降的理性主義傳統和自由人文主義傳統。在中國九〇年代的一些批評家看來，八〇年代的中國文化反思的「啓蒙」話語，亦是以民族國家與個人主義爲訴求的「大說」。另外一種看法，認爲中國當代文化是一種「文化拼貼」(pastiche)時代的文化，後現代文化的離心、解構、多元和拼貼現象，已造成了主流意識型態的解體和「文化的潰敗」[54]。這些看法，均有一定的道理。不過，中國當代文化的變遷不一定能夠用西方後現代主義理論解釋得清楚。實際上，中國文化正處於一個新的轉型時期，對於這個時期，以西方的「現代」、「後現代」歷史斷代論(periodization)來解釋，難免削足適履。巴赫汀的理論，尤其是他的眾聲喧嘩和狂歡節理論，似乎有較歷史斷代論更爲廣闊的視野。我們按巴赫汀所啓發的思路去思考中國當代文化，可以概括出「大說」的式微與「小說」的鼎盛這樣一條線索。「大說」與「小說」之爭，包括了中心話語與非中心話語、向心與離心、精英與大眾、中國與西方各種話語與價值體系的衝撞與對話，呈現的不是二元對立，而是多元共存，語言雜多，眾聲喧嘩的局面。這種文化轉型的局面，在巴赫汀「小說化」、「狂歡化」的理論中，有深刻精闢的分析。因此，我們不妨將中國當代文化看作「小說化」的文化。在這樣的文化局面中，「狂歡節」和「狂歡化」的傾向有著更加突出的大眾文化特徵，與早期的「革命狂歡節」風格已有明顯的區別。

中國大陸當代文化的「小說化」傾向,不僅僅體現在八〇年代興盛的先鋒派小說創作中。莫言、蘇童、格非等創作的實驗性小說，其文化氛圍是八〇年代的文化再啓蒙和反思的「大說」。他們的作品對中國現代革命傳統和革命的文學話語作了深刻而透徹的批判,創造了「革命狂歡節」式的先鋒派語言。在九〇年代,這種先鋒性小說創作的精英文化特徵卻日益明顯,在大眾文化的衝擊下，先鋒小說的讀者群急劇減少，而先鋒小說作家們的精英意識卻有增無減，加強了對藝術語言的追求和「邊緣化」位置的認同感。在另一方面，王朔的小說在九〇年代初風靡一時，製造了精英／大眾／、雅／俗之間遊移不定的新的調侃式語言。王朔的創作爲中國當代小說的眾聲喧嘩增添了新的聲音。透過王朔「一點正經也沒有」的痞子語言、流氓式語言,「卑賤化」和「肉體的物質性原則」的傾向性顯得比「革命狂歡節」語言更爲強烈。

在中國大陸的港台影視和流行歌曲熱與股票地產熱席捲全國的一九九三年，陝西作家群異軍突起。早就在當代文學中頗有名氣的賈平凹,推出了長篇巨作《廢都》。另一位陝西作家陳忠實一鳴驚人，創作了史詩式巨著《白鹿原》。對於這兩部作品，毀譽參半，眾說紛紜，但都爲文學創作不景氣的氣氛中這兩部作品的讀者效應和市場效果而驚歎不已。《廢都》和《白鹿原》表現了中國當代作家對於文化轉型中的大眾文化崛起的不同態度，自然成了批評界熱門的話題。這兩部小說本身，亦爲當代文化的「小說化」傾向提供了精采的文本。

《廢都》精心描述了莊之蝶這位小說家在當代中國文化變遷過程中的經歷。賈平凹一方面展現了莊之蝶作爲中國知識分子的「士」的特徵，將他在八〇年代的走紅，放在中國的「文章經國大業」的傳統和文化啓蒙、文化反思的現實環境中描述。另一方面，莊之蝶的性慾幻想、性沉迷，則構成了《廢都》最爲重要的內容。雖然對《廢都》在文學史上的地位下任何斷言都爲時過早，但有一點可以肯定的，即是該書「小說化」語言的自覺。這種語言也體現著狂歡化的風格，但與先鋒小說的狂歡化有很大距離。這種距離在於賈平凹對大眾文化的根本追求的認同而非拒絕，與先鋒作家精英意識的自覺是很不相像的。以下爲莊之蝶與他的情人唐宛兒共訴衷腸的一段描述，以莊之蝶的獨白開場：

「『……十多年前，我初到這個城裡，一看到那座金碧輝煌的鐘樓我就發誓要在這裡活出個名堂來。苦苦巴巴奮鬥得出人頭地了，誰知道現在卻活得這麼不輕鬆！……這裡什麼眞正是屬於我的？只有莊之蝶這三個字吧。可名字是我的，用得最多的卻是別人！……見了你，我不知道怎麼就怦然心動，也不知道哪兒就生出了這麼大的膽兒來！……你身上有一股我說不清的魅力，就像聲之有韻一樣，就像火之有焰一樣，你是眞正有女人味的女人。……我的感覺裡，我們是會成功的，我要你記住一句話，遲遲早早我要娶了你的！只要你信我。』婦人在懷裡點著頭，說：『我信的，我等著你！』莊之蝶就吻了婦人，說：『那你給我笑笑。』婦人果然就笑了。兩人重新抱在一起滾在床上，莊之蝶就又趴上去，婦人說：『你還行嗎？』莊之蝶說：『我行的，我眞行哩！』□□□□□□（作者刪去五百一十七字）這時，就聽得樓道裡有人招呼：『開會了！』……唐宛兒說：『誰能想到一會兒你在台上莊重發言，這會兒卻在幹這事！今日晚上看電視，……多少人……準在說：瞧，那就是我崇拜的偶像莊之蝶！我卻要想，我可知道他那褲子裡的東西是特號的哩！』」

莊之蝶的獨白中，夾雜著各種話語成分，有「金碧輝煌」中的宏偉事業和個人奮鬥，也可辨出某種存在主義的「失落」和「困惑」，甚至解構主義對「名字」的質疑。在這些堂而皇之的話語中，亦可聽見俗不可耐的浪漫濫情和山盟海誓。就敍述語言而言，賈平凹刻意戲擬中國古典白話小說的語氣，寫到煽情之處，更戲擬了文字檢查的陳規，故意挖掉那也許本來不存在的性描寫。在這裡，賈平凹既在賣弄噱頭（這使他得到了「媚俗」、「迎合大眾低級趣味」的一片罵聲），又似乎有某種形而上或後設批評的追求。總之，賈平凹的《廢都》中，大說與小說、傳統與現代、精英與大眾、媚俗與後設批評的話語，魚龍混雜，糾纏不清。雖然有「廢都」斷垣殘壁上嗚嗚咽咽，如泣如訴的心聲，雖然整部小說都在刻意渲染著「莊生曉夢迷蝴蝶，望帝春心託杜鵑」，「此情可待成追憶？只是當時已惘然」的渺茫恍惚的「世紀末」

氣氛，但小說中透露的「狂歡化」意識，卻十分頑強地呈現出來。儘管有種種傳統與現代大說的慷慨陳詞，仍掩不住情慾開放、縱情歡樂的淫聲顫語。《廢都》以其精采的小說語言，淋漓盡致地展現了當代文化「狂歡化」與「小說化」的趨向。

《白鹿原》則從另一個側面揭示了「小說化」。陳忠實的這部涵蓋了中國現代歷史近半個世紀的史詩般宏著，力圖塑造一個革命和傳統的新的神話或大說。但這種重建的原動力，又處處透露著力比多(libido)的情慾原始本能，或肉體感性慾望。小說開卷有「慾」，其主角白嘉軒一輩子幹過七個女人；每次經歷，都有栩栩如生、細緻如微的描繪。

《白鹿原》在先鋒小說已將革命現實主義、革命浪漫主義話語顛覆解構，大眾文化又將先鋒小說衝向邊緣之後，重建傳統神話話語。小說精心塑造了傳統化身、大儒朱先生的神話。朱先生的神象是由村民口頭傳說的神話鑄成的。陳忠實著意渲染了村民的「口頭文學」，並將之全部融入敘述者的話語音調之中，使之渾然天成，自然貼切。如朱先生的妻弟、族長白嘉軒，便是朱先生神話的主要創造者。他的血緣宗親、社會棟樑與實幹家的身分，使其語言更爲可信、可敬：「嘉軒一貫尊重姐夫，但他卻從來也沒有像一般農人把朱先生當作知曉無機的神。」雖然陳忠實竭力再現村民的自然口頭語言，但他的敘述語言卻完全是現代的白話文，脫胎於革命現實主義和革命浪漫主義的「毛文體」。敘述語言與村民俗語之間有很大的鴻溝，這是作者借助「自然化」敘述手法有意掩蓋的：

「朱先生依然保持著晨讀的習慣。他開開門看見了一片白雪。原坡上一片白雪。書院的房瓦上一片白雪。……天闊地茫冰清玉潔萬樹銀花。世間一切汚穢和醜陋全都被覆蓋得嚴絲不露了。雪景瞬間消除了他許久以來的鬱悶。他漱洗了口臉，就取來書站在庭院裡朗聲誦讀。他大聲朗誦，古代哲人鐫刻下來的至理名篇似金石之聲在清冷的空氣中顫響。」

此敍述語言與《廢都》風格迥異，倒與朱先生所誦的古代「至理名篇」有某種家族相似：從容不迫，首尾呼應，井然有條，語氣清朗。不過，正像白雪將一切覆蓋得嚴絲不露，我們在這裡亦難直接聽到語言雜多、眾聲喧嘩。也許，我們必須仿效羅蘭・巴特解讀巴爾札克的《薩哈辛》，將一篇可讀性極高的地道寫實主義小說解構成「可寫性」的實驗小說，以揭示其眾聲喧嘩的意識型態立場和價值體系。上段的首句，可以重寫成「李大釗同志自幼保持著晨讀的習慣」。然後，我們可以發揮想像力，從中國革命現實主義和浪漫主義的文庫中，尋找豐富的資源，以塡充茫茫白雪下的「互文性」的空白：「北國風光，千里冰封，萬里雪飄……」或「朔風吹林濤吼……」等等等等。我們完全有理由猜測古代哲人的至理名篇留下的金石之聲：「古之學者必有師。師者，所以傳道、授業、解惑也。……」或者「古之欲明明德於天下者，先治其國；欲治其國者，先齊其家；欲齊其家者，先修其身，……」云云云云。

陳忠實在當代文化「物慾橫流、人慾橫流」的局面下，力挽狂瀾，重建民族文化傳統的神話，並納入某種「現代化」的圖式之中。他在重寫傳統與革命時，將主流意識型態和革命現實主義和革命浪漫主義話語納入自己的語言之中（我們可明確地看到《紅旗譜》、《野火春風鬥古城》的影子）。另一方面，陳忠實不像先鋒小說家那樣刻意保持與大眾文化通俗文學的距離，而是為了讓他的故事具有高度的可讀性（或可消費性），而借鑑西方通俗小說（如陳忠實承認他對美國通俗小說家謝爾頓〔Sidney Sheldon〕的模仿）。小說中大量的性描寫，有著迎合大眾文化趣味的一面，亦有以肉體感性慾望為基石重構神話的另一面。陳忠實小說的「狂歡化」傾向，似乎更有與大眾文化的崛起相認同的特點。朱先生死後，他的兒媳為之淨身，有幸一睹眞神全貌：「兒媳瞥見阿公腹下垂吊的生殖器不覺羞怯起來，……心裡驚異阿公那個器物竟然那麼粗那麼長，似乎聽人傳說『本錢』大的男人都是有血性的硬漢子，而那些『本錢』小的男人大都是些軟鼻膿包。」

「小說性」在此頑強地浮出，在兒媳對禁忌的聯想和羞澀中，似乎對神話的原型作了某種還原。「肉體的低下部位」在陳忠實的敍述中被盡情誇張渲染。雖然作者的初衷似乎並非在正面肯定「卑賤化」的狂歡節原則，但其中透露的與大眾文化認同的信息，卻不斷地顛覆著作者的「大說」與神話的重構。《白鹿原》從另一極向我們呈現了小說鼎盛的當代中國文化。

我們從中再次看到了大眾文化已不可逆轉地成爲中國文化的主導，無論是賈平凹的浮躁迷惘，還是陳忠實的神話重構，都有意識地將其狂歡化語言與大眾文化的主導相互連結。

小說鼎盛的當代文化囊括了五彩紛呈、眾聲喧嘩的語言雜多，狂歡節對肉體感性慾望的肯定和對生命創造力的贊揚，正以新的形式出現在中國文化舞台上。與商品化潮流、主流意識型態、傳統倫理道德以及社會法治等（商業社會的暴力與色情的負面影響不可避免）相互交織，使當代中國文化空前地富有生機，也空前地紊亂無序。究八〇年代文化反思的「啓蒙」大說之理想，可發現當年精英文化所呼喚的，正是日常生活美滿幸福，感官悅愉充分實現的「小說化」。因此，「精英文化」與「大眾文化」的相互關係，在轉型時期內並非是一種二元對立的關係。兩者構成了眾聲喧嘩交響樂的「複調」，互相對話，相輔相成。在大眾文化逐漸成爲主導的時刻，狂歡節的美學原則是交響樂中的主旋律。狂歡節是開放的、未完成的、歧義和曖昧的，又是生機勃勃，充滿著樂觀精神和創造力的。在世紀末的中國，文化轉型將帶來社會生活的巨變。我們完全有理由像巴赫汀那樣，爲狂歡節的生命力和創造力喝采，積極樂觀地展望和參與文化重建的工程。

註釋

❶ Fredric Jameson, *Postmodernism,* or, *The Cultural Logic of Late Capitalism,* Duke University Press, 1991.

❷ Ken Hirschkop and David Shepherd, Eds. *Bakhtin and Cultural Theory*, Manchester University Press, 1989.

❸ Terry Eagleton, "Bakhtin, Schopenhauer, Kundera," in K. Hirschkop and D. Shepherd, Eds. *Bakhtin and Cultural Theory*, p.179.

❹ Katerina Clark and Michael Holquist, *Mikhail Bakhtin*, Harvard University Press, 1984, pp. 296-97.

❺ Mikhail Bakhtin, *Rabelais and His World*, Indiana University Press, 1984, p.7.

❻ Mikhail Bakhtin, *Problems of Dostoevsky's Poetics*, University of Minnesota Press, 1984, p.175.

❼ Mikhail Bakhtin, *Rabelais and His World*, p.7.

❽同前揭書，p.88.

❾ Mikhail Bakhtin, *Problems of Dostoevsky's Poetics*, p.179.

❿同前揭書，p.184.

⓫ *Rabelais and His World*, p.19.

⓬ *Problems of Dostoevsky's Poetics*, p.183.

⓭ *Rabelais and His World*, p.167.

⓮ Terry Eagleton, "Bakhtin, Schopenhauer, Kundera," p.182.

⓯ Graham Pechey, "On the Borders of Bakhtin: Dialogization, Decolonization," in *Bakhtin and Cultural Theory*, p.52.

⓰ Cary Morson and Caryl Emerson, *Mikhail Bakhtin: Creation of a Prosaics*, Stanford University Press, 1990, pp.86-89.

⓱ K. Clark and M. Holquist, *Mikhail Bakhtin*, p.313.

⓲ *Rabelais and His World*, p.12.

⓳ 同前揭書，pp.13-14.

⓴ 同前揭書，p.166.

㉑ 同前揭書，p.6.

㉒ 同前揭書，p.190.

㉓ 同前揭書，p.151.

㉔ 同前揭書，p.25.

㉕ 同前揭書，p.256.

㉖ 同前揭書，p.18.

㉗同前揭書，p.19.

㉘同前揭書，p.19.

㉙同前揭書，p.23.

㉚同前揭書，p.19.

㉛同前揭書，p.37.

㉜同前揭書，p.26.

㉝同前揭書，p.281.

㉞同前揭書，p.317.

㉟同前揭書，p.27.

㊱同前揭書，p.466.

㊲同前揭書，p.466.

㊳*Problems of Dostoevsky's Poetics*, p.467-68.

㊴*Rabelais and His World*, p.435.

㊵*Problems of Dostoevsky's Poetics*, p.107.

㊶同前揭書，p.108.

㊷同前揭書，p.222.

㊸同前揭書，p.174.

❹❹同前揭書，p.231.

❹❺同前揭書，p.134.

❹❻K. Clark and M. Holquist, *Mikhail Bakhtin*, p.249.

❹❼參見王曉明，《潛流與漩渦——論二十世紀中國小說家的創作心理障礙》，中國社會科學出版社，一九九一年。

❹❽參見David Wang, *Fictional Realism in 20th Century China*, Columbia University Press, 1992.

❹❾*Rabelais and His World*, p.211、275.

❺⓿參見劉禾，〈文本、批評與民族國家文學——《死生場》的啓示〉，唐小兵編，《再解讀：大眾文藝與意識型態》，香港、牛津大學出版社，一九九三年。

❺❶魯樞元在論文學語言的「超越性」時，論及莫言的「狂歡節語言」。不過魯在強調文學語言的「超越」時，往往忽視了特定語言現象，如「狂歡節」語言的歷史與意識型態內涵。見魯樞元，《超越語言——文學言語學芻議》，中國社會科學出版社，一九九〇年。

❺❷參見張頤武，《在邊緣處追索——第三世界文化與當代中國文學》，時代文藝出版社，一九九三年；陶東風，〈慾望與沉淪——當代大眾文化批判〉，《文藝爭鳴》，一九九三年第六期。

❺❸參見王寧，〈接受與變形——中國當代先鋒小說中的後現代性〉，《中國社會科學》，一九九二年第一期；陳曉明，《無邊的挑戰——中國先鋒文學的後現代性》，時代文藝出版社，一九九三年。

❺❹參見張頤武，〈對『現代性』的追問——九〇年代文學的一個趨向〉，《天津社會科學》，一九九三年第四

期；陳曉明，〈文化拼貼的時代——對當代文化的一種讀解和批判〉，《文藝爭鳴》，一九九三年第五期。

結論
理論與批評的未完成的對話

巴赫汀的學術生涯跨半個多世紀，囊括了人文學科幾乎每個領域。而本書僅以不足二十萬言的篇幅，對巴赫汀的眾聲喧嘩式的龐大複雜的理論，作了非常簡單膚淺的評介。本書開宗明義，旨在向中國讀者介紹一個筆者所理解的巴赫汀，即將巴赫汀視爲本世紀的一位轉型時期的文化理論家。我的這個觀點，構成了這本薄薄的小書的主題。這個觀點來自於兩方面的思考。首先，我認爲巴赫汀的對話理論強調的是理論與批評的開放性、未完成性和對話性，而對話關鍵是起碼要有自我與他者兩個聲音。我提出一個文化轉型和理論的問題，正是爲了確定我自己的聲音，來與巴赫汀的理論進行對話。第二，把巴赫汀理論對**文化轉型**問題突出和強調，是出於我對中國現代與當代文化（主要是文學創作與批評）的認識。我覺得巴赫汀的複調理論、小說話語理論等等，都是他對於文化斷裂、變化和轉型時期的眾聲喧嘩現象的理論把握。而這種把握用來了解和認識中國近現代以至當代文化的轉型也是十分貼切的。

上面這兩種考慮促使我重視巴赫汀的思路對於中國未來的啓迪。當然，這些思考和分析中會有許多牽強附會之處，用眾聲喧嘩、狂歡節等理論範疇來解讀中國現當代文學作品，也常常失之簡單化，流於膚淺表面。作爲一本評介性的著作（我現在尙不知是否還有更全面的中文著作問世），我的這種「主題先行」的論述，更有一個重大的弊病：由於過多強調巴赫汀理論的某個主題（儘管我認爲是貫穿其理論的核心），本書很難較爲全面、周到地將巴赫汀的多面思想作「客觀的」介紹（儘管我認爲「客觀的」評價在人文學科中斷難實現）。事實上，對於巴赫汀早期的哲學—美學思想，本書的評介是十分簡略的。對於他的馬克思主義語言哲學理論的分析亦很匆忙。我主要感興趣的是他的眾聲喧嘩和狂歡節理論，所以這兩部分內容較其他部分要重得多。巴赫汀晚年雖然沒有大部頭的著作問世，卻寫了許多筆記，主要討論「人類科學」的問題，對此思想發展的複雜過程，力圖作出某種總結。這部分內容，本書前幾章均未涉及。這並不意識著巴赫汀晚年思想無足輕重，而是由於本書構架和篇幅的局限。

對於本書的主題和由此產生的弊端，有必要在結束部分提出來。希望讀者看過這本小書後，切勿產生誤解，以爲我所解釋和評介的巴赫汀，便是一個完整的面貌。如果要對巴赫汀作認眞的了解，當然要去讀他的原著。好在巴赫汀的重要著作，已有了中文譯本。能讀懂俄文原文和英、法文譯文的學者，亦可讀到巴赫汀著作的各種譯文版本。作爲二十世紀的一位重要思想家，巴赫汀的著作是值得我們認眞讀的，更應該有深刻的研究。

不過，巴赫汀在俄國長期命乖運蹇，在中國也似乎時運不濟，這眞是極富諷刺的。八〇年代中國大陸文化熱時期，西方現代思潮、當代批評理論大量譯介到中國。法國的後結構主義、解構主義、後現代主義……不一而足，紛紛與沙特、海德格以及佛洛伊德、尼采等等，形成了理論的新時髦。而巴赫汀的名字卻很少被提及，更遑論影響與時髦了。到了九〇年代，文化熱遽然降溫，商品熱日趨上升。沙特之輩，已失去了對中國知識分子的吸引力。這時再把前蘇聯的一位什麼馬克思主義文化理論家提出來，不免太有些不識時務。(九〇年代的西方學術界，「巴赫汀熱」亦好景不再。如今時髦的，似乎是「後殖民主義」、「政治認同」等等。）巴赫汀如果聽到我這番議論，一定會自嘲地聳聳兩肩。時髦與影響之類問題，從來就與他無緣。不過，我認爲現在把巴赫汀的思想提出來，恰恰是正當時機。我在論眾聲喧嘩和狂歡節的章節裡，已把巴赫汀的實際意義說得很明白了，這裡不再贅言。

巴赫汀近年來在他的故鄉——前蘇聯——的命運，或許對我們有些啓發。巴赫汀在七〇年代曾經歷過被「重新發現」後的某種「造神化」或「個人崇拜」的經驗。作爲一個反史達林文化專制主義和鼓吹多元的思想家，在蘇聯社會的勃烈日涅夫時代晚期有著突出的象徵意義。到了戈巴契夫的「開放」時代，巴赫汀更被文化知識界視爲新的「民族英雄」。他在西方取得的聲譽反饋到蘇聯，對人心思變和人心渙散的知識界，不啻是一個鼓舞。不過蘇聯學術界卻十分奇特地未產生過一部像樣的研究巴赫汀的專著。「國際巴赫汀學會」在加拿大（一九八三年）、義大利（一九八五年）、以色列（一九八七年）、再度在義大利（一九八九年）連續舉行過四屆國際學術討論會，卻沒有一位蘇聯學者參加。一九九一年在英國曼徹斯特舉行的第五屆國際巴赫汀會議，前蘇聯已經解體，俄國派出了自己的代表。政治障礙似乎已經消失，經濟困難卻愈發不可逾越：俄國代表爲到西方出席會議而買不起機票、付不出住宿費用而一籌莫展。

隨著前蘇聯的解體，俄國文化面臨著全面的危機。巴赫汀所心向神往的眾聲喧嘩、多元共存的局面，在俄國文化轉型時期卻以價値觀的崩潰、精神的危機、物質生活的匱乏的災難性結局呈現。俄國知識界面對這種嚴峻的局面，不得不回想起一個世紀之前，也即十九世紀的末期俄羅斯社會危機的情景。那個難忘的漫長歲月，一直持續到十月革命，到列寧新經濟政策，直到後來的蘇聯社會主義建設。巴赫汀早期的哲學—美學思想，就產生在這個世紀交替之際的重重危機之中。進入二十世紀末的俄國知識界在此時此刻，回想起巴赫汀近一個世紀前的思索，倍感親切。九〇年代以來，俄國文化界對巴赫汀思想的關注，主要在他早期思想的倫理學和道德責任感理論。巴赫汀的自由灑脫的狂歡節理論，卻幾乎不見蹤影。近幾年來，俄羅斯大地上發生著驚心動魄的變化，是好是壞，難以斷言。但經濟上的全面崩潰給俄國人民的日常生活帶來的貧困與寒冷，加上民族分裂、暴力犯罪的日益猖獗，卻很難使人們充滿歡笑，在公共廣場上歡宴狂歡。俄國知識界目前強調巴赫汀思想的責任感和倫理精神，正反映了他們在精神與價值空白與危機的時機尋求精神的家園的努力❶。

九〇年代的中國卻呈現著與俄羅斯極不相同的情景。八〇年代以來，大陸、台灣和東亞地區的經濟飛速發展，爲全球矚目。商品化與市場經濟的大潮，將中國文化的轉型迅速地推向全球化的進程，即以大眾文化爲主導的，推平精英／大眾文化、商業／文化界線的當代國際性文化。這種文化，在西方知識界看來，是所謂後現代文化的基本特徵。巴赫汀的理論主要是在西方後現代文化辯論之中被重新認識和闡發的，因爲他的理論對當代國際性文化的跨民族、跨語言的特徵，有深刻獨到的理解。因此，巴赫汀思想傳向大陸、台灣，更多是從當代西方的後現代文化辯論這個渠道。這使中國知識界能夠超越巴赫汀思想的本土局限，接近其理論的國際性內涵。

巴赫汀的對話理論是建設性的理論，眾聲喧嘩和狂歡節均蘊含著創造的勃勃生機。作爲一種理論和批評的思路，其根本特徵是開放性和未完成性。創造和建設意謂著主體的確立，而對自我充滿信心的創造性主體，又是永遠開放和未完成的。晚年的巴赫汀，一再重申著這個貫穿了他一生的基本信念。謹用巴赫汀晚年的一段意味深長的話結束這本小書：

「世上既不存在最先的話，也不存在最後的話，對於對話的語境來說，不存在任何局限（它向無限的久遠和無窮的未來延伸）。即使是**過去的**意義，即產生於過去的歲月中的對話的意義，也永遠不會是固定的（完成了的、一勞永逸和一成不變的）。它們將不斷地變化更新，在未來的對話過程中變易。在對話發展的任一時刻，都有無限豐富的語境蘊含被忘卻。然而，在對話隨後的發展之中的某一時刻，被忘卻的意義將會被重新召喚，賦予新的形式和新的語境。世上不存在絕對的死亡；任何一個意義都將有重返家園的歡宴。**大時代**的問題。」❷

註釋

❶參見 Caryl Emerson, "The Russians Reclaim Bakhtin (as of Winter 1992)," in *Comparative Literature*, Vol. 44, No. 4(Fall 1992), pp.415-23.

❷Mikhail Bakhtin, *Speech Genres and Other Late Essays*, Universtiy of Texas Press, 1986, p. 170.

後記

這本小書從動手寫到完成，竟然斷斷續續有三、四年的時間。讀者很快就會看出，這本書首先是寫給中國大陸讀者看的。(大陸版將與港台版同出，由中國人民大學出版社出版。)港台版作了很少的更改，主要是一些譯名。書稿的後兩章，也是最重要的兩章，是一九九三年冬天在北京大學完成的。時值大陸社會及文化向商品化急遽轉型的高潮，在眾聲喧嘩之中，匆匆趕就。過了一年後再讀原稿，覺得粗糙、膚淺之處，比比皆是，改不勝改。只是想到其內容多多少少還與當代大陸及港台的文化走向問題有些關係，寫了一些我的看法，借巴赫汀之口說出來。故仍然厚着臉皮拿出付梓。

我是學英美文學出身的，到美國後，又逐漸向中國文學轉向。但我眞正鍾愛的，還是俄羅斯文學，尤其喜歡杜斯妥也夫斯基。美國文學中我喜歡福克納。後來作博士論文，我導師劉紹銘教授建議我寫中國現代小說家路翎。我一讀路翎，就非常喜歡。從他和福克納身上，似乎都可看到杜斯妥也夫斯基的影子。讀博士時，接觸了各種時新的理論，最紅的當然是解構主義。不過，我卻對巴赫汀有一種自然的親切感。巴赫汀講話語層面的離心力與向心力的衝突，講文化變遷，講突破萬馬齊喑局面的「狂歡節」，講語錄的政治學……聽起來好像很熟悉，對於經過了「文革」歲月的我，巴赫汀所說的一切，都似曾相識。那時我常常與北京來的同學魯曉鵬在深夜的校園裡散步，沿着 Mendota 湖邊，海闊天空地漫談。(那個著名的湖，在也是威大同學的台灣詩人羅智成筆下，有一個浪漫的名字「夢的塔」。) 說來令人難以致信，我們在湖畔漫談的主要話題之一，便是巴赫汀。

一九八九年夏天，一批志同道合的同學聚會芝加哥大學。巴赫汀是聚會的一個重要話題。那是一個感情波瀾起伏的夏天。記得正好是「六四」那天，我們討論的題目是巴赫汀的「狂歡節」。電訊傳來了天安門廣場上坦克與子彈的呼嘯，我們的談話便中止了。但巴赫汀的聲音卻溶入了我們的情感世界，在喧囂與憤怒的眾聲喧嘩中，讓我們更貼近了世俗的、教父的、「小說化」的現實世界。這時，我便產生了寫一部關於巴赫汀的中文書的念頭。

但一拖就是三年。一九九二年回到北京，應樂黛雲教授邀請，在北大比較文學所講了幾次巴赫汀的文化理論。依然是夏天，但現實中似乎很難捕捉記憶和想像中的那個時刻，那怕是一些碎片。而中國大陸正是商品大潮興起的時機，四面一片大眾文化的喧嚷。北京街頭的歌舞廳與卡拉ＯＫ廳裡，霓虹燈忽明忽暗，電子打擊樂節奏歡快熱烈，對對舞伴翩翩起舞，到處響徹著《紅太陽》的旋律。我的感受和體驗都很複雜。回到美國後，忙於各種雜事和其他寫作計畫，又將巴赫汀的書稿耽擱下來了。

一九九三、九四年，我連續回大陸，更直接感受到中國文化轉型的巨變。這種直接體驗，無疑敦促我盡快寫完已一拖再拖的巴赫汀這部小書。大陸知識界、文化界的精英們，正經受着邊緣化的衝擊，失落感、無力感空前強烈。另一方面，像王朔這樣的通俗文化「製作人」，卻正變得炙手可熱。一些「先鋒派」小說家如蘇童等，與「第五代導演」如張藝謀等聯手，紛紛將目標轉向海外，爲跨國公司的國際化雇員們、「雅痞士」們提供既有「先鋒意識」高雅格調、又富有「新（或後）東方主義」異國風情的後現代跨國文化商品。在這樣的氣氛裡，我終於寫完、校畢了這部小書。細想起來，十餘年前開始讀巴赫汀，到今天來寫這篇後記，在我個人的語言記憶和想像中，已經過了眾聲喧嘩的幾起幾落？可惜由我甚爲單調枯燥的「獨白式話語」寫出來，早已失去了大部分風采。

所幸有我學長王德威兄的熱忱支持，有麥田出版公司編輯鄭立俐小姐的細心校勘，方使本書能與港台的讀者們見面。我對他們的幫助，非常感激。這些年來，許多在美國、中國大陸、香港和台灣的師長與朋友們，都作過我的有關巴赫汀的「對話者」。我很難表達對他們的感激之情。我只想說，我對他們的尊敬超過了我對他們的感謝。希望他們如果讀了這部小書，不致於十分失望。

國立中央圖書館出版品預行編目資料

對話的喧聲 : 巴赫汀文化理論述評 = Bakhtin's dialogism and cultural theory / 劉康著. -- 初版. -- 臺北市 : 麥田, 民84
面 ; 公分. -- (麥田人文 ; 6)
ISBN 957-708-270-X (平裝)

1. 巴赫汀 (Bakhtin, M. M.(Mikhail Mikhailovich), 1895-1975) - 學術思想

149.469 84002597

麥田出版有限公司

・郵撥／16008849　麥田出版有限公司
・地址／台北市新生南路 2 段 82 號 6 樓之 5
・電話／(02) 3965698（代表號）

◉本書目所列書價如與該書版權頁不符，以版權頁定價爲準。

麥田文學

1.想我眷村的兄弟們	朱天心／著	140 元
2.我的帝王生涯	蘇　童／著	150 元
3.相思子花	鄭清文／著	160 元
4.燃燒之後	鍾曉陽／著	180 元
5.薩伐旅	劉大任／著	130 元
6.美國・美國	張北海／著	140 元
7.下午茶話題	朱天文／朱天心／朱天衣／著	130 元
8.企鵝爸爸	小　野／著	130 元
9.綠色陷阱	葉兆言／著	130 元
10.逐鹿中街	王安憶／著	130 元
11.青春小鳥—王洛賓傳奇	吳淡如／著	130 元
12.我是你爸爸	王　朔／著	180 元
13.一個朋友在路上	蘇　童／著	150 元
14.後青春期症候群	朱　衣／著	130 元
15.初　旅	東　年／著	130 元
16.悲情布拉姆斯	雷　驤／著	130 元
17.少年之城	王宣一／著	130 元
18.殤逝的英雄	葉兆言／著	140 元
19.藍色玫瑰	林宜澐／著	140 元
20.家庭之旅	陳　黎／著	140 元
21.夢的攝影機	路寒袖／著	130 元
22.戲夢人生—侯孝賢電影分鏡劇本	侯孝賢／吳念眞／朱天文／著	150 元
23.離婚指南	蘇　童／著	140 元
24.走過蛻變的中國	劉大任／著	120 元
25.南方青春物語	童　雲／著	140 元
26.食妻時代	羅位育／著	140 元
27.眼耳鼻舌	許悔之／著	130 元
28.薛理陽大夫	張貴興／著	130 元
29.斷掌順娘	彭小妍／著	140 元
30.武則天	蘇　童／著	150 元

31.詩生活	侯吉諒／著	150元
32.枕頭邊的音樂會	陳樂融／著	140元
33.帶隻杯子出門	喻麗清／著	140元
34.公開的情書	路寒袖／編	140元
35.是誰在唱歌	林俊穎／著	130元
36.光之留顏	羅任玲／著	130元
37.滄桑男子	張　錯／著	140元
38.活著	余　華／著	150元
39.雁行千山	楊　明／著	130元
40.X小姐／重新開始	姚一葦／著	130元
41.不談愛情	池　莉／著	150元
42.可愛的女人	小　野／著	140元
43.威尼斯日記	阿　城／著	130元
44.多桑：吳念眞電影劇本	吳念眞／著	150元
45.紅房子酒店	葉兆言／著	140元
46.十一擊	蘇　童／著	140元
47.采集陽光與閒情	劉靜娟／著	140元
48.香港情與愛	王安憶／著	130元
49.她是女子，我也是女子	黃碧雲／著	140元
50.青銅小子	小　野／著	150元
51.輕少女薄皮書	小　野／著	150元
52.相思月娘	李　潼／著	140元
53.天生好男人	羅位育／著	140元
54.刺青時代	蘇　童／著	140元
55.風景明信片	路寒袖／編	150元
56.航向愛琴海	陳少聰／著	150元
57.旅行的顏色	黃雅歆／著	150元
58.桃花燦爛	方　方／著	130元
59.向日葵海域	楊　明／著	140元
60.今夜星光燦爛	葉兆言／著	220元
61.天空線下	張北海／著	160元

映象傳眞

1.少年吔，安啦！	吳淡如／著	150元
2.母雞帶小鴨	丁牧群／著	150元
3.無言的山丘	吳淡如／著	150元
4.浮世戀曲	周　妮／著	130元
5.小鬼當家2：紐約迷途記	劉麗眞／譯	150元
6.吸血鬼	謝瑤玲／譯	180元

7. 新樂園——感受眞性情　老　瓊／著　120 元
8. 最後魔鬼英雄　謝瑤玲／譯　170 元

日本女性小說

1. 寒椿　陳寶蓮／譯　150 元
2. 人偶姊妹　陳寶蓮／譯　150 元
3. 青燈綺夢(上)　陳寶蓮／譯　170 元
4. 青燈綺夢(下)　陳寶蓮／譯　170 元

馮內果作品集

1. 第五號屠宰場　洛　夫／譯　160 元
2. 藍鬍子　陳佩君／譯　180 元
3. 自動鋼琴　陳佩君／譯　220 元
4. 槍手狄克　吳安蘭／譯　180 元
5. 金錢之河　譚　天／譯　160 元
6. 加拉巴哥群島　張佩傑／譯　220 元
7. 泰坦星的海妖　張佩傑／譯　220 元
8. 冠軍的早餐　王祥芸／譯　180 元
9. 貓的搖籃　謝瑤玲／譯　180 元
10. 囚犯　吳怡慧／譯　200 元
11. 夜母　謝瑤玲／譯　180 元
12. 鬧劇　卓世盟／譯　160 元
13. 歡迎到猴子籠來　謝瑤玲／譯　240 元
14. 此心不移　劉麗眞／譯　160 元
15. 聖棕樹節　陳佩君／譯　200 元
16. 祝妳生日快樂　吳曉芬／譯　160 元

麥田人文

1. 小說中國——晚淸到當代的中文小說　王德威／著　320 元
2. 知識的考掘　王德威／譯　350 元
3. 回顧現代——後現代與後殖民論文集　廖炳惠／著　320 元
4. 否定的美學　楊小濱／著　280 元
5. 千古文人俠客夢　陳平原／著　300 元
6. 對話的喧聲　劉　康／著　330 元

小說天地

1. 大河戀　王祥芸・林淑琴／譯　180 元
2. 中國北方來的情人　葉淑燕／譯　160 元
3. 傑克少年　謝瑤玲／譯　140 元
4. 秋之傳奇　謝瑤玲／譯　180 元

企畫叢書

1.彈指乾坤—蓋茲微軟傳奇	陳正平／譯	300 元
2.歐洲大趨勢——未來的 10 個方向	李宛蓉／譯	250 元
3.創業家	陳輝吉／著	280 元
4.行銷大師法則——永恒不變 22 誡	蕭富峰／譯	200 元
5.談判大師手册——195 則攻防經典	劉麗眞／譯	320 元
6.打開成功的心門——10 個自然法則／掌握時間、規劃生活	劉麗眞／譯	250 元
7.組織的盛衰	呂美女・吳國禎／譯	280 元
8.大決策的智慧	沈雲驄／譯	280 元
9.品牌行銷	李宛蓉／譯	280 元
10.游擊廣告	文　林／譯	350 元

軍事叢書

1.身先士卒——史瓦茲柯夫將軍自傳（上）	譚　天／譯	280 元
2.身先士卒——史瓦茲柯夫將軍自傳（下）	譚　天／譯	280 元
3.飛堡戰紀——100 轟炸大隊血戰史	譚　天／譯	320 元
4.中途島之戰——難以置信的勝利	黃文範／譯	280 元
5.刀鋒飛行——美國海軍試飛員實錄	伊斯曼／譯	280 元
6.山本五十六——聯合艦隊司令長官	陳寶蓮／譯	280 元
7.戰車指揮官——現代騎士	譚　天／譯	300 元
8.最長的一日——1994 年 6 月 6 日	黃文範／譯	220 元
9.奪橋遺恨——市場花園作戰	黃文範／譯	380 元
10.最後一役	黃文範／譯	400 元
11.希特勒征俄之役	鈕先鍾／譯	240 元
12.圖說偷襲珍珠港	林光餘／譯	280 元
13.少年布希的戰時歲月	林光餘／譯	280 元
14.鵬搏萬里——偉大的空戰	黃文範／譯	320 元
15.隆美爾傳(上)	譚　天／譯	260 元
16.隆美爾傳(下)	譚　天／譯	260 元
17.島嶼浴血戰	鈕先鍾／譯	390 元
18.福克蘭戰爭一百天	曾祥穎／譯	290 元
19.十九顆星	蘇維文／譯	340 元
20.二戰紀事		(編印中)
21.第二次世界大戰戰史㈠	鈕先鍾／譯	320 元
22.第二次世界大戰戰史㈡	鈕先鍾／譯	360 元
23.第二次世界大戰戰史㈢	鈕先鍾／譯	320 元
24.七海雄風	王鼎鈞／譯	300 元
25.長空戰士	王鼎鈞／譯	190 元
26.將軍之戰	林光餘／譯	280 元

大人物

1.李登輝的一千天	周玉蔻／著	250 元
2.蔣方良與蔣經國	周玉蔻／著	280 元
3.誰殺了章亞若	周玉蔻／著	150 元
4.甘迺迪之死(上)	伊斯曼／譯	300 元
5.甘迺迪之死(下)	伊斯曼／譯	300 元
6.毛澤東大傳(上)	文　林／譯	280 元
7.毛澤東大傳(下)	文　林／譯	280 元
8.短暫的春秋	師東兵／著	450 元
9.廬山眞面目	師東兵／著	450 元

麥田有聲書系

1.台灣諺語的管理智慧	鄧東濱／編著・講解	800 元

Guide 新學習手冊

單元一／生涯之路			
1.企畫一生	Elwood N. Chapman／著	文　林／譯	160 元
2.好的開始	Elwood N. Chapman／著	文　林／譯	160 元
3.相得益彰	Pamela J. Conrad／著	吳怡慧／譯	160 元
4.進退有據	Elwood N. Chapman／著	文　林／譯	160 元
單元二／個人成長			
5.尋找標竿	Barbara J. Branam／著	廖誠麟／譯	160 元
6.自信自尊	Connie Palladino／著	文　林／譯	160 元
7.人生態度	Elwood N. Chapman／著	雷佩珍／譯	160 元
8.自我改善	Crisp Publications／編	文　林／譯	160 元
單元三／自我學習			
9.創造力	Carol Kinsey Goman／著	文　林／譯	160 元
10.塑造風格	M. Kay dupont／著	吳怡慧／譯	160 元
11.全神貫注	Sam Horn／著	雷佩珍／譯	160 元
12.記憶力	Madelyn Burley／著	文　林／譯	160 元
單元四／溝通藝術			
13.溝通力	Bert Decker／著	劉麗眞／譯	160 元
14.如何簡報	Claire Raines／著	雷佩珍／譯	160 元
15.怎樣傾聽	Diane Bone／著	吳怡慧／譯	160 元
16.溝通要領	Phillip E. Bozek／著	文　林／譯	160 元
單元五／人際關係			
17.贏在人際間	Elwood V. Chapman／著	江李恩／譯	160 元